# 逆徒「大逆事件」の文学

池田浩士［編・解説］

インパクト選書―1

インパクト出版会

## Ⅰ　殷鑑《いんかん》遠からず



## Ⅱ　失意か抵抗か



## Ⅲ　言葉が強権と対峙する

カバーカット　「入獄紀念・無政府共産・革命」表紙

# 凡例

一、本書は、一九一〇年に「発覚」したとされ、翌一九一一年一月に大審院判決が下されたいわゆる「大逆事件」に関連する文学表現のうち、「事件」の本質に迫るうえで重要と思われる諸作品を一冊に編んだものである。姉妹篇、『蘇らぬ朝——「大逆事件」以後の文学』と併せて、いまあらためて歴史を考え現在を省みるための、ひとつの手がかりとなることを期したい。

二、作品の選択に当たっては、小説・詩など狭義の「文学作品」に限定せず、主義・思想の宣伝のための文書や、書簡、日記、講演録、歴史的証言なども、積極的に採用した。

三、各作品は、原則として初出稿を底本としている。初出と単行本、全集など後版との間に著しい異動がある場合は、註で指摘した。また、初出稿に明らかな誤植・誤記があるときは、後版をも参照して訂正し、重要な箇所については註記した。

四、各作品の冒頭に編者による「解題」を付し、出典を示すとともに、その作品の意義について簡略な解説を行なった。

五、作品の内容やその背景を理解するうえで必要と思われる場合は、その箇所に最小限の註を付した。註は原則として奇数頁左端に記されている。

六、本文中の漢字は新字体に、仮名《かな》は新かな遣いに改めた。ただし、次項七、八に記すものについては、この限りではない。

七、短歌および詩については、漢字は特殊な場合を除いて新字体に改めたが、仮名遣いはすべて原文のままとした。仮名遣いを変えることによって、作品のリズムや感情表出が微妙に変わってしまうからである。

八、内山愚童「入獄紀念・無政府共産・革命」、内田魯庵「『自筆本　魯庵随筆』より」の二篇については、仮名遣い、漢字字体ともに、すべて原文をそのまま生かした。前者は、乏しい活字と格闘しながらなされた地下出版の印刷の苦心を文章が物語っているからであり、後者は、手書きの原稿の文字遣いから伝わってくる筆者の息吹きや文体上の特色を、できるかぎり再現するためである。

九、原文（底本）に付されている振りがな（ルビ）をそのまま生かした箇所は、そのルビの前に※印を付した。それ以外（※印のないもの）はすべて、原文にはなく編者が新たに付したルビである。（ただし、煩雑を避けるため※印を省略した作品があるが、その場合は、そのむねを解題または註で明記した。）　なお、原文が総ルビ（すべての漢字にルビが付されている）の場合は、取捨選択して、必要と思われるもののみ生かした。原文の一部の漢字にルビが付されているものについても同様にした。

十、傍点または圏点は、すべて原文のままとした。編者が新たに付した傍点はない。

# I

# 殷鑑《いんかん》遠からず

一九〇八年六月二十二日、東京神田錦町の貸ホール「錦輝館《きんきかん》」で、詩人・山口孤剣の出獄歓迎会が開かれた。孤剣は、前年三月に、日刊『平民新聞』紙上の「父母を蹴れ」と題する一文で、社会運動に身を投じるためには親をも捨てよ、と呼びかけたために、「新聞紙条例」違反（犯罪の教唆）で禁錮三カ月、他の罪状と併せて一年二カ月の刑に処せられていたのである。集会が終わると、参加者たちが赤旗を掲げて街頭を行進し、警官隊と衝突して、大杉栄、荒畑寒村、堺利彦、山川均など、社会主義運動の中心メンバー十四人が「官吏抗拒罪」と「治安警察法違反」で逮捕された。八月末の判決で、管野スガら二人は無罪となったが、大杉以下、十二人の有罪が確定した。

「赤旗事件」は、日露戦争に勝利した大日本帝国が本格的な海外進出に乗り出そうとする矢先の「内憂」だった。社会主義・無政府主義は、国家の針路にとって最大の脅威となったのである。「事件」から三日後には、内務大臣・原敬が天皇に社会主義者取締りの現状を「上奏」することを余儀なくされ、西園寺公望内閣は取締り不徹底で総辞職に追い込まれた。翌〇九年五月には「新聞紙条例」（太政官布告）が「新聞紙法」として拡充強化されて、言論の上でも社会主義・無政府主義は活動の自由を徹底的に奪われることになる。

この「赤旗事件」の歴史的意味を的確に把握して孤独な反撃に転じたのが、箱根山中の林泉寺住職、内山愚童だった。かれが自分の寺で極秘裏に手ずから植字・印刷し、全国の「主義者」宛てに発送した小冊子は、貧農の視線で天皇制国家の仕組みを説いて、物理的「暴力」以上に国家権力を震撼させる「言葉の力」だったのである。かれが「大逆事件」に連座させられた真の理由は、この「力」を行使したからであり、「赤旗事件」と「大逆事件」が「殷鑑遠からざる」関係にある（管野須賀子）ことを、そして無政府主義とは暴力主義ではない（幸徳秋水）ことを、かれの実践が示していたからにほかならない。

# 入獄紀念・無政府共産・革命

内山愚童



内山愚童（「大逆事件」で絞首刑）が単独で執筆し、独力で印刷した非合法小冊子（A6判、一六頁）の全文。一九〇八年十月末か十一月初めに恐らくは一千部ほど作られ、各地の「主義者」たちに宛てて発送された。そのうちの一部は、「大逆事件」に際して、新村忠雄（死刑）および関係者八名（うち三名は被告、いずれも減刑で無期懲役）の住居から「証拠物」として押収された。本書に収録するにあたっては、『大逆事件記録 第二巻 証拠物写（上）』（一九六四年五月、世界文庫）に収められている「押第壱号九三ノ二」（新村忠雄から押収）を底本とした。大審院「訴訟記録」の付属文書である「証拠物写」は、押収した現物（手紙・はがき、図書、冊子など）を大審院書記が一字一句そのまま筆写したものである（コピーなどというものはなかった）。世界文庫版は、その「証拠物写」（神崎清所蔵）を写真製版している。乏しい活字と格闘しながら印刷された内山愚童の作品をできるだけ再現するため、読みにくい漢字にふりがなを付したことを除いて、文字遣いはすべて原文のままとした。柏木隆法『大逆事件と内山愚童』（一九七九年一月、JCA出版）は、冊子現物のコピーから著者が解読したものを資料として収載しているが、八〇字あまりの脱落や解読の誤りも見られる。ただし、「証拠物写」は、句読点の代わりに一字分の空白となっている箇所を再現していないので、柏木著を参照して空白を生かした。なお、もともと冊子の表紙（木版刷り）には、はっきり題名とわかる表記がない。「赤旗事件」のときに掲げられた「無政府共産」と「革命」の二つの旗のあいだに「入獄紀念《（ママ）》」という文字が書かれているだけである。したがって、本文冒頭の「小作人ハナゼ苦シイカ」を題名と見なすべきだが、「証拠物写」は「無政府共産入獄記念《（ママ）》ト題セル小冊子」としており、従来の諸研究でも一般に『入獄紀念（または記念）・無政府共産』と呼ばれているので、本書では表紙にある文字をすべて生かして表題とした。

## 小作人ハナゼ苦シイカ

人間の一番大事な、なくてならぬ食物を作る小作人諸君。諸君はマアー、親先祖のむかしから此《この》人間の一番大事な食物を、作ることに一生懸命働いておりながら。くる年もくるとしも、足らぬたらぬで終るとは、何たる不幸の事なるか。

そは仏者の謂ふ前世からの悪法であらふか併《しか》し諸君、二十世紀といふ世界てきの今日では、そんな迷信にだまされておつては、末には牛や馬のやうにならね《（ママ）》ならぬ、諸君はそれをウレシイと思ふか」

来るとしも、くるとしも貧乏して、たらぬ、たらぬ、たらぬと嘆くことが。もしも、冬の寒い時に、老いたる親をつれて、づしや、かまくら、沼づや、葉山[*1]と。さむさを厭ふて遊んで、あるいた為だと、いふならば。そこに勘忍の、しやうもある。もしも夏の暑い時に、病めるツマ子を引きつれて、箱根や日光に、アサツ《（ママ）》を避け夕其《その》タメに、ことしは、少しタラぬとでも、いふならば。ソコニ慰める事も、できやう」

ことしは、長男をドイツに遊学させ、弟を大学に、娘を高等女学校へ入れタノデ。山林を一町[*2]ウツタとか、デンヂ[*3]を五たん[*4]質入したとか、いふならば後の楽を、アテにして、ツマとの寝物がたりも苦《にが》くはなからう。

ところが諸君の、年が年中、タラヌたらぬと、いふのは決して、そんなゼイタクな、ワケではない。正月がきたとて、ボンがきたとても。あたらしい着物一まいきるではなし、よは二十世紀の文明に建築術は進んだといふても諸君の家には、音さたがない、諸君の家は五百年も千ねんも、イゼンの物である。しかし、それは少しも無理ではない、着物はゴフクやに、ゼニをださねばならぬ、家は大工に手まちんを、払はねばならぬ。しかも諸君は悲いことに、其せに[*5]を持たない、そこで諸君の着物はいつもボロ〳〵で、家は獣の巣のやうである」

しかしナガラ、食もつは諸君が、じぶんで作るのであるから。一ばん上等のモノを、くふておるかと、いふに決して、そうではない。上等の米は地主に、とられて、ジブンは粟めしや、ムギめしを食して。そうして地主よりも商人よりも多く働いておる。それデすら、くる年モくる年モタラぬタラぬといふのが、小作人諸君。諸君が一生涯の運命デある」

これはマア、どうしたワケであらうか。一口に歌つて見れば、

なぜにおまいは、貧乏する。ワケをしらずば、きかしやうか。

天子金もち、大地主。人の血をすふ、ダニがおる。

---

＊1　逗子、鎌倉、葉山は神奈川県、沼津は静岡県。いずれも避暑・避寒地として有名だった。
＊2　一町歩。約一ヘクタール。
＊3　田地。稲田として使っている土地。
＊4　五反。一町歩の半分。千五百坪。
＊5　銭（ぜに）

諸君はヨーク、かんがい《（ママ）》て見たまへ。年が年中、アセ水ながして、作つた物を。半分は地主と云ふ、泥坊にトラレ。のこる半分で、酒や醤油や塩やこやしを、買ふのであるか。其酒にも、コヤシにも。スベテの物に、ノコラズ政府と云ふ、大泥坊の為にトラレル税金が、か丶つて。其上に商人と云ふ泥坊が、モウケやがる。ソコデ小作人諸君のやうに、自分の土地と云ふ者を持たずに、正直に働いておる者は、一生涯貧乏とハナレル事は出来ないのである」

　マダそればかりなら、ヨイが。男の子が出来れば、チサな間、貧乏のなかで育てあげ、ヤレうれしや、コレカラ。でんばたの一[*6]あぜも、余分に作つて、借金なしでも致したいと思ふまもなく、廿一となれば、イヤデモ何でも、兵士にとられる。そうして三年の間、小遣ゼニを送つて、キ丶タクもない。人ゴロシのけいこを、させられる。それで戦争になれば、人を殺すか、自分で殺されるかと云ふ。血なまクサイ所へ引つぱり出される」

　セガレが兵士に、三年とられておるうちに、家におるおやぢは、ツマコをつれて、コジキに出だしたといふ者もある。兵士に出たセガレは、うちが貧乏で、金は送つてくれず。金がなければ、古兵にイジメられるので、首をク丶つて死んだり、川へとびこんで死んだり。又は鉄道で死んだりした者が、何ほどあるか、しれぬ、のである

　こんなグアエ[*7]に、小作人諸君を、イジメルのだもの。諸君が、朝は一番トリ[*8]におき夜はクラクなるまで、働いたとて。諸君と貧乏は、ハナレルことではない」

　コレハ全体、なぜであらうか。おなじ人間に、うまれておりながら。地主や、かねもちの家に、うまる

れば。廿四五までも、卌マデモ。学校や外国に遊ンデ、おつて、そうして、うちにかいれば[*9]。夏は、スヾシキところに、暑さをシノギ、冬はあた、かき、海岸に家をたつて[*10]。遊びくらして、おるデハナイカ。自分は桑のは一枚ツミもせずに。キヌの、きものにツ、マツテ。酒池肉林と、ゼイタクをしてなんにも、せずに、一生を遊び、送るノデアル。諸君は、シラヌデ、あらうが。

大地主や、かね持が。夏の卌日を、日光や箱根デ、遊ぶのに。一人デ、二千や三千の金を、つかうふと云ふでは、ないか。三千円とよ！、諸君が廿歳としたら、五十歳まで、やすまず、クワズに働いても三千円といふカ子《ネ》は出来まいではないか。そうして、其人たちは兵士などには、出なくても宜《よ》いのデある」

小作人諸君。諸君もキット今の金持や大地主のやうに、ゼイタクを、したいであらう、タマニハ遊んでおつて、ウマイ物をたべたいであらう。けれども、それが諸君に出来ないと云ふのは、諸君が一つの迷信を持つて、おるからである。ヲヤ先祖のムカシからコノ迷信を大事にしておつた為に、地主や金持のスルヤウナ、ぜいたくを夢にも見ることが出来ないのである、諸君がわれ〳〵の言ふ事をキイテ今すぐにも其迷信をステサイすれは《ば》諸君は、ほんとうに安楽自ゆうの人となるのです、

しかし、天子や金持は、諸君にコノ迷信をすてられては。自分たちが遊んでゼイタクをすることが出来なくなるからムカシヨリ天子デモ大ミヤウでも。この迷信をば、無くてならぬ、アリガタキものにして、

＊6　田畑
＊7　具合
＊8　一番鶏
＊9　帰れば
＊10　建てて

諸君を、あざむいてキタノデある。それだから、諸君の為には、今の天子デモ大臣デモ。昔の徳川モ、大ミヤウも。おや先祖の昔から、恨みカサナル、だい敵デあると、いふことを忘れテハナラヌ」

　明治の今日も其とふり、政府は一生ケン命で、上は大学のハカセより、下は小学校の教師《（ママ）》までを使ふて、諸君に此迷信を、すてられぬヤウニしておる、そして諸君は又、之《これ》をありがたく思ふておる。だから諸君は一生涯、イヤ孫子の代まで、貧乏とハナレル事は出来ない、然らば小学校教師《（ママ）》などか《が》、諸君や諸君の子供に教えこむ、迷信と云ふのは何であるか。迷信といふは、マチガッタ考へを大事本ぞん[*11]に守つておる事を、云ふのである。ナゼニ諸君が昔から、此マチガッタ考へを、持つて、おるかと云ふことは、あとにして。どう云ふマチカッタ考が迷信であるかといふことを語つてみやう」

△諸君は地主から田や畑をつくらして。モロ《（ママ）》ウカラ、其お礼として小作米をヤラ子《ネ》ばならぬ。

△諸君は。政府があればこそ、吾々百性《（ママ）》は安心して、仕事をしておることが出来る。其お礼として税金を。ださねばならぬ。

△諸君は、国にグン備がなければ、吾々百性は外国の人に殺されてしまふ、それだから若い丈夫の者を、兵士にださねばならぬ、

と云ふ。此三ツのマチガツタ考へが深くシミ込んでおるから。イクラ貧乏しても、小作米と税金と子供を兵士に出すことに、ハン対することが、出来なくなつておる。モシモ小作米をださなくも宜《よろ》しい、税金をおさめなくても宜しい、かわい《（ママ）》子供を兵士に、ださなくても宜しい、など、云ふ者があれば、ソレハむほんにんである国賊である、など、云ふて其じつ自分たちの安楽自由の為に、なることを。聞く事も読む事

も、せずにしまふ。コ、ハ一番よーく、考へて、読んでいたゞきたい」

然らば、ナゼ小作米を地主へ。ださなくても宜しい者か、と云ふに、ソレハ小作人諸君が。耕やす所の田や畑を、春から秋まで、鍬もいれず、夕子《ネ》もまかず。コヤシもせずに、ホツテおいて、ゴランなさい、秋がきたとて米一粒、出来ませぬ。夏になつても麦半ツブとれる者でない。コ、を見れば、スグにしれるではないか。秋になつて米ができ、夏になつて麦ができるのは、百性《（ママ）》諸君が一年中、アセ水ながして、やすまずに働いた為である。ソウして見れば自分が働いて出来た、コメや麦は、ノコラズ百性諸君の、ものである。何を子《ネ》ボケテ、地主へ半分ださねば。ならと《（ママ）》云ふ、理クツがあるか」

土地は天然しぜんに。あつた者を。吾々の先祖が、開こんして食物の出来るやうに、したのである。其土地をたがやしてトつ夕物を、自分の者にするのが、何でムホンニンである、

小作人諸君、諸君は、ながいあひだ地主に盗まれて、きたのであつたが、今といふ今、此迷[12]が、さめて見れば、ながい〳〵恨みの、ハラヰセに、年ゴ[13]を出さぬバカリでなく。ヂヌシのクラにある。麦でも金でも、トリカヘス権利がある。ヂヌシのクラにアル、すべての者をトリダスことは、決して泥坊ではない諸君と吾等が久しく奪はれたる者を、回復する名誉の事業である。

ツギニ、政府に税金をださなくても宜しいと云ふことは、ナゼであるか、小作人諸君ムヅカシイ理くつはいらぬ。諸君は政府といふ者のある為に、ドレダケの安楽が出来ておるか。少しでも之が政府様のアリ

＊11　ご本尊のように大切にして、の意。
＊12　此の迷い
＊13　年貢

ガタイ所だといふことがアッタナラ、言つて見たまい《(ママ)》、昔から泣く子と地頭には勝たれぬといふて。無理な圧制をするのが。お上の仕事と、キマッテおるではないか、コンナ厄界《(ママ)》の者をイカシて　おく為に、正直に働いて税金をだす小作人諸君は貧乏してヲるとは、馬鹿の頂上である。

　諸君は、こんな馬鹿らしい政フに、税金を出すことをやめて、一日もハヤク、厄界ものを亡ぼして、シマフ《(ママ)》ではないカ。そうして親先祖の昔より、無理非道に盗まれた、政フの財産を、トリ返して。みんなの共有に、しやうではないか。之は諸君が当然の権利で、正義を、おもんずる人々は、進んで萬民が自由安楽の為に政府に反抗すべきである。

　今の政府を亡ぼして、天子のなき自由国に、すると云ふことがナゼ、むほんにんの、することでなく、正義を　おもんずる勇士の、することで　あるかと云ふに。今の政フの親玉たる天子といふのは諸君が、小学校の教師《(ママ)》などより、ダマサレテ、おるやうな、神の子でも何でもないのである、今の天子の先祖は、九州の　スミから出て、人殺しや、ごう盗をして、同じ泥坊なかまの。ナガス子《ネ》ヒコ　などを亡ぼした、いはゞ熊ざか長範[14]や大え山の酒呑童子《しゅてんどうじ》[15]の、成功したのである、神様でも何でもないことは、スコシ考へて見れば、スグ　しれる。二千五百年ツゞキ　もうしたといへば　サモ神様でゞも、あるかの　やうに思はれるが代々外はバンエイ[16]に苦しめられ、内は。ケライの者に　オモチヤにせられて来たのである。

　明治に　なつても其如く、内政に外交に、天子は苦しみ通しであらうがな、天子の苦しむのは、自業自得だから勝手であるが、それが為に。正直に働いておる小作人諸君が、一日は一日と、食ふことにすら、くるしんでおるのだもの。日本は神国だ　など、云ふても諸君は少しも、アリガタク　ないであらう。

コンナニ、わかりきつた事を　大学のハカセだの学士だのと云ふヨワムシ共は、言ふことも　かくことも出来ないで、ウソ八百で人をダマシ自らを欺いておる。又小学校の教師《（ママ）》なども、天子の　アリガタイ事を　とくには、コマツテおるが。ダン〱うそが上手になつて、一年三ドの大祝日[*17]には。ソラトボけたまねをして、天子は神の子であると云ふことを、諸君や諸君の子供に、教へ込んでおる。そうして一生涯、神の面を　かぶつた、泥坊の子孫の為に、働くべく使ふべく[*18]教えられるから、諸君はイツマデも貧乏とハナレルコトは出来ないのである、コ、まで　とけば、イカニ勘忍づよい諸君でも、諸君自身の、奪われておつた者をトリカヘス為に。命がけの運動を、するきに　なるであらう。

小作人諸君。諸君はひさしき迷信の為に、国にグンタイがなければ、民百姓《（ママ）》は生きておられん者と信じて　おつたであらう、ナルホド　昔も今も、いざ戦争となれば。ぐんたいのない国はある国に亡ぼされて、しまふに極《きま》つておる、けれども之は天子だの政府だのと云ふ　大泥坊があるからなのだ、

戦争は　政府と政府とのケンクワでわないか、ツマリ泥坊と泥坊がナカマ　げんくわする為に、民百姓が、なんぎをするので　あるから。この政府といふ、泥坊をなくしてしまへば、戦争といふ者は無くなる。戦争がなくなれば、かわい《（ママ）》子供を兵士《（ママ）》にださなくても宜しいと云ふことわ、スグに　しれるであらう。

---

＊14　熊坂長範。平安時代後期の盗賊。

＊15　丹波の大江山に住んでいたという鬼の頭目。

＊16　蛮裔。蛮族（未開の民）、あるいは蛮賊（まつろわぬ民）のこと。

＊17　「新年宴会」（天皇が高位高官や外国使節を招いて皇居で行なう新年の儀式の日。一月五日）、「紀元節」（「神武天皇」が大和朝廷を開いたとされる日。二月十一日）、「天長節」（天皇誕生日。十一月三日）。

＊18　仕ふ（仕える）べく、の意か。

ソコデ　小作米を地主へ出さないやうにし、税金と子供を兵士にやらぬやうにするには、政府と云ふ大泥坊を無くしてしまふが、一番はやみちであると　いふことになる

然らば　いかにして此正義を実行するやと云ふに、方法はいろ〳〵あるが。マヅ小作人諸君としてわ、十人でも、廿人でも連合して。地主に小作米をださぬこと、政府に税金と兵士を、ださぬことを実行したまへ。諸君が之を実行すれば、正義は友を、ますものであるから、一村より一ぐんに及ぼし。一ぐんより一県にと、遂に日本全国より全世界に及ぼして。コ、ニ安楽自由なる無政府共産の理想国が出来るのである。

何事も犠牲なくして、出来る者ではない。吾と思わん《（ママ）》者は　此正義の為に、いのちがけの、運動をせよ」

（ヲワリ）

## ◎発行の趣旨

此小冊子は、明治四十一年六月廿二日、日本帝国の首府に於て。吾同志の十余名が、無政府共産の赤旗を掲げて。日本帝国の主権者[19]に抗戦の宣告をしたる為に同年八月廿九日、有罪の判決を与へられた。

大杉　栄　　荒〇[20]　勝三　　佐藤　悟
百瀬　〇[21]　　宇都宮卓爾　　森岡　永治
堺　利彦　　木村[22]源治郎　　大須賀さと
山川　均　　小暮　れい　　徳永保之助

右の諸氏が入獄紀《（ママ）》念の為に、出版したのである」

此小冊子は、一年もしくは四年の後出獄する、同志の不在中。在京僅少の同志が、心ばかりの伝道であります」

此小冊子を読んで、来るべき革命は、無政府共産主義の実現にあることを意得

（ウラヘツゞク）

せられし諸君は、目下入獄中の同志に。はがき、にても封書にても送られたし、これ入獄諸氏に対す唯一《ママ》の慰めで、かつ戦士の胆力を研磨する福音であります。

入獄諸氏に送らるゝ手紙は。

東京市牛込市ケや東京監獄在監人何々君

と書き、そうして差出人の住所姓名を明らかにして出して下さい」

此小冊子は、ながきく〵迷信の夢より諸君を呼び醒まし。ちかき将来になさねばならぬ、吾等の革命運動を謬釈せざる為に、広くかつ深く伝道せねばならぬのでありますから、無政府共産と云ふことが意得せられて、ダイナマイトを投ずることをも辞せぬといふ人は、一人も多くに伝道して願《ママ》ひたい。しかし又、之を読んでも意得の出来ぬ人は、果して現在の社会は正義の社会であるか、又吾人の理想は今の社会に満足するや否やを、深く取調べて願《ママ》たい」

＊19　憲法上、唯一の主権者は天皇。

＊20　○＝畑

＊21　○＝晉

＊22　木村は村木の誤植。

# 暴力革命について　仮題

幸徳秋水

「大逆事件」裁判で幸徳秋水の弁護を引き受けた三弁護士、磯部四郎、花井卓蔵、今村力三郎に宛てて、一九一〇年十二月十七、十八の両日に獄中で書かれた。『大逆事件記録　第一巻　新編獄中手記』（神崎清編、一九六四年三月、世界文庫）所収（この本は、一九七一年十二月に同じ版型で再刊されている）。今村力三郎所蔵の原本には表題がない。「暴力革命について」という仮題は神崎清による。

磯部先生足下
花井君足下
今村君足下

東京監獄在監人
幸　徳　傳　次　郎

磯部先生、花井・今村両君足下、私共の事件の為めに、沢山な御用を抛《なげう》ち、貴重な時間を潰《ついや》し、連日御出廷下さる上に、世間からは定めて乱臣・賊子の弁護をするとて種々の迫害も来ることでしょう。諸君が内外に於ける総《すべ》ての労苦と損害と迷惑とを考えれば、実に御気の毒に堪えません。夫《そ》れにつけても益々諸君の御侠情を感銘し、厚く御礼申上げます。

扨《さ》て頃来《けいらい》の公判の模様に依りますと「幸徳が暴力革命を起し」云々の言葉が、此《この》多数被告を出した罪案の骨子の一となって居るにも拘らず、検事調に於ても予審に於ても、我等無政府主義者が革命に対する見解も、又《ま》た其《その》運動の性質なども一向《いっこう》明白になって居ないで、勝手に憶測され解釈され附会されて来た為めに、余程事件の真相が誤られはせぬかと危むのです。就ては一通り其等《それら》の点に関する私の考え及び事実を御参考に供して置きたいと思います。

## 無政府主義と暗殺

無政府主義の革命といえば直《す》ぐ短銃や爆弾で主権者を狙撃する者の如くに解する者が多いのですが、夫《それ》は一般に無政府主義の何者たるかが分って居ない為であります。弁護士諸君は既に御承知になってる如く、同主義の学説は殆《ほとん》ど東洋の老荘と同時《（ママ）》の一種の哲学で、今日の如き権力・武力で強制的に統治する制度が無くなって、道徳・仁愛を以《もっ》て結合せる相互扶助・共同生活の社会を現出するのが人類社会自然の大勢で、吾人の自由・幸福を完《まった》くするには此大勢に従って進歩しなければならぬというに在るのです。

随《したが》って、無政府主義者が圧制を憎み、束縛を厭《いと》い、同時に暴力を排斥《（ママ）》するのは必然の道理で、世に彼等程《ほど》自由・平和を好む者はありません。彼等の泰斗と目せらるるクラポトキン[*1]の如きも、判官は単に無政府主義者かと御問いになったのみで、矢張乱暴者と思召《おぼしめ》して御出《おいで》かも知れませんが、彼は露国の公爵で、今年六十九歳の老人、初め軍人となり後《の》ち科学を研究し、世界第一流の地質学者で、是《これ》まで多くの有益な発見をなし、其他哲学・文学の諸学通ぜざるはなしです。二十余年前仏国里昂《※リオン》の労働者の爆弾騒ぎに関係せる嫌疑で入獄した際、欧洲各国の第一流の学者・文士連署して仏国大統領に陳情し、世界の学術の為めに彼を特赦せんことを乞い、大統領は直ちに之を許しました。其連署者には大英百科全書《※ブリタニカ》に執筆せる諸学者も総《すべ》て之に加わり、日本で熟知せらるるスペンサー[*2]、ユーゴー[*3]なども特に数行を添えて署名しました。以《もっ》て学者としての地位・名声の如何に重きかを知るべしです。そして彼の人格は極めて高尚で、性質は極めて温和・親切で決して暴力を喜ぶ人ではありません。

又たクラポトキンと名を斉《ひと》しくした仏蘭西の故エリゼー・ルカリュス（Reclus）[*4]の如きも、地理学の大学者で、仏国は彼の如き学者を有するを名誉とし、市会は彼を記念せんが為めに、巴里の一通路に彼れ《（ママ）》の名を命《※なづ》けた位いです。彼は殺生を厭うの甚しき為め、全然肉食を廃して菜食家となりました。欧米無政府主義者の多くは菜食者です。禽獣をすら殺すに忍びざる者、何で世人の解する如く殺人を喜ぶことがありましょうか。

此等首領と目さるる学者のみならず、同主義を奉ずる労働者は、私の見聞した処でも、他の一般労働者に比すれば読書もし品行もよく酒も煙草も飲まぬのが多いのです。彼等は決して乱暴者ではないのであります。

成程無政府主義者中から暗殺者を出したのは事実です。併《しか》し夫れは同主義者だから必ず暗殺者たるという訳ではありません。暗殺者の出るのは独《ひと》り無政府主義者のみでなく、国家社会党からも、共和党からも自由民権論者からも愛国者からも勤王家からも沢山出て居ります。是《これ》まで暗殺者といえば大抵無政府主義者のように誣《しい》られて、其数も誇大に吹聴されて居ます。現に露国亜歴山《アレクサンドル》二世帝を弑《しい》した如きも無政府党のように言われますが、アレは今の政友会の人々と同じ民権自由論者であったのです。

実際歴史を調べると、他の諸党派に比して、無政府主義者の暗殺が一番僅少なので、過去五十年ばかりの間に、全世界を通して十指にも足るまいと思います。顧みて彼《か》の勤王愛国者を見れば、同じ五十年間に、世界でなくて我日本のみにして、殆ど数十人或は数百人を算するではありませんか。単に暗殺者を出したからとて暗殺主義なりと言わば、勤王論・愛国思想ほど激烈な暗殺主義はない筈《はず》です。

故に暗殺者の出るのは、其主義の如何に関する者ではなくて、其時の特別の事情と其人の特有の気質が相触《あいふ》れて、此行為に立到《たちいた》るのです。

例えば政府が非常な圧制し、其為《そのた》めに多数の同志が、言論・集会・出版の権利・自由を失えるは勿論、生活の方法すらも奪わるとか、或は富豪が暴横を極めたる結果、窮民の飢凍・悲惨の状見るに忍びざると

*1　ピョートル・A・クロポトキン。ロシアの無政府主義者、世界の革命運動に多大な影響を及ぼした。
*2　ハーバート・スペンサー。進化論にもとづく生物学や社会有機体説を唱えた十九世紀後半の哲学者・思想家。
*3　ヴィクトル・ユゴー。十九世紀フランスの共和主義的な詩人・小説家。『レ・ミゼラブル』など。
*4　ジャン・エリゼ・ルクリュ。十九世紀後半のフランスを代表する地理学者。無政府主義者としてパリ・コミューンにも参加した。

か、いうが如きに際して、而《しか》も到底《とうてい》合法・平和の手段を以《もっ》て、之《これ》に処するの道なきの時、若《もし》くは途なきが如く感ずるの時に於て、感情熱烈なる青年が、暗殺や暴挙に出るのです。是れ彼等に取《と》っては、殆《ほとん》ど正当防衛というべきです。彼《か》の勤王・愛国の志士が、時の有司の国家を誤まらんとすることを見、又は自己等の運動に対する迫害急にして、他に緩和の法なきの時、憤慨の極、暗殺の手段に出ると同様です。彼等元より初めから好んで暗殺を目的とも手段ともするものではなく、皆《み》な自己の気質と時の事情に駆られて茲《ここ》に至るのです。そして其歴史を見れば、初めに多く暴力を用ゆるのは、寧《むし》ろ時の政府・有司とか富豪・貴族とかで、民間の志士や労働者は、常に彼等の暴力に挑発され、酷虐され、窘窮《きんきゅう》の余《あまり》、已《や》むなく亦《また》暴力を以て之に対抗するに至るの形迹《けいせき》があるのです。米国大統領マッキンレーの暗殺でも、伊太利王ウンベルトのでも、又た西班牙《スペイン》アルフォンソに爆弾を投じたのでも、皆な夫《そ》れ夫《ぞ》れ其時に特別な事情があったのですが、余り長くなるから申しません。

　要するに暗殺者は、其時の事情と其人の気質と相触るる状況如何《いかん》によりては、如何《いか》なる党派からでも出るのです。無政府主義者とは限りません。否《い》な同主義者は、皆な平和・自由を好むが故に、暗殺者を出すことは、寧ろ極めて少なかったのです。私は、今回事件を審理をする諸公が、「無政府主義者は暗殺者なり」との妄見なからんことを希望に堪《たえ》ませぬ。

## 革命の性質

爆弾で主権者を狙撃するのでなければ、無政府主義革命をドウするのだ、という問題が生ずる。革命の熟語は、支那の文字で、支那は甲姓の天子が、天命を受けて乙姓の天子に代るを革命というのだから、主《お》もに主権者とか天子とかの更迭をいうのでしょうが、私共の革命は、レヴォルーションの訳語で、主権者の変更如何《いかん》には頓着なく、政治組織・社会組織が根本に変革されねば、革命とは申しません。足利が織田になろうが、豊臣が徳川になろうが、同じ武断封建の世ならば、革命とは申しません。王政維新は、天子は依然たるも革命です。夫《それ》も天子及び薩・長氏が、徳川氏に代ったが為めに革命というのではなく、旧来凡百の制度・組織が、根底から一変せられたから、革命というのです。一千年前の大化の新政の如きも、矢張天皇は依然たるも、又人民の手でなく、天皇の手に依《よっ》て成されても、殆ど革命に近かったと思います。即ち私共が革命というのは、甲の主権者が乙の主権者に代るとか、丙の有力な個人若《もし》くば党派が、丁の個人若くば党派に代って、政権を握るというのではなく、旧来の制度・組織が朽廃・衰弊の極、崩壊し去って、新たな社会組織が起り来るの作用をいうので、社会進化の過程の大段落を表示する言葉です。故に厳正な意味に於ては、革命は自然に起り来る者で、個人や一党派で起し得る者ではありません。

維新の革命に致しても、木戸や西郷や大久保が起したのではなく、徳川氏初年に定めた封建の組織、階級の制度が、三百年間の人文の進歩、社会の発達に伴わなくて、各方面に朽廃を見、破綻を生じ、自然に傾覆するに至ったのです。此旧制度・旧組織の傾覆の気運が熟しなければ、百の木戸・大久保・西郷でも、ドウすることも出来ません。彼等をして今二十年早く生れしめたらば、矢張吉田松陰などと一処に馘《くび》られるか、何事もなし得ず、埋れ木になって了《しま》ったでしょう。彼等幸いに其時に生れて、其事に当り、其勢に乗じたのみで、決して彼等が起したのではありません。革命の成るは、何時《いつ》でも水到渠成《みずいたりきょな》るのです。*5

故に革命をドウして起すか、ドウして行うかなどということは、到底予《あらかじ》め計画し得べきことではありません。維新の革命でも、形勢は時々刻々に変じて、何人も端睨《たんげい》・揣摩《しま》し得る者はありませんでした。大政返上の建白で、平和に政権が引渡されたかと思うと、伏見・鳥羽の戦争が始まる。サア開戦だから江戸が大修羅場になるかと思えば、勝と西郷とで、此危機をソッとカワして仕まった。先ず無事に行《いっ》たかと思うと、又彰義隊の反抗、奥羽の戦争がある、という風である。江戸の引渡しですらも、勝・西郷の如き人物が、双方へ一時に出たから良かったものの、此千載稀《ま》れな遇合が無かったら、ドンな大乱に陥って居たかも知れぬ。是れ到底人間の予知す可《べか》らざる所ではありますまいか。左《さ》れば、識者・先覚者の予知し得ることは、来るべき革命が、平和か戦争か、如何にして成るかの問題ではなくして、唯《た》だ現時の制度・組織が、社会・人文の進歩・発達に伴わなくなること、其傾覆と新組織の発生とは不可避の勢なること、封建の制がダメになれば、其次には之と反抗《(ママ)》の郡県制にならねばならぬこと、専制の次には立憲自由制になるのが自然なること等で、此理を推して、私共は個人競争・財産私有の今日の制度が朽廃し去った後は、共産制が之に代り、近代的国家の圧制は、無政府的自由制を以て掃蕩せらるるものと信じ、此革命を期待するのです。

無政府主義者の革命成るの時、皇室をドウするかとの問題が、先日も出ましたが、夫れも我々が指揮・命令すべきことではありません。皇室自ら処すべき問題です。前にも申す如く、無政府主義者は、武力・権力に強制されない万人自由の社会の実現を望むのです。其社会成るの時、何人《なんぴと》が皇室をドウするという権力を保ち、命令を下し得る者がありましょう。他人の自由を害せざる限り、皇室は自由に勝手に其尊栄・幸福を保つの途《と》に出《い》で得るので、何等の束縛を受くべき筈はありません。

斯《か》くて我々は、此革命が如何なる事情の下に、如何なる風になし遂げられるかは分りませんが、兎《と》に角《かく》万人の自由・平和の為めに革命に参加する者は、出来得る限り、暴力を伴わないように、多く犠牲を出さぬように努むべきだと考えます。古来の大革命の際に、多少の犠牲を出さぬはないようですが、併し斯《かか》る衝突は、常に大勢に逆行する保守・頑固の徒から企てられるのは事実です。今日ですら、人民の自由・平和を願うと称せられて居る皇室が、其時に於て斯る保守・頑固の徒と共に、大勢に抗し暴力を用いらるるでしょうか。今日に於て之を想像するは、寛政頃《ごろ》に元治・慶応の事情を想像するが如く、到底不可能のことです。唯だ私は無政府主義の革命とは、直《ただち》に主権者の狙撃・暗殺を目的とする者なり、との誤解なからんことを望むのみです。

## 所謂革命運動

革命が水到渠成るように自然の勢なれば、革命運動の必要はあるまい。然るに現に革命運動がある。其革命運動は、即ち革命を起して爆弾を投ぜんとする者ではないか、という誤解があるようです。

無政府主義者が一般に革命運動と称して居るは、直《す》ぐ革命を起すことでもなく、暗殺・暴動をやることでもありません。唯来《きた》らんとする革命に参加して応分の力を致すべき思想・智識を養成し、能力を訓練する総ての運動を称するのです。新聞・雑誌の発行も、書籍・冊子の著述・頒布も、演説も集会も、皆な此

＊5　水が流れれば自然に溝（みぞ）ができるように、時の勢いによっておのずから道が開ける、というたとえ。

時勢を推移し、社会の進化する所以《ゆえん》の事由と帰趨とを説明し、之に関する智識を養成するのです。そして労働組合を設けて、諸種の協同の事業を営むが如きも、亦革命の際及び革命以後に於ける協同・団結の新生活を為し得べき能力を訓練し置くに利益があるのです。併《しか》し、日本従来の労働組合運動なるものは、単に眼前労働階級の利益増進というのみで、遠き将来の革命に対する思想よりせる者はなかったのです。無政府主義者も、日本に於ては未だ労働組合に手をつけたことはありません。

茲《ここ》に今一個の青年が、平素革命を主張したとか、革命運動をなしたといっても、直《ただ》ちに天皇暗殺、若《も》しば暴挙の目的もて運動せり、と解して之を責めるのは、残酷な難題です。私共の仲間では、無政府主義の学説を講ずるのでも、又此主義の新聞や引札*6を配布してるのでも、之を称して革命運動をやってるなどいうのは、普通のことです。併し、是は革命を起すということとは違います。

革命が自然に来るなら、運動は無用の様ですが、決して左《そ》うではありません。若《も》し旧制度・旧組織が衰朽の極に達し、社会が自然に崩壊する時、如何なる新制度・新組織が之に代るのが自然の大勢であるかに関して、何等の思想も知識(ママ)もなく、之に参加する能力の訓練もなかった日には、其社会は、革命の新しい芽を吹くことなくして、旧制度と共に枯死して仕《し》まうのです。之に反して知識と能力の準備があれば、元木の枯れる一方から、新なる芽が出るのです。羅馬《ローマ》帝国の社会は、其腐敗に任せて何等の新主義・新運動の無かった為めに滅亡しました。仏蘭西は、ブルボン王朝の末年の腐敗がアレ程になりながら、一面ルーソー、ヴォルテール、モンテスキュー等の思想が、新生活の準備をした為めに、滅亡とならずして革命となり、更に新しき仏蘭西が生れ出た。日本維新の革命に対しても、其以前から準備があった。即ち勤王思想の伝播です。水戸の『大日本史』も、山陽*7の『外史』・『政記』も、本居・平田*8の国学も、高山彦九郎の遊説も、それであります。彼等は、徳川氏の政権掌握てふ（ママ）ことが*9、漸次日本国民の生活に適しなくなったことを直覚した。寧《むし》ろ直感した。彼等は、或は自覚せず、或は朧気《おぼろげ》に自覚して革命の準備を為《な》したのです。徳川家瓦解の時は、王政復古に当ってマゴつかない丈《だ》けの思想・智識が、既に養成せられて居た。斯《か》くて滅亡とならずして、立派な革命は成就せられた。若《も》し是等の革命運動が、其準備をして居なかったなら、当時外人渡来てふ（ママ）境遇の大変にあって、危い哉《かな》日本は、或は今日の朝鮮の運命を見たかも知れませぬ。朝鮮の社会が遂に独立を失ったのは、永く其腐敗に任かせ、衰朽に任せて、自ら振抜《しんばつ》し、刷新して、新社会・新生活に入るの能力・思想のなかったが為めであると思います。

人間が活物《いきもの》、社会が活物で、常に変動・進歩して已《や》まざる以上は、万古不易の制度・組織はあるべき筈はない。必ずや時と共に進歩・改進せられねばならぬ。其進歩・改新の小段落（ママ）が、改良或は改革で、大段落が革命と名づけられるので、我々は、此社会の枯死衰亡を防ぐ為めには、常に新主義・新思想を鼓吹すること、即ち革命運動の必要があると信ずるのです。

## 直接行動の意義

私は又今回の検事局及予審廷の調べに於て、直接行動てふことが、矢張《やはり》暴力革命とか、爆弾を用ゆる暴

*6　ひきふだ。宣伝のためのチラシ、ビラ。
*7　頼山陽。江戸時代後期の儒学者。
*8　本居宣長・平田篤胤。
*9　「ということ」の古い表記。「ちゅうこと」と読む。

挙とかいうことと、殆ど同義に解せられて居る観があるのに驚きました。

直接行動は、英語のヂレクト・アクションを訳したので、欧米で一般に労働運動に用ゆる言葉です。労働組合の職工の中には、無政府党もあれば、社会党もあり、忠君愛国論者もあるので、別して無政府主義者の専有の言葉ではありません。そして其意味する所は、労働組合全体の利益を増進するのには、議会に御頼み申しても埒《らち》が明かぬ、労働者のことは労働者自身に《（ママ）》運動せねばならぬ、議員を介する間接運動でなくして、労働者自身が直接に運動しよう、即ち総代を出さないで、自分等で押し出そう、というのに過ぎないのです。今少し具体的に言えば、工場の設備を完全にするにも、労働時間を制限するにも、議会に頼んで工場法を拵《こしら》えて貰う運動よりも、直接に工場主に談判する、聞かれなければ同盟罷工《ひこう》[*10]をやるというので、多くは同盟罷工のことに使われて居るようです。或は、非常の不景気・恐慌で、餓莩途《がひょうと》に横《よこた》わる[*11]というような時には、富豪の家に押入って食品を収用するもよい、と論ずる者もある。収用も又直接行動の一ともいえぬではない。又革命の際に於て、議会の決議やら法律の制定を待たなくても、労働組合で総てをやって行けばよいという論者もある。是も直接行動ともいえるのです。

併し、今日直接行動説を賛成したといっても、総ての直接行動、議会を経ざる何事でも賛成したということは言えませぬ。議会を経ないことなら、暴動でも殺人でも、泥棒でも詐偽《さぎ》でも、皆な直接行動ではないか、という筆法で論ぜられては間違います。議会は、欧米到る処腐敗してる。中には善良な議員がないでもないが、少数で其説は行われぬ。故に議院をあてにしないで、直接行動をやろうというのが、今の労働組合の説ですから、やるなら直接行動をやるというので、直接行動なら何でもやる、というのでありません。

同じく議会を見限って、直接行動を賛する人でも、甲は小作人同盟で小作料を値切ることのみやり、乙は職工の同盟罷工のみを賛すという様に、其人と其場合とによりて、目的・手段・方法を異にするのです。故に直接行動を直に暴力革命なりと解し、直接行動論者たりしということを今回事件の有力な一原因に加えるのは、理由なきことです。

## 欧洲と日本の政策

今回事件の真相と其動機が、何処に在るやは姑《しば》らく措《お》き、以上述《の》ぶるが如く、無政府主義者は、決して暴力を好む者でなく、無政府主義の伝道は、暴力の伝道ではありません。欧米でも、同主義に対しては、甚しき誤解を抱いて居ます。或は知《しっ》て故《※こと》さらに曲解し、讒誣《ざんぶ》・中傷して居ますが、併し、日本や露国のように乱暴な迫害を加え、同主義者の自由・権利を総て剥奪・蹂躙して、其生活の自由まで奪うようなことはまだありません。欧洲の各文明国では、無政府主義の新聞・雑誌は、自由に発行され、其集会は自由に催されて居ます。仏国等には、同主義の週刊新聞が、七・八種もあり、英国の如き君主国、日本の同盟国でも、英文や露文や猶太《ユダヤ》語のが発行されて居ます。そしてクラポトキンは、倫敦《ロンドン》に居て自由に其著述を公けにし、現に昨年出した『露国の惨状』の一書は、英国議会の「露国事件調査委員会」から出版致しました。

＊10　ストライキのこと。

＊11　餓死者が路上のあちこちに倒れている。

私の訳した『麺包の略取』の如きも、仏語の原書で、英・独・露・伊・西等の諸国語に飜訳され、世界的名著として重んぜられ居るので、之を乱暴に禁止したのは、文明国中、日本と露国のみなのです。成程無政府主義が危険だから、同盟して鎮圧しようということを申出した国もあり、日本にも其交渉があったかのように聞きました。が併し、此提議を為すのは、大概独逸とか伊太利とか西班牙とかで、先ず乱暴な迫害を無政府主義者に加え、彼等の中に激昂の極、多少の乱暴を為す者あるや、直ちに之を口実として、鎮圧策を講ずるのです。そして、此列国同盟の鎮圧条約は、屢々提議されましたが、嘗《かつ》て成立《なりたつ》たことはありません。いくら腐敗した世の中でも、兎に角文明の皮を被《かぶ》ってる以上、左《そ》う人間の思想の自由を蹂躙することは出来ない筈です。特に申しますが、日本の同盟国たる英国は、何時も此提議に反対するのです。

## 一揆・暴動と革命

単に主権者を更迭することを革命と名づくる東洋流の思想から推して、強大なる武力・兵力さえあれば、何時でも革命を起し、若《も》しくば成し得るように考え、革命家の一揆・暴動なれば、総て暴力革命と極《き》めて仕まって、今回の「暴力革命」てふ語は出来たのではないか、と察せられます。

併し、私共の用ゆる革命てふ語の意義は、前申上ぐる通りで、又一揆・暴動は、文字の如く一揆・暴動で、此点は区別しなければなりません。私が大石・松尾[*12]などに話した意見（是が計画というものになるか、陰謀というものになるかは、法律家ならぬ私には分りませんが）には、曾《かつ》て暴力革命てふ語を用いたことはないので、是は全く検事局、或は予審廷で発明せられたのです。

大石が、予審で「幸徳から巴里《パリ》コンミユンの話を聞《きい》た」と申立たということを承りました。成程私は巴里コンミユンの例を引たようです。磯部先生の如き仏蘭西学者は、元より詳細御承知の如く、巴里コンミユンの乱は、一千八百七十一年の普通戦争後、[*13]媾和《こうわ》の屈辱や生活の困難やで、人心洶《きょう》々の時、労働者が一揆を起し、巴里市を占領し、一時市政を自由にしたことがあります。此時も、政府内閣はウェルサイユにあって、別に顚覆《てんぷく》された訳でもなく、唯だ巴里市にコンミユン制を一時建ただけなんですから、一千七百九十五年の大革命や一千八百四十八年の革命などと、同様の革命というべきではなく、普通にインサクションヨン、即ち暴動とか一揆とか言われて居ます。公判で大石は、又仏蘭西革命の話など申立たようですが、夫《それ》は此の巴里コンミユンのことだろうと思います。彼はコンミユンの乱を他の革命の時にあった一波瀾のように思い違えて居るのか、或は巴里コンミユンというべきを言い違えたのであろうと思われます。

　コンミユンの乱では、コンナことをやったが、夫れ程のことは出来ないでも、一時でも貧民に煖く着せ、飽くまで食せたいというのが、話の要点でした。是れとても、無論直ちに是が実行しようというのではなく、今日の経済上の恐慌・不景気が、若《も》し三・五年も続いて、飢莩途に横わるような惨状を呈するようになれば、此暴動を為しても、彼等を救うの必要を生ずる、ということを予想したのです。是は最後の調書のみでなく、初めからの調書を見て下されば、此意味は充分現われて居ると思います。

　例えば、天明や天保のような困窮の時に於て、富豪の物を収用するのは、政治的迫害に対して暗殺者を

＊12　「大逆事件」で起訴された大石誠之助と松尾卯一太。いずれも死刑判決を受け、刑を執行されることになる。

＊13　「普仏戦争後」の誤記。

出すが如く、殆ど彼等の正当防衛で、必至の勢いです。此時には、これが将来の革命に利益あるや否やなどと、利害を深く計較して居ることは出来ないのです。私は何の必要もなきに、平地に波瀾を起し暴挙を敢てすることは、財産を破壊し、人命を損し、多く無益の犠牲を出すのみで、革命に利する処はないと思いますが、政府の迫害や富豪の暴横其極に達し、人民溝壑《こうがく》に転ずる時[14]、之を救うのは、将来の革命に利ありと考えます。左れど、此《かか》ることは利害を考えて居て出来ることではありません。其時の事情と感情とに駆られて、我知らず奮起するのです。

大塩中斎[15]の暴動なども、左様です。飢饉に乗じて、富豪が買占を為す、米価は益々騰貴する。是れ富豪が間接に多数の殺人を行って居るものです。坐視するに忍びないことです。此乱の為めに、徳川氏の威厳は、余程傷けられ、革命の気運は速められたとは、史家の論ずる所なれど、大塩はそこまで考えて居たか否やは分りません。又彼が革命を起せりということは出来ないのです。

然るに、連日の御調べに依て察するに、多数被告は、皆な「幸徳の暴力革命に与《くみ》せり」ということで、公判に移されたようです。私も予審廷に於て、幾回となく暴力革命云々の語で訊問され、革命と暴動との区別を申立てて、文字の訂正を乞うのに非常に骨が折れました。名目はいずれでも良いではないか、と言われましたが、多数の被告は、今や此名目の為めに苦しんで居ると思われます。

私の眼に映じた処では、検事・予審判事は、先ず私の話に「暴力革命」てふ名目を附し、「決死の士」などいう六《むつ》カしい熟語を案出し、「無政府主義の革命は、皇室をなくすることである。幸徳の計画は、暴力で革命を行うのである。故に之に与せる者は、大逆罪を行わんとしたものに違いない」という三段論法で、責めつけられたものと思われます。そして、平素直接行動・革命運動などいうことを話したことが、彼等を累《るい》して居る*16というに至っては、実に気の毒に考えられます。

## 聞取書及調書の杜撰

私共無政府主義者は、平生今の法律・裁判てふ制度が、完全に人間を審判し得るとは信じないのでしたけれど、今回実地を見聞して、更に危険を感じました。私は只だ自己の運命に満足する考えですから、此点に就て最早呶々《ど》*17したくはありませんが、唯だ多数被告の利害に大なる関係があるようですから、一応申し上げたいと思います。

第一、検事の聞取書なる者は、何を書てあるか知れたものではありません。私は数十回検事の調べに会いましたが、初め二三回は聞取書を読み聞かされましたけれども、其後は一切其場で聞取書を作ることもなければ、随って読聞せるなどということはありません。其後、予審廷に於て、時々検事の聞取書にはコウ書いてある、と言われたのを聞くと、殆《ほとん》ど私の申立と違わぬはないのです。大抵検事が斯《こ》うであろうといった言葉が、私の申立として記されてあるのです。多数の被告に付ても、皆な同様であったろうと思います。其時に於て予審判事は、聞取書と被告の申立と、孰《いず》れに重きを置くのでしょうか。実に危険ではあ

＊14　民衆が、溝に落ちて生命を失うような状況に置かれるとき。

＊15　大塩平八郎

＊16　まきぞえにしている。

＊17　くどくどと言うこと。

りませんか。又検事の調べ方に就ても、常に所謂《いわゆる》「カマをかける」のと、議論で強《し》ゆることが多いので、此カマを感破する力と、検事と議論を上下し得るだけの口弁を有するにあらざる以上は、大抵検事の指示する通りの申立をすることになると思われます。私は此点に就て一々例証を挙げ得ますけれども、クダクダしいから申しません。唯だ私の例を以て推すに、他の斯《かか》る場処になれない地方の青年などに対しては、殊にヒドかったろうと思われます。石巻良夫[*18]が、「愚童より宮下の計画を聞けり」との申立を為したということの如きも、私も当時聞きまして、又《ま》た愚童を陥れんが為めに奸策を設けたナと思いました。宮下が爆弾製造のことは、愚童・石巻の会見より遥か後《の》ちのことですから、そんな談話のある筈がありません。此事の如きは、余りに明白で直ぐ分りますけれども、巧みな「カマ」には何人もかかります。そしてアノ人が左《そ》ういえば、ソンナ話があったかも知れません位の申立をすれば、直ぐ「ソンナ話がありました」と、確言したように記載されて、之が又他の被告に対する責《せめ》道具となるようです。こんな次第で、私は検事の聞取書なる者は、殆ど検事の曲筆舞文・牽強附会で出来上って居るだろうと察します。一読しなければ分りませんが。

　私は予審判事の公平・周到なることを信じます。他の予審判事は知らず、少くとも私が調べられました潮判事が、公平・周到を期せられたことは明白で、私は判事の御調べに殆ど満足しています。

　けれど如何に判事其人が、公平・周到でも、今日の方法・制度では、完全な調書が出来る筈はありません。第一、調書は速記でなくて、一通り被告の陳述を聞た後で、判事の考えで之を取捨して問答の文章を作るのですから、申立の大部分が脱することもあれば、言わない言葉が挿入されることもあります。故に、被告の言葉を直接聞た予審判事には、被告の心持がよく分って居ても、調書の文字となって、他人が見れば、其文字次第で大分解釈が違って参ります。

第二は、調書訂正の困難です。出来た調書を書記が読聞かせますけれど、長い調べで少しでも頭脳が疲労して居れば、早口に読行く言葉を聞損じないだけが、ヤットのことで、少し違ったようだと思っても、咄嗟《とっさ》に判断がつきません。それを考えてる中《うち》に、読声はドシドシ進んで行く。何を読まれたか分らずに了《しま》う。そんな次第で、数カ所、十数カ所の誤りがあっても、指摘して訂正し得るのは、一カ所位に過ぎないです。それも文字のない者などは、適当の文字が見つからぬ。こう書ても同じではないかと言われれば、争うことは出来ぬのが多かろうと思います。私なども一々添削する訳にも行かず、大概ならと思って、其儘にした場合が多かったのです。

第三には、私始め予審の調べに会《あっ》たことのない者は、予審は大体の調べだと思って、左程重要と感じない。殊に調書の文字、一字一句が、殆ど法律条項の文字のように確定して仕まう者とは思わないで、孰《いず》れ公判があるのだから、其時に訂正すれば良い位《くら》いで、強《しい》て争わずに捨て置くのが多いと思います。是は大きな誤りで、今日になって見れば、予審調書の文字ほど大切なものはないのですけれども、法律・裁判のことに全く素人なる多数の被告は、左《そ》う考えたろうと察します。こんな次第で、予審調書も甚だ杜撰《ずさん》なも

＊18　のちに著名な映画制作者・映画評論家となる石巻良夫（一八八六～一九四五）は、一九〇三年に早稲田大学を中退したのち、名古屋の『扶桑新聞』記者として社会主義的な論陣を張っていた。一九〇九年に内山愚童が名古屋へ「伝道」に来たさい、石巻に「大逆」の話を持ちかけたが石巻は応じなかった――と「大審院判決書」は述べている。

のが出来上って居ます。私は多少文字のことに慣れて居て、随分訂正もさせましたけれども、それすら多少疲れて居る時などは、面倒になって、いずれ公判があるからというので、其儘に致したのです。況《いわ》んや多数の被告をやです。

聞取書・調書を杜撰にしたということは、制度の為のみでなく、私共の斯《かか》ることに無経験なるより生じた不注意の結果でもあるので、私自身は、今に至って其訂正を求めるとか、誤謬を申立てるとかいうことは致しませんが、ドウか彼の気の毒な多数の地方青年等の為めに、御含み置きを願いたいと存じます。


以上私の申上げて御参考に供したい考えの大体です。何分連日の公判で頭脳が疲れて居る為めに、思想が順序よく纒《まとま》りません。加うるに火の気のない室で指先が凍って仕まい、是まで書く中《うち》に筆を三度取落した位いですから、唯だ冗長になるばかりで、文章も拙く書体も乱れて嘸《さ》ぞ御読づらいことでありましょう。どうか御諒察を願います。

兎に角右述べました中に多少の取るべきあらば更に之を判官・検事諸公の耳目に達したいと存じます。

明治四十三年十二月十八日午後

東京監獄監房に於て
幸徳傳次郎

# 死出の道艸

管野須賀子

管野スガが一九一一年の元日から「獄中日記の様な一種の感想録を書きはじめ」ていたことは、堺枯川に宛てた一月四日付けの手紙でわかっていながら、永くその所在が不明だった。ようやく四十年後に、死刑判決当日の一月十八日から処刑前日の二十四日までの分が発見され（佐和慶太郎所蔵、それ以前の分は未発見）、神崎清編『新編獄中手記』（幸徳秋水「暴力革命について」の解題参照）に収録された。以下の本文はそれに拠っている。底本では、編者によるきわめて詳細な註が付されているが、本書では（もちろん神崎による註から多大な教示を受けながら）できるだけ簡略な註を独自に付した。なお、著者の名前は、本文冒頭の署名、および「平出弁護士への獄中書簡」（本書二八〇頁以下）の署名に従って「管野須賀子」を採った。管野スガは、雅号として「幽月」、筆名として「須賀子」を用いていた。

死刑の宣告を受けし今日より絞首台に上るまでの己《おの》れを飾らず偽らず自ら欺かず極めて卒直に記し置かんとするものこれ

明治四十四年一月十八日

須賀子

（於東京監獄女監）

## 明治四十四年一月十八日　曇

死刑は元より覚悟の私《※わたし》、只廿五人の相被告中幾人を助け得られ様《よう》かと、夫《それ》のみ日夜案じ暮した体を、檻車*1に運ばれたのは正午前、薄日さす都の町の道筋に、帯剣の人の厳かに警戒せる様《さま》が、檻車の窓越しに見えるのも、何とのう此《この》裁判の結果を語って居る様《よう》に案じられるので、私は午後一時の開廷を一刻千秋の思いで待った。

時は来た。二階へ上り三階を通り、再び二階へ降《くだ》って大審院の法廷へ入るまでの道すがらは勿論《もちろん》のこと、法廷内の警戒も亦《また》、公判中倍する厳重さであった。其上《そのうえ》弁護士・新聞記者はじめ傍聴人等がヒシ〱と詰めかけて、流石《さすが》の大法廷も人をもって埋まるの感があった。

幾つとなく上る石段と息苦しさと、廷内の蒸される様な人のイキレに、逆上しやすい私は一寸《ちょっと》軽い眩暈《※めまい》を感じたが、や丶落ついて相被告はと見ると、何《いず》れも不安の念を眉宇に見せて、相見て微笑するさえ憚かる如く、いと静粛に控えて居る。

〔獅子の群《※むれ》飢へし爪とぎ牙ならしある前に見ぬ廿五の犠牲《※にえ》――抹消〕

や丶、あって正面左側の扉を排して裁判官が顕《あら》われる。死か生か、廿六人の運命は愈《いよい》よ眼前に迫って来た。胸に波打つ被告等も定めて多かった事で有《あろ》う。

書記が例によって被告の姓名を読み終ると、鶴裁判長は口を開いて二三の注意を与えた後、主文を後廻しにして、幾度か洋盃の水に咽喉を潤しながら、長い判決文を読下した。

読む程に聞く程に、無罪と信じて居た者まで、強《し》いて七十三条に結びつけ様《よう》とする、無法極まる※牽強付会《こじつけ》が、益々甚だしく成って来るので、私の不安は海嘯《かいしょう》の様に刻々に胸の内に広がって行くのであったが、夫《それ》でも刑の適用に進むまでハ、若《も》しやに惹《ひ》かされて一人でも、成《な》る可《べ》く軽く済みます様にと、夫ばかり祈って居たが、噫《ああ》、終《つい》に…………万事休す矣[*2]。新田の十一年、新村善兵衛の八年を除く他の廿四人は凡《すべ》て悉《ことごと》く之《こ》れ死刑！

実は斯《こ》うも有《あろ》うかと最初から思わないでは無かったが、公判の調べ方が、思いの外《ほか》行届いて居ったので此様子では、或は比較的公平な裁判をして呉れようも知れぬという、世間的な一縷の望みを繋いで居たので、今此判決を聞くと同時に、余りの意外と憤懣の激情に、私の満身の血は一時に嚇《かっ》と火の様に燃えた。弱い肉はブル〱と慄えた。

噫《ああ》、気の毒なる友よ。同志よ。彼等の大半は私共五六人の為めに、此不幸な巻添にせられたのである。私達と交際して居ったが為めに、此驚く可き犠牲に供されたのである。無政府主義者であったが為めに、図らず死の淵に投込まれたのである。

噫。気の毒なる友よ。同志よ。

余りに事の意外に驚き呆れたのは単に私ばかりじゃ無い。弁護士でも監獄員でも警官でも、十六日間の

＊1　囚人移送用の馬車。

＊2　「矣」は感嘆詞で音読しない。

公判に立会って、事件の真相を知った人々は、何《いず》れも余りに無法なるこの判決を、驚かない訳に行かなかったので有《あろ》う。人々の顔には何れも共通のある感情が、一時に潮の様に流れて見えた。語なく声なく沈黙の間に、やる方なき悲憤は凝って、被告等の唇に冷やかなる笑と成って表われた。

噫。神聖なる裁判よ。公平なる判決よ。日本政府よ。東洋の文明国よ。

行れ、[*3]縦《ほしい》ま、の暴虐を。為せ無法なる残虐を。

殷鑑《いんかん》遠からず赤旗事件にあり。[*4]此暴横・無法なる裁判の結果は果して如何？[*5]

記憶せよ、我同志、世界の同志!!

私は不運なる相被告に対して何か一言慰めたかった。然し余りに憤慨の極、咄嗟《とっさ》に適当な言葉が出て来なかった。「驚ろいた無法な裁判だ」と、独り繰返す外は無かった。

と突然編笠[*6]は私の頭に乗せられた。入廷の逆順に私が第一に退廷させられるのである。私は立上った。

噫、我が友、再び相見る機会の無い我が友、同じ絞首台に上さる、我が友、中には私達を恨んで居る人も有《あろ》う。然し兎《と》にも角《かく》にも相被告として法廷に並んだ我が友である。さらば、廿五人の人々よ。さらば廿五人の犠牲者よ。さらば！

「皆さん左様《さよう》なら」

私は僅かこれ丈けを言い得た。

「左様なら……」

「左様なら……」

太い声は私の背に返された。私が法廷を〔五六歩出ると――抹消〕出たあとで、

「萬歳――」

と〔叫ぶ――抹消〕叫ぶ声が聞えた。多分熱烈な主義者が、無政府党萬歳を叫んで居るので有《あろ》う。第一の石段を上る時、

「管野さん」

と高声に呼んだ者もあった。

仮監*7に帰って暫時《※しばらく》すると、私の血はだん〳〵以前の冷静に帰った。余り憤慨したのが、自分乍《なが》ら少し極りが悪くも思われた。

無法な裁判！

夫《それ》は今更驚く迄も無い事である、従来幾度の経験から言っても、これ位の結果は寧《むし》ろ当然の事である。斯かる無法な裁判や暴戻《ぼうれい》な権威てふものがあればこそ、畢竟《ひっきょう》私達が今回の様な陰謀を企てる様になったのでは無いか。如何に取調べ方が行届いて居たからって、仮令《たとい》一時でも、己《おの》れの認めない権力に縋《すが》って、同志を助けたいなどと思ったのは、第一大間違いの骨頂である。多数の相被告に対しては、挨拶の言葉も無

*3　「やれ」と読むか？
*4　このことの原因は遠くない過去のあの赤旗事件にあるのだ。
*5　ではこのひどい裁判の結果はいったいどんなものになるのだろうか？
*6　囚人の顔を隠すための深編笠。
*7　裁判所の地下にあった留置室。

い程気の毒ではあるが、これも一面から言えば其人々の運命である。平生無政府主義者と名乗って居る程の人々なら、此尊い犠牲が決して無意義で無い位の道理は見えよう。又自ら慰藉の念も有う〔から――抹消〕。今となっては、気の毒乍《なが》ら諦めて貰うより外はない。

と考え乍らも矢張り〔弱い人間の私は――抹消〕気の毒で〱〔癪に障って――抹消〕仕方がない。

軈《やが》て檻車が来た。私は薄暗い仮監を出た。〔途に――抹消〕前列の仮監の小窓から、武田九平君[*8]が充血した顔を出して、

『左様なら』

と叫ぶ。私も『左様なら』と答える。又何処からか『左様なら』という声が聞える。此短かい言葉の中に千万無量の思いが籠って居るのである。

檻車は夕日を斜めに受けて永久に踏む事の無い都の町を市ケ谷[*9]へ走った。

終《つい》に来ぬ運命《※さだめ》の神の黒き征矢《※そや》わが額《※ぬか》に立つ日は終に来ぬ

尽きぬ今我が細指に手繰《※たぐ》り来し運命《※さだめ》の糸の長き短き

十九日　曇

無法な裁判を憤りながらも数日来の気労《きづか》れが出たのか、昨夜は宵からグッスリ寝込んだので、曇天にも拘《かかわ》らず今日は心地がすが〱しい。

紋羽二重の羽織を堺の真ァ坊[*10]へ、銘仙の単衣《ひとえ》を堀保子さん[*11]へ、黒七子被布[*12]、縞モスリンの袷《あわせ》を吉川守邦[*13]

さんへ、何れも記念品として贈る為めに宅下げ[*14]の手続きをして貰う。

唖然・呆然！公平なる判決を驚嘆するという葉書を磯部・花井・今村の三弁護士へ。堺・堀・吉川の三氏へ宅下げの通知をする。

幸徳から雑誌が五冊、吉川さんから三冊贈与と差入れが来る。

昨日の日記を書いたり、取締等と話をしたり彼是《かれこれ》して居る内に暮れて了《しま》う。とう〳〵雑誌の一頁も読まれなかった。

夕方沼波教誨師[*15]が見える。相被告の峯尾が死刑の宣告を受けて初めて他力の信仰の有難味がわかったと言って些《いささ》かも不安の様が見えぬのに感心したという話がある。そして私にも宗教上の慰安を得よと勧められる。私は此上安心の仕様はありませんと答える。絶対に権威を認めない無政府主義者が、死と当面したからと言って、遽《にわ》かに彌陀という一の権威に縋って、被めて[*16]安心を得るというのは〔真の無政府主義者と

＊8 「大阪平民クラブ」の責任者。「恩赦」で無期懲役となる。
＊9 東京監獄は市ヶ谷富久町にあった。
＊10 堺利彦の長女・真柄。本書巻末の「解説」参照。
＊11 大杉栄の妻。
＊12 くろななこひふ。黒染の絹糸をナナコ（斜子・七魚・七子など）と呼ばれる織り方の布地にしたもので作った被布（和服の上に着るコート）。
＊13 正しくは守圀。社会主義者、『荊逆星霜史』（一九三六）の著者。一九二二年の日本共産党創立にも参加した。
＊14 獄中者が所持品を家族や知人に引き渡すこと。
＊15 沼波政憲。辞職後に語った大逆事件死刑囚の思い出は、本書の姉妹篇『蘇らぬ朝――「大逆事件」以後の文学』収載の今村力三郎「芻言」に引用されている。また、同書収載の尾崎士郎「蜜柑の皮」の語り手は、沼波教誨師をモデルにしている。後出の峯尾（節堂。無期に減刑）は臨済宗の僧。死刑宣告を受けて初めて他宗派である浄土宗系の「他力本願」のありがたさがわかった――というのである。
＊16 「初めて」の誤記。

して――抹消〕些か滑稽に感じられる。

然し宗教家として教誨師として、私は沼波さんの言葉は尤《もっと》もだと思う。が、私には又私だけの覚悟があり慰安がある。

我等は畢竟《ひっきょう》此世界の大思潮、大潮流に先駆けて汪洋《おうよう》たる大海に船出し、不幸にして暗礁に破れたに外ならない。然し乍らこの犠牲は何人かの必ずや踏まなければならない階梯である。破船・難船其数を重ねて初めて新航路は完全に開かれるのである。理想の彼岸に達し得るのである。ナザレの聖人[17]出でて以来幾多の犠牲を払って基督《キリスト》教は初めて世界の宗教と成り得たのである。夫《それ》を思えば我等数人の犠牲位は物の数でない〔と思う――抹消〕……

最後の公判廷に陳《の》べた此感想は、絶えず私の心中を往来して居る、私は、我々の今回の犠牲は決して無益でない。必ず何等かの意義ある事を確信して居るのである。故に私は絞首台上最後の瞬間までも、己れの死の如何に貴重なるかという自尊の念と、兎にも角にも主義の犠牲になったという美くしい慰安の念に包まれて、些かの不安・煩悶なく、大往生が遂げられるで有《あろ》うと信じて居る。

夜に入って田中教務所長が見える。相被告が存外落ついて居るという話を聞いて嬉しく思う。〔此人は沼波さんの様な事は勧めないで――抹消〕ある死刑囚の立派な往生を遂げた話などをせられた。

私は予《かね》ての希望の寝棺を造って貰う事と、所謂《いわゆる》忠君愛国家の為めに死骸を掘返されて八裂きにでもせられる〔様な――抹消〕場合に、余り見苦しくない様にして居たいと思うので、死装束などに就て相談をした。〔私の思う様《よう》に出来なければ、誰か社会の知人に頼んで拵らえて貰おう。――抹消〕

田中さんが『よろこびのあと』沼波さんが『歎異鈔』『信仰の余沢要略』を置いて行かれる。何《いず》れも小冊子である。

## 廿日 雪

松の梢も檜葉《ひば》の枯枝もたわわに雪が降り積って、夜の内に世は銀世界となって居る。年が改まってから二三度チラついたが、いつも僅かに積る位で晴れて居た。然し今日は〔本降りであの、ほの白い空の奥から数限りも無く舞い落つる様子は、――抹消〕急に一寸《ちょっと》上りそうも無い。尺、二尺、降れ降れ、積れ積れ、灰で埋れた都の様に、此罪悪の東京を残らず雪で包んで了《しま》え。地層の一《ひとつ》にして了え。塀を隔てた男監の相被告等は、今、何事を考えて居るで有《あろ》う？　この雪を冷たい三尺の鉄窓に眺めて、如何なる感想に耽って居るで有う？

〔雪！、雪には思い出の数がある。――抹消〕

〔亡き母上と共に眺めた別荘の雪、父上や継母と共に遊んだ有馬の雪、兄や妹と語り暮した住吉の雪、――抹消〕

〔有馬の雪、箱根の雪、住吉の雪、嵐山の雪、扇ケ浜の雪、御苑の雪、東山の雪、柏木の雪、巣鴨の雪、千駄ケ谷の雪、さては鎌倉・湯ケ原の雪。――抹消〕

＊17　イエス・キリスト。

〔此思い出の雪の中には、世に無い懐かしい人々を初めとして、愛する人や友の数々が懐かしい姿のまゝに包まれて居る、今斯《こ》うして鉄窓から気忙《きぜわ》しそうに降りしきる、しおらしい姿をじっと見て居ると、同じ空をさま〴〵の心で見上げた眺めた、幾年《※とせ》の聯想がまざ〴〵と浮んで、楽しい様な悲しい様な譬《たと》え様の無い一種の感じが、静かに胸に迫って来る。——抹消〕

雪！　雪には思い出の数*18がある。

今斯《こ》うして鉄窓から、降りしきるしおらしい姿を凝《じっ》と見て居ると、同じ空をさま〴〵の心で眺めた幾年《※とせ》の聯想がまざ〴〵と浮んで、楽しい様な悲しい様な一種の感じが、静かに胸に迫って来る。

〔あゝ雪！　有馬の雪、箱根の雪、住吉の雪、嵐山の雪、巣鴨の雪、千駄ケ谷の雪、さては鎌倉・湯ケ原の雪。——抹消〕

〔此思い出の雪の中には、悲しい事や嬉しい事や、世に無い懐かしい人々を初めとして愛する人や友の数々が、さま〴〵の姿を経《たていと》に、嬉しい事や悲しいことが緯《よこいと》に織られて、華やかな紅《くれない》いや紫で、さびしい水色や灰色の色彩が、ありし姿の儘に織られて居る。——抹消〕

思えば懐かしくもある。果敢《はか》なくもある。然*19し何《いず》れも既に〳〵過去である。明日をも知れぬ今の私の境遇では、静かに追想の楽しさを味わって居る種の余裕は無い。否《いな》余裕はあっても、其余裕は頗《すこぶ》る貴重な余裕である。読まねば成らぬ、書かねば成らぬ、差当って必要な事も考えねば成らぬ、と、自分の心丈《だ》けは馬鹿に忙しい。何故斯に気忙しいのだろうと、我乍ら不思議に思われる程である。本が目の前にどっさり積み上げられて居るせいだろうか。用事を頼みたい人達に面会しないせいだろうか。弟への遺言状を書かないせいだろうか。平生と少しも変らないで不相変元気《あいかわらず》がよいと、皆に言われる程、せっせと何かしらやって居るのにちっとも用事が捗どらない。然しまあ好いわ、出来る丈けの事をして置いて残った分は打捨《うっちゃ》って〔置――抹消〕行くと極《き》めて置こう。〔打捨った処でそう大して惜しい程のことも無いのだから、――抹消〕

両三日前堺さんから来た葉書に

四日出の御手紙拝見、獄中日記ハ卒直の上にも〔卒――抹消〕卒直、大胆の上にも大胆に書き給えかし切に望む

英語をやめないのはエライですなア。人一日存すれば一日の務めありとか何とかいう言葉がある。アスト《（ママ）》死ぬかも知れないのは誰の身の上も同じ事だが、私などは六十位までは無論生きる様な積りで独乙《ドイツ》だの仏蘭西だのポツ〱やって居る。碁道楽よりゃ語学道楽の方がまだましだろう。然し六十迄生きるとしても私の将来はタッタ十八年しかない。あなたの将来は数十日か数ケ月か知らないが、之を宇宙永劫の長と大〔とに――抹消〕とより見る時は共に之れ一瞬の生に過ぎぬ。それをこんな馬鹿口まじりの手紙の往復などしてノンキに暮して居る所が面白いのですなア。

と書いてある、全く呑気《のんき》なものである。去年九月からポツ〱辞書と首っ引を初めた英語をどうか少しでもモノにして置きたいと気ばかり焦って居るのだが、中々急には捗どらない。リーダーの五がまだ漸《ようよ》う三

＊18　数々か？

＊19　「たぐい」と読むか、または「程」の誤記か？

分の一位しか進んで居ない。〔規則立った学問をしないで、――抹消〕苦学して漸《ようや》く雑誌の一冊位読める様になった私〔の悲惨な過去の歴史は、到底――抹消〕が規則立った学問をした人の足下にも追付かないのは、元より当然の事ではあるが、其中でも私の常に心苦しく思ったのは語学の知識の無い事であった。夫でどうかして少しでも読める様になりたいと思って、稽古を初めた〔のは――抹消〕のも二度や三度では無かったが、病気やら何やら彼《か》やら、屹度《きっと》故障が出来るので、とう〱今日に成って了った。故障に打勝つ丈けの勇気と忍耐が無かった為めも有《あろ》うが、一つは境遇に余儀なくされた点もある。夫で今度こそせめては一寸した優しいもの位読める様になって死にたいと思いついたのが九月の上旬で、〔リーダーの三から――抹消〕リーダーの三から始めた様な次第であったが、然し今日と成っては――何日頃執行になるか知らないが、〔そう――抹消〕もう余日も多くはあるまいから、〔どうやら又――抹消〕終《つい》にモノにならずに了《※おわ》りそうだ、残念乍ら仕方が無い。

この日記は堺さんに言われるまでも無い。一切の虚偽と虚飾を斥けて赤裸々に管野須賀子を書くのである。

〔前の日記から二三の短歌を書き抜いて置こう――抹消〕

〔限りなき時と空とのたゞ中に小さきものの何を争う――抹消〕

〔いと小さき国に生れて小さき身を小さき望みに捧げける哉――抹消〕

〔十萬の血潮の精を一寸の地図に流して誇れる国よ――抹消〕

〔くろ鉄《がね》の窓にさし入る日の影の移るをまもり今日も暮しぬ――抹消〕

〔千仭の崕と知りつゝ急ぎ行く一すじ道を振りも返らで——抹消〕
〔身じろがぬ夜寒の床に幾度《いくたび》か忍びやかなる剣の音きく——抹消〕
〔枯檜葉の凩に揺ぐを小半日仰臥して見る三尺の窓——抹消〕
〔雪山を出でし聖《ひじり》のさまに似る冬の公孫樹《いちょう》を尊しと見る——抹消〕
〔燃えがらの灰の下より細々と煙ののぼる浅ましき恋——抹消〕
〔やがて来む終《つい》の日思ひ限りなき生命《※いのち》を思ひほゝ笑みて居ぬ——抹消〕
〔強き〱革命の子が弱き〱涙の子かとわが姿見る——抹消〕
〔野に落ちし種子《※たね》の行方を問ひますな東風《※こち》吹く春の日を待ちたまへ——抹消〕
〔波三里初島《※はしま》の浮ぶ欄干《※おばしま》に並びて聞きし磯の船うた——抹消〕
〔更けぬれば手負は泣きぬ古ききず新らしききず痛みはじむと——抹消〕
〔往き返り三つ目の窓の蒼白き顔を見しかな編笠ごしに——抹消〕
〔目は言ひぬ許し給へとされどわが目は北海の氷にも似し——抹消〕
〔二百日わが鉄窓に来ては去《い》ぬ光りと闇を呪ふても見し——抹消〕
〔遅々として雨雲の行く大空をわびし気に見る夕鴉《ゆうがらす》かな——抹消〕
〔小蛙の夫婦《めおと》楽み居る秋の昼なりし桜樹《※さくら》のうつろの中に——抹消〕
〔わが胸の言の柱の一つづゝ崩れ行く日を秋風の吹く——抹消〕
〔廿二のわれを葬る見たまへとヰオリン[*20]の糸絶ちて泣きし日——抹消〕

〔西東海をへだてし心にて墳墓《※おく》に行く君とわれかな――抹消〕
〔大悲閣石くれ道にホロ〳〵と桜散るなり寺の鐘に――抹消〕
夕方、堺さんから葉書、為子さん・吉川さん、幸徳駒太郎*21さんから手紙が来る。読んだ所感をいろいろ書いて見たいけど、何だか気がすすまないから〔もう――抹消〕止める。思うたまゝを書きっ放しにするのだからあとで読み返すと支離滅裂で、何だか寝言でも並べて居る様で我ながら厭になる。もう寧《※いっ》そ何にも書くまいかなど考える。

廿一日　晴

応挙*22の筆になった様な松の雪に朝日が輝いて得も言われぬ趣きがある。
堺さんが売文社*23というものを創立されると、第一番の注文申込が某女学生の卒業論文であったそうな。現代社会の一面が読まれる様で滑稽でもあり、浅ましくも感じられる。
堺為子さんは産婆学校へ通って居られるそうな。四十になって此積極的な勉強を初める勇気は感心の外は無い。同時に又堺さんが自分の不自由を忍んで、妻君に独立自活の道を立てさせようというのも豪《えら》い。一寸普通の男子に真似の出来難い事である。〔流石《さすが》に婦人問題研究の大家だけの価値がある。――抹消〕
暮の廿八日に死去された幸徳の母上はマラリヤ熱が肺炎になって僅か十日ばかり床に就いて逝かれたのである〔そうな――抹消〕*24との事、十一月に上京された時に、幸徳に面会の序《ついで》に私にも面会されるつもりであったのが、お千代さんが居た為めに遠慮して終《つい》に沙汰なしで帰られたのである〔との事――抹消〕そうな。〔今日――抹消〕幸徳と私とは絶縁しても、[25]兎に角一旦母と呼び子と呼ばれた仲であるのに、態々《わざわざ》上京しながら訪ねても呉れないのは随分不人情な人だと一時は不快にも感じたが、昨日の駒太郎さんの手紙や

その時にあなたの事を気にかけて私までにいろ〳〵話していらっしゃいました。あの荷物の中の写真帳とあなたの写真や御自分のやをあれ是《これ》まとめてふろしきに大切そうに包んでお持ち帰りになりました。

とある為子さんの手紙や、過日幸徳の姪のたけをさんから来た手紙の中の

祖母様生前には常に叔母上様のお話いたし誠にやさしい親切な方だと始終御うわさいたして居りました。それで先達て一寸面会のため上京致しました節も、余りいそぎましたので叔母上様に御目にかかりませずにかえりましたのを大変残念がって居られました……

などの文言を読んで、〔私は却って気の毒になった、殊に優しいあの人の性質は私の頭に深い印象を残して居るので、――抹消〕仮令《たとい》一時でも恨みがましく感じたのは、〔今更済まない様にも思われる、――抹

---

*20 「ヴィオリン」と読む。ヴァイオリン。

*21 幸徳家の家業をつぐために迎えられた本家の婿養子。

*22 丸山応挙。江戸時代後期の画家。

*23 堺利彦が一九一〇年十二月に四谷で始めた作文代理業の名称。大杉栄や荒畑寒村も協力し、若い社会主義者たちの溜り場ともなった。本書の姉妹篇『蘇らぬ朝――「大逆事件」以後の文学』に収載した「蜜柑の皮」の作者・尾崎士郎（一八九八年生まれ）も、これから数年後にそこで反体制的資質を養うことになる。

*24 幸徳秋水の先妻、師岡千代子。

*25 須賀子は、雑誌『自由思想』の編輯兼発行人として、新聞紙法違反で罰金刑を受け、罰金が支払えないため「換刑」で、百日間服役することを決意し、一九一〇年五月十八日に入獄した。その直前に、幸徳との間で絶縁が合意された。

消〕済まない事であったと思う。幸徳との縁は絶っても矢張懐〔かしく思って居た人であるだけ――抹消〕かしい人であった。母となり子となり又他人となって終《つい》に永久に相見る事なく別れた人、手紙に小包に絶えず慰さめられた〔人に――抹消〕過去を思えば只ただ夢というより外は無い。

あゝ人生は夢である。時は墓である。凡てのものは刻々に葬られて行くのである。

葬られた人の追想に泣く自分が、やがて葬られんとして居るのである。

増田さん[26]、為子さんに葉書、たけをさんに手紙を書く。

風邪の気味で頭の心《※しん》が痛いけど入浴する。入浴は獄生活中の楽しみの一つである。面会・来信・入浴――みよりの無い私の様な孤独の者ハ、面会も来信も、少いので、五日目毎の入浴が何よりの楽しみである。

蒼々と晴れた空から鉄窓を斜めに暖かそうな日光がさし込んで居る。湯上りののび〱とした心地で机の前に坐った〔心地――抹消〕時は何とも言われない快感を覚えた。このまゝ体がとけて了って、永久の眠りに入る事が出来たらどんなに幸福で有《あろ》うと考える。

吉川さんの手紙に
昨年の本月本日は小生の出獄日にて正に本日は一週年の記念日にて候[27]。一所に出獄した三名の中樋口[28]は今飛ぶ鳥をも落す勢、引き換えて小生は相変らず唯活きてると云う名のみ。而して岡[29]は亦《また》もとの千葉の古巣に立帰り寒気と餓に苦しみ居り候。

と書いてある。岡さんは何の事件で囚えられた？。噫《ああ》成功する者是か、失意の地にある者非か。

大連の古井に発狂して投身した森岡永治君！*30 政府の迫害を恐れて一身を安全の地位に置かん為め弊履の如く主義を擲《なげう》った某某等！ 噫、数奇なるは運命哉《かな》。弱きは人の心なる哉。去る者をして去らしめよ。逝く者をして逝かしめよ。大木一たび凋落して初めて新芽生ずるのである。思想界の春日――先覚者を以て自ら任ずる我々は、秋冬の過去を顧みるの必要は少しも無い。前途、只前途に向って、希望の光明に向って突進すればよいのである。

社会の同志に対する其筋の警戒は益々きびしい様子である。今回の驚くべき無法なる裁判の結果から考えても、政府は今回の事件を好機として、極端なる強圧手段を執ろうとして居るに相違ない。迫害せよ。迫害せよ。圧力に反抗力の相伴うという原則を知らないか。迫害せよ。思い切って迫害せよ。

旧思想と新思想、帝国主義と無政府主義！

まあ必死と蒲鉾板で隅田川の流れを止めて見るが好い。

沼波教誨師が見えて「何《ど》うです……」と聞かれる。「相変らずでございます」と答える。主義という一つの信念の上に立って居るから其安心が出来るので有う。事件に対する関係の厚薄に依って、多少残念に

*26 増田謹三郎。「平民社」の向いの家の住人。須賀子の遺体を堀保子とともに引きとることになる。

*27 吉川守邦（守圀）は、一九〇六年三月十一日の「東京市値上げ反対市民大会」と十五日のデモおよび市電焼討ち事件の首謀者の一人と目され、二度の無罪判決ののち一年半の重禁錮刑に処せられて、一九一〇年一月十三日満期出獄した。

*28 樋口傳。著述業。吉川と同じ罪で一年半の刑に処せられた。

*29 岡千代彦。活版業。吉川・樋口と同じく一年半の刑。

*30 森岡永治は幸徳秋水に感化を受けた若い社会主義者。「赤旗事件」で重禁錮二年の刑を受け、出獄後は社会運動から離れて「救世軍」に入り、満洲の大連に渡ったが、発狂して古井戸に身を投げて死んだ。

思う人も有うが、アナタなどは初めから終りまでずっと事にたずさわって居たのだから相当の覚悟があるので有うと云われた。宗教上の安心をす、められるより嬉しかった。〔私は斯ういう言葉を聞く方が嬉しい。――抹消〕

然し相被告の中には随分残念に思って居る人も多かろう。此事件が有史以来の大事件である代り、刑罰も亦有史以来の無法〔極まるものと言ってもよい位である――抹消〕極まる。

今回の事件は無政府主義者の陰謀というよりも、寧ろ検事の手によって作られた陰謀という方が適当である。公判廷にあらわれた七十三条の内容は、真相は驚くばかり馬鹿気たもので、其外観と実質の伴わない事、譬えば軽焼煎餅か三文文士の小説見た様《よう》なものであった。検事の所謂幸徳直轄の下の陰謀予備、即ち幸徳・宮下・新村・古河・私、と此五人の陰謀の外は、総て煙の様な過去の座談を、強いて此事件に結びつけて了《※しま》ったのである。

此事件は無政府主義者の陰謀也《なり》、何某は無政府主義者也、若しくは何某は無政府主義者の友人也、故に何某は此陰謀に加担せりという、誤った、無法極まる三段論法から出発して検挙に着手し、功名・手柄を争って、〔苦心・惨憺の――抹消〕、一人でも多くの被告を出そうと苦心・惨抹《(ママ)》の結果は終《つい》に、詐欺・ペテン・強迫、甚だしきに至っては昔の拷問にも比しいウツツ責[*31]同様の悪辣極まる手段をとって、無政府主義者ならぬ世間一般の人達でも、少しく新智識ある者が、政治に不満でもある場合には、平気で口にして居る様な只一場の座談を嗅ぎ出し、〔て、――抹消〕夫をさも〳〵深い意味でもあるかの如く総て此事件に結びつけて了ったのである。

仮りに百歩・千歩を譲って、夫等の〔陰謀を――抹消〕座談を一の陰謀と見做《みな》した所で、七十三条とは元より何等の交渉も無い。内乱罪に問わるべきものである。夫を検事や予審判事が強いて七十三条に結びつけんが為めに、己れ先ず無政府主義者の位置に立ってさま〴〵の質問を被告に仕かけ、結局無政府主義者の理想――単に理想である――其理想は絶対の自由・平等にある事故《ゆえ》、自然皇室をも認めないという結論に達するや、否、達せしめるや、直ちに其法論《(ママ)》を取って以て調書に記し、夫等の理論や理想と直接に何等の交渉もない今回の事件に結びつけて、強いて罪なき者を陥れて了ったのである。

考えれば考える程、私は癪に障って仕方がない。法廷に夫等の事実が赤裸々に暴露されて居るにも拘らず、あの無法極まる判決を下した事を思うと、私は実に切歯せずには居られない。

憐むべき裁判官よ。汝等は己れの地位を保たんが為めに、単に己れの地位を保たんが為めに、〔不法と知りつゝ、無法と知りつつ――抹消〕己れの地位を安全ならしめんが為めに、〔心にも無い判決を、――抹消〕不法と知りつつ無法と知りつつ、心にも無い判決を下すの止むを得なかったので有《あ》ろう。憐むべき裁判官よ。政府の奴隷よ。私は汝等を憤るよりも、寧ろ汝等を憐んでやるのである。身は鉄窓に繋がれても、自由の思想界に翼を拡げて、何者の束縛をも干渉をも受けない我々の眼に映ずる汝等は、実に憐むべき人間である。人と生れて人たる価値の無い憐れむべき〔動物――抹消〕人間である、自由なき百年の奴隷的生涯が果して幾何《いくばく》の価値があるか？　憐れむべき奴隷よ。憐れむべき裁判官よ。

＊31　うつつぜめ。連日連夜の訊問・取調べで被疑者を疲労困憊させ、夢うつつの状態に陥れて自白させる警察・検察の手法。

午後四時頃面会に連れて行かれる。堺さん、大杉夫婦、吉川さんの四人。

面会の前に典獄から公判に就ての所感を語ってはいけないと注意された。此無法な裁判の真相が万一洩れて、同志の憤怨を買う様な事があってはという恐れの為めに、特に政府からの注意があったので有う。

赤旗事件の公判の時、控訴院[*32]の三号法廷に相並んだ以来の堺さんと大杉さん、四年以前も今日も見たところ少しも変りの無い元気な顔色は嬉しかった。彼れ一句、是れ一句、最初から涙の浮んで居た人人の眼を私は成るべく避ける様にして、つとめて笑いもし語りもしたが、終《つい》に最後の握手に至って、わけても保子さんとの握手に至って、私の堰き止めて居た涙の堤は、切れて了った。泣き伏した保子さんと私の手は暫く放れ得なかった。あ、懐かしい友よ。同志よ。

「意外な判決で……」というと、堺さんは沈痛な声で「〔アナタや——抹消〕幸徳やアナタには死んで貰おうと思っ〔た——抹消〕て居たのですが……」

多くを語らない中に無量の感慨が溢れて居た。

寒村は房州吉浜[*33]の秋良屋に居るそうな。秋良屋は数年前、私が二ケ月ばかり滞在して居た家である。当時絶縁して居た寒村が、不意に大阪から訪ねて来て、二人の撚《より》をもどして帰った思い出の多い家である。山にも遊んだ、磯も歩いた。当時矢張り同家に滞在中の阿部幹三[*34]などと一緒に、鋸山に登って蜜柑を喰べながら焚火をして、何処からか石地蔵の首を拾って来て火あぶりにしたりなんか随分悪戯をしたものであった。

其秋良屋に今寒村が滞在して居る。室《※へや》も屹度あの室《※へや》で有う。あの南椽の暖かい障子の前に机を置いて、例の僻《ママ》の爪を噛みながら書いたり読んだりして居るので有う。

寒村は私を死んだ妹と同じ様に姉ちゃんとい〔う——抹消〕い、私は寒村をあつ《ママ》坊と呼んで居た。同棲して居ても夫婦というよりは姉弟と云った方が適当の様な間柄であった。故に夫婦として物足りないという感情が、そも〳〵の二人を隔てる原因であったが、其代りに又別れての後も姉弟同様な過去の親しい愛情は残って居る。私は同棲当時も今日も彼に対する感情に少しも変りが無いのである。

去年私が湯ケ原に滞在中、罵詈・雑言の歌の葉書を寄越した時も、又私が上京後彼がピストルを懐ろにして湯ケ原へ行った事を知った時も、其後彼が幸徳に決闘状を送った事を検事局で聞いた時も、私は心の中でひそかに彼の為めに泣いて居た。

然し世は塞翁の馬の何が幸いになる事やら。彼は私と別れて居たが為めに、今日、無事に学びも遊びも出来るのである。万一私と縁を絶って居なかったら、恐らくは〔今頃は——抹消〕、同じ絞首台に迎えられるの運命に陥って居た事で有う。

私は衷心から前途多望な彼の為めに健康を祈り、且つ彼の自重自愛せん事を願う。

大杉夫婦に手紙、堺・吉川の両氏に葉書を書く。

## 廿二日　晴れ

＊32　現在の高等裁判所に相当する。

＊33　房総半島の保田に近い漁村。

＊34　荒畑寒村（本名＝勝三）の友人の新聞記者。

昨夜は入監以来始めての厭な心地であった。最後の面会という一場の悲劇が、私の〔鋭どい——抹消〕神経を非常に刺〔激——抹消〕戟したからである。去年六月二日に始めて事件の暴露を知って以来、[*35]相当に〔精神——抹消〕修養をしたつもりで居るのに、仮令一晩でもあんな妙な名状しがたい感情に支配せられるとは、私も随分詰らない人間だ。我乍ら少々愛想がつきる。斯様な意久地《いくじ》のない事で何《ど》うなる。

然しそこが又人間の自然で有るかも知れない。喜怒・哀楽色に顕《あら》わさずという東洋豪傑の特徴は、一面からは頗《すこぶ》る感ずべき事〔の——抹消〕ではあるが、一面からは又確かに虚偽である。虚飾である。真に其人が心の底から喜怒・哀楽〔に——抹消〕を超越して居る、愚の極か聖人の極なら別問題として、感情の器である普通の人間に、些《いささか》の偽りなし飾りなしに其様な無神経で居られよう道理がない。私は小人である。感情家である。而《しか》も極端な感情家である。私は虚偽を憎む。虚飾を悪《にく》む。不自然を悪む。私は泣きもする。笑いもある（ママ）。喜びもする。怒りもする。私は私丈けの天真を流露して居ればよいので〔ある——抹消〕ある。人が私を見る価値如何などはどうでもよい。私は私自身を欺かずに生を終ればよいのである。

然し今日は誠に心地がよい。昨夜の感情は夜と共に葬り去られて、※何故《なぜ》あんな気持になったろうと不思議に思われる程である。

殊《こと》に男監の相被告等が何れも死を決した主義者らしい立派な態度であるという事を聞いて、嬉しくって〳〵体が軽くなる様に思われる。責任のある私達の立場からは、只夫《それ》のみが案じられて居たのである。夫《それ》ア人間だもの下らない僅かの関係で、重い刑に処せられるという事は、誰しも衷心忍びないには相違ないが、主義の為〔めという慰安の——抹消〕めに、凡てを犠牲にして、自ら安んじて居るという男らしい態度は実に感心の外は無い。流石に無政府主義者である。我が同志である、私は実に嬉しい。私は主義者としての誇を感じる。私はもう心残りは何にも無い。唯一の、私の心にかかって居た黒雲が、今日の空の様に、すっかり奇麗に晴れて了った。

小泉策太郎[*36]・加藤時次郎[*37]・永江為政[*38]の三氏に手紙、岡野辰之助[*39]・渡邉八代子[*40]の両氏に葉書を書く。

夕刻、平出弁護士[*41]と堺さんから来信。平出さんの文中

私は理由の朗読十行に及ばざる以前、既に主文の予知が出来ました。あれまでは弁護人としての慾心が五六の人の処は、どうにか寛大なこともあろうかと、一縷の望みもあったのですが、それもみんな空しくなりました。もう座にも堪えぬのでしたが、私の預って居る二人の人に落胆させまいと、私は辛い中を辛棒して終りまで立会い一二言励ましても置きました。法の適用は致し方がありません。又判決の当否は後世の批判に任せましょう。又貴下に対しては何の慰言も無用と思います。覚悟のない人が覚悟を迫られたらどんな心持でしたろうと、それが私の心を惹いて十八日以来何にも手につきません。

＊35　記述のとおり、須賀子は、雑誌『自由思想』の新聞紙法違反事件のため、「大逆事件」の検挙が始まる以前の一九一〇年五月十八日から東京監獄に入監、服役していた。宮下太吉の逮捕・自供によって、五月三十一日、大逆事件の共犯者として起訴され、六月二日にその件での最初の取調べが開始されたのである。

＊36　号＝三申。秋水と親交のあった政治家・新聞経営者。須賀子とも親しかった。

＊37　「平民病院」の院長。社会主義の同情者で、大逆事件の被告にも差入れをしていた。

＊38　新聞記者を経て一九〇二年『大阪朝報』を創刊してその社長となり、管野須賀子を記者として採用した。

＊39　秋水の「平民社」に出入りした社会主義者の一人。雑誌記者。

＊40　同志・渡邉政太郎の妻。

＊41、平出修。本書二三一ページ以下を参照。

とある。噫、弁護士さえ此通りに思われるものを。同志として、殊に責任ある同志としての私が堪えられない〔程憤慨する――抹消〕程苦しんだのが無理であろうか。

薄暗い電灯の下で平出さんへ返事を書く。

### 廿三日　晴れ

毎夜午前二時頃に湯タンポを取替えて貰うのが癖になって、其時刻になると屹度《きっと》目が覚める。そして再び寝就くまでの一二時間、ウト〳〵と取止めも無い事を考える習慣がついて了った。

昨夜も亦《また》例の通り目がさめた。そして相変らず空想に耽った。

一昨日面会した堺さん方の事や、相被告の事や妹の墓の事や、――妹の墓は銀世界[*42]の前の正春寺にある――いろ〳〵考えた。堺さんか保子さんが私の頼んだ通りに、墓の掃除料を届けて〔呉れ――抹消〕下すったら、〔あの坊主――抹消〕私の大嫌いなあの坊主は、何と挨拶をするだろう。お経の功徳によって亡者が浮ばれるという様な迷信の無い私達は、自然寺への附届けも怠たり勝であったので、墓参の〔為めに――抹消〕度によく厭な顔を見せられた。それで私もだんだん足が遠くなって了って、白骨の墓に香華を手向けに行く代りに、始終写真の前に妹の嗜好物などを供えて居た。〔これとても考えて見れば、随分馬鹿〳〵しい話ではあるが、そこが多年の習慣の堕性[*43]で、只自分の心遣りの為めにして居たのであった、――抹消〕これとても死者の骸が煙と成り、又それ〳〵分解してもとの原子に帰った後に、霊魂独り止まって香華や供物を喜ぼうなどとは、元より思っても居ないのだから、考えて見れば随分馬鹿〳〵しい話ではあるが、そこが多年の習慣の堕性《（ママ）》とでもいうのか、只自分の心遣りの為めにして居たのであった。
　然し今日の私の境遇としては、在米の弟に対して掃除料位、寺へ寄附して置かなければ成らぬ。他年、一日弟が帰朝して妹の墓はと尋ねた時に、無縁の墓だからと言って形が無くなって〔居る様な事があると、定めて失望するで有うから――抹消〕でも居ると、嘸《さぞ》失望するで有うからと考えたのである。
〔昨夜は私自身の事も考えた。寝棺丈けは木名瀬典獄にも一昨日面会の時に頼んで置いたから其内に出来上るで有う。死んでから何《ど》うだって好い様なものだが、何だか足を折られて窮屈そうにシャガんで居るのが何だか厭な気持がするので、棺だけは是非寝棺に――抹消〕
　昨夜は私自身の死後の事をも考えた。三寸の呼吸が絶えて、一の肉塊となってからはどうだって好《よさ》そうなものではあるが、私は死人が足を折られて窮屈そうに棺の中へ押し込められるを見る度にいつも厭な感じがするので、〔どうか――抹消〕是非寝棺にして貰いたいという予《かね》ての望みを、一昨日面会の時立会われた木名瀬典獄へも頼んで置いた。〔から、――抹消〕何《いず》れ其内に出来上るで有うと思う。着物の事も今迄は万一掘返されて曝されでもする様な場合に、余り見苦しくな〔い様にして居たいと思った――抹消〕くして居たいと思ったので、あったが、然しこれはもう何うでもよいと考えた。汚れて居ようが破れて居

＊42　現在「新宿パークタワー」という超高層ビルが建っているあたりは、かつて「銀世界」と呼ばれ、梅の名所だった。その隣地の正春寺は、いまもそのまま残っている。この寺に埋葬された管野スガの遺骨は、一九四一年ごろ岡山県の一青年によって同県吉備町の墓地に移されたとされていたが、事実ではなかった。なお、『蘇らぬ朝――「大逆事件」以後の文学』所載の田山花袋「ある墓」を併読されたい。

＊43　「惰性」の誤記。

ようが、ふだん着の儘の方が却って自然でよいと思う。それから今一つ執行当日の朝入浴させて貰いたいと飯坂部長に頼んで置いたが、これも今朝断って置いた。実は私の希望から言えば妹の墓の隣りに埋葬して貰いたい——墓などはどうでもよい、焼いて粉にして吹き飛ばすなり、品川沖へ投げ込むなり、どうされてもよいのであるが、然しまさかそんな訳にも行くまいから同じ〔埋められるの——抹消〕形を残すのなら懐かしい妹の隣りへ葬られたいのは山々であるが、前にも書いた様に私はあの寺が〔坊主が——抹消〕気に入らないから、一番手数のかからない雑司ケ谷の死刑囚の墓地へ埋めて貰う事にきめて居る。一昨日も堺さんや保子さん〔は——抹消〕が、アナタの思う様にするから遠慮なく言えと云われた〔けど——抹消〕時に、私はこの考えを述べて置いた。

今朝〔堺さん——抹消〕売文社と平出弁護士に葉書を書いた。

売文社へは、誰でも寺へ行って下さる方に、新たに塔婆を書かせて貰う事を頼んだのである。

墓の連想で武富検事*44の事を思い出した。検事と私とは一昨々年の赤旗事件以来の旧知である。而も相互いに悪感を抱いた旧知である。当時聴取書の文言中少しく気に入らないケ所を訂正して貰いたいと言った事から衝突して、互いに顔を赧めて立別れたが、翌年即ち一昨年の夏、雑誌『自由思想』の為めに、新聞紙法違犯《（ママ）》に問われて入獄した時、私は検事から随分意地悪い陰険な手段と、酷烈な論告でイヂメられた。夫で私は今回の事件が発覚した当時も、先ず第一に検事の取調べを受けたのであったが、日頃快よからぬ検事には一言も述べまいという決心をして、尚其上に機会があれば、検事を冥途の道伴《※づれ》にしようと、一時殺意を生じた程であった。

然し私は検事から、いろ〳〵身の上話を聞いて、其老母と過去の苦学に同情して、殺意がすっかり消えて了ったので、己れの感情を逐一検事に語って分れた。

其後数日を経て、検事ハ

『アナタが僕に対して、事件に関して一言も云わないというのは大きに面白いと思う。僕も亦聞こうとは言わない。其代りアナタの経歴を話してくれませんか。アナタが尤《もっと》も憎んで居る僕に自分の経歴を書かせて見るのも面白いじゃありませんか。僕も亦是非書きたいと思う、』

という話であったので、嘸《さぞ》又ひどい復讐を〔せら――抹消〕される事で有うとは考えたが、誰に書かれても〔とう――抹消〕どうせよく言われ様の無い私の経歴、総てが変則に常軌を逸して、只強情な負惜み一つで、幸いに姪《(ママ)》売にも紡績女工にも成らなかったという様な悲惨な過去の境遇は、社会問題にでも注意して居る、血あり涙ある人の外にハ、同情して呉れという此方が無理と常に諦めて居る事故《ゆえ》、同じく悪く書かれるなら、一つ思い切って悪く書かれるなら、一つ思い切って悪く書かれる〔のも――抹消〕のも面白かろうと考えて、小説的な経歴を残らず検事に語ったのであった。

事件以外の話をして居れば検事も亦〔検事さまで――抹消〕毒の無さそうな快活らしい男で、憎むべき点は少しも見えなかった。鬼検事らしい俤は認められなかった。〔夫で――抹消〕私の語るのを心《※しん》から面

＊44　東京地方裁判所検事・武富濟。大逆事件と関わった検事のうちでもっとも苛烈な摘発者だったとされる。のち、弁護士を経て民政党の代議士となった。竹富検事が書きとめた管野スガの「経歴」の記録は、桐箱に入ったその現物を見たという証言もあるが、まだ発見されていない（神崎清『革命伝説』による）。

白そうに、

『全く小説的ですねえ』

と聞いて居た顔が今も顔前に髣髴として居る。夫から又検事は
『アナタと僕とは前世に何か深い因縁があるのでしょう。僕はアナタが死刑にでもなったら、――僕より早く死んだら、僕は屹度《きっと》、誓ってアナタの墓前に香華を手向けますよ。』

と繰返し言った。

一時のお世辞とも思われない眼色であったから、一度位ハ検事が墓参してくれる〔かも――抹消〕かも知れない。或人に其事を話したら夫ア屹度少し気味が悪かったのでしょう。〔検事が墓参りをしたら、一つ袖でも捉まえて、芝居がかりで驚かすと面白いでしょう――抹消〕と笑われた。

お化や幽霊になれるものなら、大審院の判事をはじめ驚かしてやりたい人が沢山ある。アッと腰でも抜かす様を見たら定めて痛快な事で有う、呵々。

今朝がた珍らしい夢を見た。

誰だか人は覚えないが、二三の人と小さな流れに添うて畑の中の一すじ道を歩いて居る内、不図《ふと》気がついて空を見上げると、日と月が三尺位隔てて、蒼空の中にはっきりと浮んで居る。そして日も矢張り月のような色をして、三分程欠けて居〔る――抹消〕た。月は丁度十日目位の〔形――抹消〕かたちであった。

それで私は連《つれ》の人に対《むか》って日月相並んで出づるのは、国に大兇変のある前兆だと語り終って目が覚めた。

私は脳がわるい〔ので――抹消〕せいか以前《※むかし》から〔徹――抹消〕終夜夢を見続けるのであるが、斯んな

日月の夢などは初めて見た。欠けた日、欠けた月、何を意味して居るので有う。

此頃は毎朝目が覚める度に、オヤ私はまだ生きて居たのかという様な感じがする。

そして自分の生きて居るという事が何だか夢の様に思われる。

〔茲《ここ》まで書いた時に田中教務所長が見えてかねて――抹消〕

〔茲まで書いた時田中――抹消〕

田中教務所長から相被告の死刑囚が半数以上助けられたという話を聞く。多分一等を減じ〔られて――抹消〕られて無期にされたので有う。あの無法な判決だもの、其位の事は当然だと思うが、何にしてもまあ嬉しい事である。誰々か知らないが、何《いず》れ極めて関係の薄い、私が無罪と信じて居た人達で有う。仮令《たとい》無理でも無法でも兎に角一旦死刑の宣告を受けた人が、意外に助けられた嬉しさは如何ほどで有ったろうと察しられる。一旦ひどい宣告を下して置いて、特に陛下の思召によってと言うような勿体ぶった減刑をする――国民に対し外国に対し、恩威並び見せるという、抜目のないやり方ハ、感心と言おうか狡獪と云おうか、然しまあ何は兎もあれ、同志の〔生命――抹消〕生命が助かったのは有難い。慾にはどうか私達三四人を除いた総てを助けて貰いたいものである。其代りになる事なら、私はもう逆磔刑の火あぶりにされようと背を割いて鉛の熱湯を注ぎ込まれようと、どんな〔酷――抹消〕酷い刑でも喜んで受ける。

或人が、会津藩士であった田中さんが囚えられて明治五年に死刑の宣告を受け、愈よ刑場へ引出される途中で意外にも助けられたという、今日の私の境遇などには頗《すこぶ》る興味のある〔話を――抹消〕経歴談を聞〔いて――抹消〕いて面白かった。*45

人見て法を説くというのか、対手《あいて》の思想上に立入らないで、時宜に応じた話をされるのは、流石に多年の経験と感服する。

堺のまぁさん、小泉策太郎、南助松[*46]、加山助男[*47]、富山[*48]の五氏から来信。

真ぁさんのは美くしい草花の絵はがきに、

私に何だかくださいますそうでありがとうございます、サヨナラ

と鉛筆で書いてある。〔可愛いこと――抹消〕色の白い眼の大きい可愛い姿が見える様だ。何という可愛い人だろう。

小泉さんのは、最後の告別として一書を送り候という書き出しで、中に

　除夜竹芝館に酔い候砌《みぎり》秋水へ一詩を寄せ候

　　樽前只有美姫縁　酔後却知暗恨索　今夜故人囚獄裏　夢魂何処窮年[*49]

あなたへもと志し可憐昭代狂才媛[*50]と一句出来たまま〔にて――抹消〕にて不成功に終り候

とあった。両三年来一方ならぬ御世話になった人、くり返し読んで胸の迫るを覚えた。健在におわせ。百年の天寿を全うし給え。

遠い薄暗い電灯の下で氷る様な筆を僅かに動かしてこれを書いて居る。中々楽なものじゃ無い。就寝の声はもう疾《と》うにかかった。窓外には淋しい風が吹いて居る。

今夜はこれで寝る事にしよう。

廿四日　晴れ

堺・増田の両氏と真ァ坊へ発信。

堺さんには在米の弟に紀念品《ママ》を送って貰う事を頼む。

紙数百四十六枚の判決書が来た。在米の同志に贈ろうと思う。

吉川さんが『酔古堂剣掃』を差入れて下すった。

針小棒大的な無理強いの判決書を読んだので厭な気持になった。今日は筆を持つ気にならない。吉川さんから葉書が来る。

夜磯部・花井・今村・平出の四弁護士、吉川・南・加山・富山の数氏へ手紙や葉書をかく。[*51]

*45　この一文は、主語が混乱している。田中教務所長が語った会津藩士にまつわるエピソードと読むべきだろう。

*46　夕張炭鉱、足尾銅山の坑夫組合指導者。

*47　社会主義者。商人。

*48　社会主義者。新聞記者。

*49　大意＝酒を飲んでいるときにはただ美女の姿だけが目の前にあったが、酔ったあとはかえって暗く悲しいわびしさが胸にしみる。いまこの夜中、旧友は獄中にとらわれているのだ。かれの夢はこの年の瀬にどこをさまよっているのだろうか。

*50　「可憐……」の大意＝この太平の御代（みよ。天皇の治世）に、狂った才能をもった女性として生まれたのは、まことに憐れむべきことだ。

*51　この日、午前八時から東京監獄内の絞首台で死刑が開始され、十一人目の処刑が終わったのは午後四時前だった。暗くなりはじめたため、最後の管野スガだけが翌二十五日に延期された。もちろん本人はそれを知るよしもなかったのである。

# II

# 失意か抵抗か

「大逆事件」被疑者の逮捕は、一九一〇年五月二十五日の宮下太吉に始まった。当初の容疑は爆発物取締罰則違反だった。だが、五月三十一日付けで検事総長から大審院長宛てになされた予審請求書（ほぼ現在の起訴状に当たる）で、連累者は幸徳傳次郎以下七名、罪名は刑法第七十三条違反（大逆罪）となった。六月一日に幸徳傳次郎（秋水）が拘引されたあと、これ以上は拡大しないという検察当局自身のコメントに反して、六月五日に新たに大石誠之助が逮捕され、七月には和歌山と三重で、八月には熊本、東京、大阪で逮捕が相次ぎ、九月の兵庫で一段落した。ところがそののちさらに、すでに前年五月二十四日に『入獄紀念・無政府共産・革命』の秘密出版のかどで逮捕勾留されていた内山愚童の「大逆罪」での予審請求が、十月十八日に行なわれ、これで二十六被告全員の起訴手続が終わった。

当局は、六月二日、「事件」に関する記事の新聞掲載を差し止める命令を出した。この命令は翌日一部解除されたが、新聞各社に対して「新聞紙法」の条項（安寧秩序を紊《みだ》しまたは風俗を害すると認められる記事を掲載したときは、発売・頒布を禁止し、差し押さえることができる）をちらつかせるなど、「事件」の報道は強圧的に規制された。このため、社会全般を疑心暗鬼と風評が支配することになった。なかでも文学表現を業とする作家・詩人たちに動揺と危惧が大きかったことは、この「大逆事件」が言論思想表現の自由に対する大弾圧の始まりとして認識されたという事実を、如実に物語っている。

永井荷風と森鷗外といういずれも当時の文壇を代表する作家が、「発覚」直後にそれぞれ「事件」と向き合った作品は、それらを失意と逃避の表現と読むか、ひそかな抵抗の決意として読むかという読者の判断を、いまなお問うている。そして、死病と赤貧のなかで余命のすべてをこの「大逆事件」という国家犯罪との対決に燃焼しつくした石川啄木の仕事をあらためて再評価することも、後世の読者の大きな課題だろう。

# 希望

永井荷風

永井荷風（本名＝壮吉）が編輯兼発行人として積極的に関わった雑誌『三田文学』の第一巻第六号（一九一〇年十月、秋季特別号）に、「紅茶の後（其五）」として掲載された五篇のエッセイのうち最後の一篇。全五篇の執筆日付として本篇の末尾に「（八月十日――九月十五日）」と記されているので、本篇は一九一〇年九月十五日に書かれたものと考えられる。雑誌の段階では、毎号、「紅茶の後」という表題だけで、各篇にはタイトルがなかったが、一九一一年十一月に籾山書店（『三田文学』の発売元）から単行本として刊行されたさい、このエッセイにも初めて「希望」という題名が付けられた。近年では、岩波書店版『荷風全集』第七巻（一九九二年十月）に収められている。単行本、全集版ともにパラルビ（総ルビ）だが、底本とした初出誌ではルビは数カ所にすぎない。



これまで目こぼしになっていた社会主義の出版物が、新旧を問わずどし〳〵検挙されつゝある。見馴れ聞き馴れた風俗壊乱が秩序紊乱《びんらん》と云う文字に代えられて、基督《キリスト》教の家庭新聞までが此《こ》の名目の下に発売を禁止されるなぞ、世間は何となく不穏である。自分は、「理想」の花野を吹き荒す野分の風の騒《さわが》しさに一際《※きわ》今年の秋の落寞を感ずるが、それと同時に、明治の世の中は忽ち天草騒動の昔に立返ったよう、或は佐久間象山高野長英等が禁を犯して蘭学を学んだ鎖国時代に舞い戻ったようで、恐しい中にも夢の様な懐《※なつか》しい心持がする。

敢て政治的意味に於ける社会主義一味の党類のみには止るまい。日本歴史には少しも関係のない Venus や Bacchus や Pan の神々なぞを、*1 胸の奥底深く祭っている吾々芸術の邪宗徒を召捕るべく、やがては、鶯の啼く詩人の庭の藪だゝみから、黒四天《※くろよてん》*2 に白鉢巻の扮装《※いでたち》で、十手《※じって》を閃した捕手が大勢、ヤアヤアと掛け声しながら立廻りに出るような、ドラマチックの時代が現出されぬとも限るまい。

果して、文芸及び凡ての新しい思想に対する其筋の干渉が、其れ位までに激しく進んで行ったとしたならば、吾々は如何にするであろう。日本の芸術の前途は如何になり行くであろう。

自分は実際夜も眠られぬ程の憂悶に陥ったが、忽ち闇中に一道の光明を認め得て、大に安堵の胸を撫でた。何故かと云うに、吾々は発売禁止の命令の下に如何にするとも己れが本国の言語によっては全然、新しき事、真実なる事の一言半句をも云現わす事が出来ぬものとすっかり断念してさえ仕舞えば、其の暁は少し位文法や綴字法の間違があってもそんな事は意とせずに、英語仏語独語等によって、己れの信ずる意志を発表せんと企るに至るであろう。新しき何物かを、真実なる何物かを要求して止まぬ青年は、学期試験の為めには怠りがちな英語をも、己れが精神的要求の為めには、字引と首引する苦痛を厭わずこれに親しもうとするに違いない。されば、凡ての新しき、凡ての真実なる思想の交通は、全然日本語によらずして外国語による事になって、てにをはや漢字や羅馬《ローマ》字なぞ此れまで多年論じられた国字改良の問題は、期せずして解決せらるゝのみならず、新しき日本、真実なる日本は直ちに世界的になり得るのだ。

自分はかゝる妄想に眩惑せらるゝが故に、時としては出版物の取締りが寧《むし》ろ極度に暴悪猛烈ならん事を希うような事もある。希望よ。希望よ。あの酔っぱらいの詩人ヴェルレーヌは、「希望は藁の芽の如く輝きて………。」と云った。希望は美しきものである。



＊1　Venus（ヴィーナス）は美と愛の女神、Bacchus（バッカス）は酒の神、Pan（パン）は牧羊神で音楽を好む。

＊2　「四天」は、歌舞伎で武者や捕手（とりて）が着る派手な衣装。その色染めの部分が黒色のものが黒四天。

# 沈黙の塔

森鷗外

『三田文学』第一巻第七号（一九一〇年十一月、自由劇特別号）に発表された。著者名は本文末尾の下方に「鷗外」とのみ記されている。翌一九一一年一月三日発行のフリイドリッヒ・ニイチェ『ツァラトゥストラ』（生田長江訳、新潮社）に「序文」として掲載され、同年二月十五日発行の単行本『烟塵』（春陽堂）に収められた。まさに「大逆事件」の渦中で、三度にわたって読者の目に触れたわけである。近年では、岩波版『鷗外全集』第七巻（一九七二年五月）に収録されている。初出および「序文」では、英語の一箇所を除くローマ字表記に読み方を示すカタカナのルビが付されていたが、単行本および数次の全集では省略された。本書では、ローマ字に付されたルビはすべて生かした。

高い塔が夕の空に聳えている。

塔の上に集まっている鴉《からす》が、立ちそうにしては又止まる。そして啼き騒いでいる。

鴉の群を離れて、鴉の振舞を憎んでいるのかと思われるように、鷗《かもめ》が二三羽、きれぎれの啼声をして、塔に近くなったり遠くなったりして飛んでいる。

疲れたような馬が車を重げに挽《ひ》いて、塔の下に来る。何物かが車から卸《おろ》されて、塔の内に運び入れられる。

一台の車が去れば、次の一台の車が来る。塔の内に運び入れられる品物はなかく多いのである。己《おれ》は海岸に立って此様《この》子を見ている。汐は鈍く緩く、ぴたりぴたりと岸の石垣を洗っている。市の方から塔へ来て、塔から市の方へ帰る車が、己の前を通り過ぎる。どの車にも、軟い鼠色の帽の、鍔《つば》を下へ曲げたのを被《かぶ》った男が、馭者台に乗って、俯向き加減になっている。

不精らしく歩いて行く馬の蹄の音と、小石に触れて鈍く軋《きし》る車輪の響とが、単調に聞える。

己は塔が灰色の中に灰色で画《えが》かれたようになるまで、海岸に立ち尽していた。

＊　＊　＊　＊

電灯の明るく照っている、ホテルの広間に這入ったとき、己は粗い格子の縞羅紗《しまらしゃ》のジャケツとずぼんとを着た男の、長い脚を交叉させて、安楽椅子に仰向けに寝たように腰を掛けて新聞を読んでいるのを見た。この、柳敬助という人の画が※toile《トアル》[*1]を抜け出たかと思うように脚の長い男には、きのうも同じ広間で出合ったことがあるのである。

「何か面白い事がありますか」と、己は声を掛けた。

新聞を広げている両手の位置を換えずに、脚長は不精らしくちょいと横目でこっちを見た。「Nothing at all !」[*2]物を言い掛けた己に対してよりは、新聞に対して不平なような調子で言い放ったが、暫くして言い足した。「又椰子《やし》の殻に爆薬を詰めたのが二つ三つあったそうですよ。」

＊1　画布、カンヴァスを意味するフランス語。柳敬助は実在の洋画家（一八八一～一九二三）。

＊2　「まったく何もないですな！」という意味の英語。このローマ字つづりだけにルビが振られていない。

「革命党ですね。」

己は大理石の卓の上にあるマッチ立てを引き寄せて、煙草に火を附けて、椅子に腰を掛けた。

暫くしてから、脚長が新聞を卓の上に置いて、退屈らしい顔をしているから、己は又話し掛けた。「へんな塔のある処へ往って見て来ましたよ。」

「※Malabar《マラバア》 hill《ヒル》[*3]でしょう。」

「あれはなんの塔ですか。」

「沈黙の塔です。」

「車で塔の中へ運ぶのはなんですか。」

「死骸です。」

「なんの死骸ですか。」

「※Parsi《パアシイ》[*4]族の死骸です。」

「なんであんなに沢山死ぬのでしょう。コレラでも流行っているのですか。」

「殺すのです。又二三十人殺したと、新聞に出ていましたよ。」

「誰が殺しますか。」

「仲間同志で殺すのです。」

「なぜ。」

「危険な書物を読む奴を殺すのです。」

「どんな本ですか。」

「自然主義と社会主義との本です。」

「妙な取り合せですなあ。」

「自然主義の本と社会主義の本とは別々ですよ。」

「はあ。どうも好く分かりませんなあ。本の名でも知れていますか。」

「一々書いてありますよ。」脚長は卓の上に置いた新聞を取って、広げて己の前へ出した。

己は新聞を取り上げて読み始めた。脚長は退屈そうな顔をして、安楽椅子に掛けている。

直ぐに己の目に附いた「パアシイ族の血腥き争闘」という標題の記事は、可なり客観的に書いたものであった。

＊　＊　＊　＊

パアシイ族の少壮者は外国語を教えられているので、段々西洋の書物を読むようになった。英語が最も広く行われている。併《しか》し仏語や独逸語も少しずつは通じるようになっている。この少壮者の間に新しい文芸が出来た。それは主として小説で、其《その》小説は作者の口からも、作者の友達の口からも、自然主義の名を以て吹聴せられた。Zola《※ゾラ》が Le Roman expérimental《※ル ロマン エクスペリマンタル》＊5 で発表したような自然主義と同じだとは云われないが、

＊3　マラバーの丘。インドの南西端地方に Malabar Coast（マラバー海岸）という地名がある。
＊4　イスラム教徒による迫害を避けて八世紀ごろインドに逃れたペルシア系のゾロアスター教徒。
＊5　エミール・ゾラ『実験小説論』（一八八〇）。

又同じでないとも云われない。兎《と》に角《かく》因襲を脱して、自然に復《かえ》ろうとする文芸上の運動なのである。

自然主義の小説というものの内容で、人の目に附いたのは、あらゆる因襲が消極的に否定せられて、積極的には何の建設せられる所もない事であった。此思想の方嚮*6を一口に言えば、懐疑が修行で、虚無が成道である。此方《この》嚮から見ると、少しでも積極的な事を言うものは、時代後《おく》れの馬鹿ものか、そうでなければ嘘衝《うそつ》きでなくてはならない。

次に人の目に附いたのは、衝動生活、就中《なかんづく》性欲方面の生活を書くことに骨が折ってある事であった。それも西洋の近頃の作品のように色彩の濃いものではない。言わば今まで遠慮し勝ちにしてあった物が、さほど遠慮せずに書いてあるという位に過ぎない。

自然主義の小説は、際立った処を言えば、先ずこの二つの特色を以て世間に現れて来て、自分達の説く所は新思想である、現代思想である、それを説いている自分達は新人である、現代人であると叫んだ。

そのうちにこういう小説がぽつぽつと禁止せられて来た。その趣意は、あんな消極的思想は安寧秩序を紊《みだ》る、あんな衝動生活の叙述は風俗を壊乱するというのであった。

丁度其頃此土地に革命者の運動が起っていて、例の椰子の殻の爆裂弾を持ち廻る人達の中に、パアシイ族の無政府主義者が少し交っていたのが発覚した。そして此 Propagande par le fait《※プロパガンド パアル ル フェエ》*7 の連中が縛られると同時に、社会主義、共産主義、無政府主義なんぞに縁のある、乃至《ないし》縁のありそうな出板《(ママ)》物が、社会主義の書籍という符牒の下に、安寧秩序を紊るものとして禁止せられることになった。

此時禁止せられた出板物の中に、小説が交っていた。それは実際社会主義の思想で書いたものであって、自然主義の作品とは全く違っていたのである。

併《しか》し此時から小説というものの中には、自然主義と社会主義とが這入っているということになった。

そういう工合《ぐあい》に、自然主義退治の火が偶然社会主義退治の風であおられると同時に、自然主義の側で禁止せられる出板物の範囲が次第に広がって来て、もう小説ばかりではなくなった。脚本も禁止せられる。抒情詩も禁止せられる。論文も禁止せられる。外国ものの翻訳も禁止せられる。

そこで文字に書きあらわされてある、あらゆるものの中から、自然主義と社会主義とが捜されるということになった。文士だとか、文芸家だとか云えば、もしや自然主義者ではあるまいか、社会主義者ではあるまいかと、人に顔を覗かれるようになった。

文芸の世界は疑懼《ぎく》の世界となった。

此時パアシイ族のあるものが「危険なる洋書」という語を発明した。

危険なる洋書が自然主義を媒介した。危険なる洋書が社会主義を媒介した。翻訳をするものは、その儘《まま》危険物の受売をするのである。創作をするものは、西洋人の真似をして、舶来品まがいの危険物を製造するのである。

安寧秩序を紊る思想は、危険なる洋書の伝えた思想である。風俗を壊乱する思想も、危険なる洋書の伝えた思想である。

＊6　ほうこう。方向と同義。
＊7　「行為による宣伝」という意味のフランス語。

危険なる洋書が海を渡って来たのは Angra《※アングラ》 Mainyu《マイニユウ》*8 の神の為業である。

危険なる洋書を読むものを殺せ。

こういう趣意で、パアシイ族の間で、Pogrom《※ポグロム》*9 の二の舞が演ぜられた。そして沈黙の塔の上で、鴉が宴会をしているのである。

＊　＊　＊　＊

新聞に殺された人達の略伝が出ていて、誰は何を読んだ、誰は何を翻訳したと、一々「危険なる洋書」の名を挙げてある。

己はそれを読んで見て驚いた。

Saint-Simon《※サン シモン》 のような人の書いた物を耽読しているとか、Marx《※マルクス》 の資本論を訳したとかいうので社会主義者にせられたり、Bakunin《※バクニン》, Kropotkin《※クロポトキン》 を紹介したというので、無政府主義者にせられたとしても、読むもの訳するものが、必ずしも其主義を遵奉するわけではないから、直ぐになる程とは頷かれないが、嫌疑を受ける理由丈はないとも云われまい。

Casanova《※カサノワ》*10 や Louvet de Courvay《※ルエ ド クウルエエ》*11 の本を訳して、風俗を壊乱すると云われたのなら、よしやそう云う本に文明史上の価値はあるとしても、遠慮が足りなかったという丈の事はあるだろう。

併し所謂《いわゆる》危険なる洋書とはそんな物を斥《さ》して言っているのではない。

ロシア文学で Tolstoi《※トルストイ》 の或る文章を嫌うのは、無政府党が「我信仰」や「我懺悔」を主義宣伝に応用しているから、一応尤《もっと》もだとも云われよう。小説や脚本には、世界中どこの国でも、格別けむたがっているような作はない。それを危険だとしてある。「戦争と平和」で、戦争に勝つのはえらい大将やえらい参謀が勝たせるのではなくて、勇猛な兵卒が勝たせるのだとしてあれば、此観察の土台になっている個人主義を危険だとするのである。そんな風に穿鑿《せんさく》をすると同時に、老伯*12が素食をするのは、土地で好い牛肉が得られないからだと、何十年と継続している伯の原始的生活をも、猜疑の目を以て視る。

※Dostojewski《ドストエウスキー》は「罪と償」で、社会に何の役にも立たない慾ばり婆々ぁに金を持たせて置くには及ばないと云って殺す主人公を書いたから、所有権を尊重していない。これも危険である。それにあの男の作は癲癇病みの譫語《うわごと》に過ぎない。※Gorki《ゴルキイ》*13は放浪生活にあこがれた作ばかりをしていて、社会の秩序を踏み附けている。これも危険である。それに実生活の上でも、籍を社会党に置いている。※Artzibaschew《アルチバシエフ》*14は個人主義の元祖※Stirner《スチルネル》*15を崇拝していて、革命家を主人公にした小説を多く出す。これも危険である。それに肺病で体が悪くなって、精神までが変調を来している。

フランスとベルジック*16との文学で、※Maupassant《モオパッサン》の書いたものには、毒を以て毒を制するトルストイ伯

*8 ゾロアスター教の暗黒と悪の神。アフリマン（Ahriman）とも呼ばれる。
*9 大量虐殺。もとはロシア語。
*10 十八世紀イタリアの享楽主義者。当時の風俗を伝える『回想録』が有名。
*11 十八世紀末、フランス革命期の風俗小説家。
*12 レフ・トルストイは伯爵だった。
*13 ロシアの作家、マクシム・ゴーリキイ。のちにソ連の代表的作家となった。
*14 二十世紀初頭のロシアの作家、ミハイル・アルツィバーシェフ。代表作は『サーニン』（一九〇七）など。
*15 十九世紀中葉のドイツの哲学者、マックス・シュティルナー。個人主義と無政府主義を唱えた。
*16 ベルギーのフランス語名。

の評のとおりに、なんの為に書いたのだという趣意がない。無理想で、※amoral《アモラル》＊17である。狙わずに鉄砲を打つほど危険な事はない。あの男はとう〳〵追躡妄想で自殺してしまった。＊18※Maeterlinck《マアテルリンク》＊19は※Monna Vanna《モンナ ワンナ》のような奸通劇を書く。危険極まる。

イタリアの文学で、※D'Annunzio《ダヌンチオ》は小説にも脚本にも、色彩の濃い筆を使って、性欲生活を幅広に写している。「死せる市」では兄と妹との間の恋をさえ書いた。これが危険でないなら、世の中に危険なものはあるまい。

スカンヂナヰアの文学で、※Ibsen《イプセン》は個人主義を作品にあらわしていて、国家は我敵だとさえ云った。※Strindberg《ストリンドベルク》は伯爵家の令嬢が父の部屋附の家来に身を任せる処を書いて、平民主義の貴族主義に打ち勝つ意を寓した。これまでもストリンドベルク＊20は本物の気違になりはすまいかと云われたことが度々あるが、頃日《けいじつ》又少し怪しくなり掛かっている。いずれも危険である。

英文学で、※Wilde《ワイルド》の代表作としてある※Dorian Gray《ドリアン グレエ》を見たら、どの位人間の根性が恐ろしいものだということが分かるだろう。秘密の罪悪を人に教える教科書だと言っても好い。あれ程危険なものはあるまい。作者が男色事件で刑余の人になってしまったのも尤もである。※Shaw《ショオ》は「悪魔の弟子」のような廃《すた》れものに同情して、脚本の主人公にする。危険ではないか。お負《まけ》に社会主義の議論をも書く。

独逸文学で、※Hauptmann《ハウプトマン》は「織屋」を書いて、職工に工場主の家を襲撃させた。※Wedekind《エデキント》は「春の目ざめ」を書いて、中学生徒に私通をさせた。どれもどれも危険此上もない。

パアシイ族の虐殺者が洋書を危険だとしたのは、ざっとこんな工合である。

＊　＊　＊　＊

パアシイ族の目で見られると、今日の世界中の文芸は、少し価値を認められている限《かぎり》は、平凡極まるものでない限は、一つとして危険でないものはない。

それは其筈《そのはず》である。

芸術の認める価値は、因襲を破る処にある。因襲の圏内にうろついている作は凡作である。因襲の目で芸術を見れば、あらゆる芸術が危険に見える。

芸術は上辺《※うわべ》の思量から底に潜む衝動に這入って行く。絵画で移り行きのない色を塗ったり、音楽がchromatique《※クロマチック》＊21の方嚮に変化を求めるように、文芸は印象を文章で現そうとする。衝動生活に這入って行くのが当り前である。衝動生活に這入って行けば性欲の衝動も現れずにはいない。

芸術というものの性質がそうしたものであるから、芸術家、殊に天才と言われるような人には実世間で秩序ある生活を営むことの出来ないのが多い。Goethe《※ギヨオテ》が小さいながら一国の国務大臣をしていたり、ずっと下って Disraeli《※ヂスレリイ》＊22が内閣に立って、帝国主義の政治をしたようなのは例外で、多くは過激な言論をした

＊17　「道徳的規準を持たない」という意味の英・仏語。
＊18　モーパッサンは発狂して自殺を企て、精神病院で死んだ。追躡（ついじょう）妄想とは、だれかに跡をつけられていると思いこむ被害妄想。
＊19　ベルギーの劇作家、モーリス・メーテルランク。戯曲『ペレアスとメリザンド』や『青い鳥』で知られている。
＊20　スウェーデンの劇作家、アウグスト・ストリンドベルイのドイツ語読み。
＊21　「半音階」という意味のフランス語。
＊22　イギリスの小説家。一八六〇年代から七〇年代にかけて通算約七年間、首相の座にあった。

り、不検束な挙動をしたりする。Georgen Sand《※ジョルジ サンド》とEugène Sue《※ユウジエヌシュウ》[23]とがLeroux《※ルルウ》[24]なんぞと一しょになって、共産主義の宣伝をしても、Freiligrath《※フライリヒラアト》, Herwegh《※ヘルエク》, Gutzkow《※グツコフ》[25]の三人がMarx《※マルクス》と一しょになって、社会主義の雑誌に物を書いても、文芸史家は作品の価値を害するとは認めない。

学問だって同じ事である。

学問も因襲を破って進んで行く。一国の一時代の風尚に肘を掣せられていては、学問は死ぬる。

学問の上でも心理学が思量から意志へ、意志から衝動へ、衝動からそれ以下の心的作用へと、次第に深く穿って行く。そしてそれが倫理を変化させる。形而上学を変化させる。Schopenhauer《※ショオペンハウエル》は衝動哲学と云っても好い。系統家のHartmann《※ハルトマン》やWundt《※ウント》があれから出たように、Aphorismen《※アフォリスメン》[26]で書くNietzsche《※ニイチェ》もあれから出た。発展というものを認めないショオペンハウエルの彼岸哲学が超人を説くニイチェの此岸哲学をも生んだのである。

学者というものも、あの若い時に廃人同様になって、おとなしく世を送ったハルトマンや、大学教授の職に老いるヴントは別として、ショオペンハウエルは母親と義絶して、政府の信任している大学教授に毒口を利《き》いた偏屈ものである。孝子でもなければ順民でもない。ニイチェが頭のへんな男で、とう〳〵発狂したのは隠れのない事実である。

芸術を危険だとすれば、学問は一層危険だとすべきである。Hegel《※ヘエゲル》派の極左党で、無政府主義を跡継ぎに持っているMax Stirner《※マックス・スチルネル》の鋭利な論法に、ハルトマンは傾倒して、結論こそ違うが、無意識哲学の迷いの三期を書いた。ニイチェの「神は死んだ」も、スチルネルの「神は幽霊だ」を顧みれば、古いと云わなくてはならない。これも超人という結論が違うのである。

芸術も学問も、パアシイ族の因襲の目からは、危険に見える筈である。なぜというに、どこの国、いつの世でも、新しい道を歩いて行く人の背後には、必ず反動者の群がいて隙《すき》を窺《うかが》っている。そして或る機会に起《た》って迫害を加える。只口実丈《だけ》が国により時代によって変る。危険なる洋書も其口実に過ぎないのであった。

＊　＊　＊　＊

マラバア・ヒルの沈黙の塔の上で、鴉のうたげが酣《たけなわ》である。（完）

＊23　サンドもシューも、十九世紀中葉のフランスの作家。社会批判的なルポルタージュ的文学の先駆者でもあった。

＊24　ピエール・ルルー。十九世紀フランスの哲学者・評論家。サン・シモンの社会主義思想の影響を受けていた。

＊25　いずれも十九世紀中葉のドイツの社会批判的な詩人・作家。

＊26　「アフォリズム」（箴言、警句とも訳される短い思想的表現）を意味するドイツ語の複数形。

# 日本無政府主義者陰謀事件経過及び附帯現象

石川啄木

幸徳秋水が逮捕された翌日の一九一〇年六月二日から書き始めて、中断をはさんだのち、断続的に十一月十日まで書きつづけ、翌年一月二十四日（十一人処刑の当日）深夜に最終的な整理がなされた。「大逆事件」関係の啄木の文章としては、この他に、《'V' NAROD' SERIES A LETTER FROM PRISON》や、あまりにも有名な「時代閉塞の現状」がある。前者は、雑誌『スバル』（啄木は、一九〇九年一月の創刊から一年間、この雑誌の発行名義人でもあった）を財政的に支えていた歌人・小説家で弁護士の平出修から、一九一〇年十二月十八日、幸徳傳次郎の三弁護士あての書簡（本書収載「暴力革命について」）を借りて、手書きで筆写し、それに自身の註釈《EDITOR'S NOTES》と、クロポトキンの自伝《MEMOIRS OF A REVOLUTIONIST》の一節を付したもの。後者は、初期報道の衝撃から一九一〇年八月に書き下ろされた。著者の生前には（というよりも、敗戦を待たなければ）発表できなかったこれら三篇の重要な資料のうちから、本書では、新聞報道に沿って「事件」の進行をあらためて概観し、啄木の考察や批判を明らかにするためにも、この一篇を選んだ。テキストは筑摩書房版『啄木全集』第四巻（一九六七年九月）に拠っている。

明治四十三年（西暦一九一〇）六月二日

東京各新聞社、東京地方裁判所検事局より本件の犯罪に関する一切の事の記事差止命令を受く。各新聞社皆この命令によりて初めて本件の発生を知れり。命令はやがて全国の新聞社に通達せられたり。

同年六月三日

本件の犯罪に関する記事初めて諸新聞に出づ。但し主として秋水幸徳伝次郎が相州湯ケ原の温泉宿より拘引せられたるを報ずるのみにして、犯罪の種類、内容に就いては未だ何等の記載を見ず。比較的長文の記事を掲げたる東京朝日新聞によれば、幸徳伝次郎は四十三年四月七日、妻（内縁の妻管野すが）と共に相模国足柄下郡土肥村大字湯ケ原に到り、温泉宿天野屋に在りて専心「基督伝」[*1]の著述に従い、五月六日妻と共に一旦帰京、同月十日更に単身同地に到り、悠々として著述の筆を続けいたるものにして、六月一日に至り、帰京する旨を告げて午前七時三十分頃天野屋を立出《たちい》で、人力車を駆りて軽便鉄道停車場に急ぐ途中、東京、横浜の両地方裁判所判、検事及び小田原区裁判所の名越判事等の一行六名に逢い、直ちに取押えられて一旦湯ケ原駐在所に引致され、令状執行の上身体検査を受けて、同午前九（?）時十六分同地発軽便鉄道により東京に護送せられたるものなり。而して同紙は、幸徳は数ケ月前より其《その》同志中の或《ある》一部より変節者を以《もっ》て目せられ、暗殺、天誅等の語を蒙るに至りしより、警視庁は却《かえ》って刑事を派して同人を警護せしめ、後同志の激昂漸く鎮静するに及びて戒を解くに至りしものにして、湯ケ原駐在巡査の如きは、拘引当日、同人の引かれて駐在所に入るに逢いて其何の故なるかを知るに苦しみし旨、及び同じく天野屋に滞在中の田岡嶺雲氏が、幸徳と同郷の知人たる故《ゆえ》を以て、幸徳拘引後種々の迷惑を享《う》けたる旨を附記せり。この記事は「社会主義者捕縛」と題したるものにして、約

＊1　『基督抹殺論』のこと。この著は幸徳が処刑される直前に獄中で完成され、死の直後、二月一日に刊行された。

一段に及べり。

同年六月五日

この日の諸新聞に初めて本件犯罪の種類、性質に関する簡短なる記事出で、国民をして震駭《しんがい》せしめたり。東京朝日新聞の記事は「無政府党の陰謀」と題し、一段半以上に亘《わた》るものにして、被検挙者は幸徳の外に管野すが、宮下太吉、新村忠雄、新村善兵衛、新田融、古川力蔵（作）の六名にして、信州明科《あかしな》の山中に於て爆裂弾を密造し、容易ならざる大罪を行わんとしたるものなる旨を記し、更に前々日の記事を補足して、幸徳が昨（四十二）年秋以来友人なる細野次郎氏の斡旋にて警視庁の某課長と数次の会見を重ね、遂に主義宣伝を断念することを誓いて同人に関する警戒を解かれたる事、及び其友人荒畑寒村が赤旗事件の罪に坐して入獄中、同人内縁の妻管野すがを妻（内縁）としたる事等によりて同志の怨恨を買いたるものなるが、近来表面頗《すこぶ》る謹慎の状ありしは事実なるも、そは要するに遂に表面に過ぎざりしなるべしと記載し、終りに東京地方裁判所小林検事正の談を掲げたり。曰く、

今回の陰謀は実に恐るべきものなるが、関係者は只前記七名のみの間に限られたるものにして、他に一切連累者《れんるいしゃ》なき事件なるは余の確信する所なり。されば事件の内容及びその目的は未だ一切発表しがたきも、只前記無政府主義者男四名女一名が爆発物を製造し、過激なる行動をなさんとしたる事発覚し、右五名及連累者二名は起訴せられたる趣《おもむき》のみは本（四）日警視庁の手を経て発表せり。云々。

尚同記事中、東京に於ては社会主義者に対する警戒取締頗る厳重なるため、爾後《じご》漸く其中心地方に移るに至り、特に長野県屋代町は新村融（忠雄）の郷里にして、同人は社会主義者中にありても最も熱心且

つ過激なる者なるより、自然同地は目下同主義者の一中心として附近の同志約四十名を数え居る事、及び現在日本に於ける社会主義者中、判然無政府党と目すべき者約五百名ある事を載せたり。

同年六月八日

東京朝日新聞は、去る三日和歌山県東牟婁郡新宮町にて、禄亭事《こと》ドクトル大石誠之助を初め同人甥西村伊作、牧師沖野岩三郎外《ほか》五名家宅捜索を受け、五日大石は令状を執行され、六日警官三名の護衛の下に東京に護送せられたる旨を報ぜり。記事によれば、大石は米国に遊びて医学を治め、ドクトルの称号あり、甥西村はこれも欧米に遊びたる事ありて家には五十万円以上の資産あり、地方人士の崇拝を受け、青年団の行動を左右する程の勢力ありと。

翌九日に至りて同紙の載せたる詳報は同人等の名望を否定したり。

同年六月十三日

「婦人社会主義者喚問」と題し、甲府市に在る宮下太吉の姉妹に関する記事東京朝日新聞に出づ。

同年六月二十一日

東京朝日新聞は「無政府主義者の全滅」と題し、和歌山に於ける大石、岡山に於ける森近等の捕縛を最後として、本件の検挙も一段落を告げたるものとなし、斯《か》くて日本に於ける無政府主義者は事実上全く滅亡したるものにして、第二の宮下を出さざる限りは国民は枕を高うして眠るを得ん云々の文を掲げたり。

文中また今日の如き厳重なる取締の下に在りて彼等が如何にして此の如き大陰謀を企て、相互の間に連絡を取りたるかに言及し、其巧妙なる連絡法の一例として、彼等が新聞紙中の活字に符号を付して送り、受信者は其符号に従って文字を拾い読みし、以て其意を汲むに及びて之を焼棄しいたるものなるを記せり。

因《ちなみ》に、本件は最初社会主義者の陰謀と称せられ、やがて東京朝日新聞、読売新聞等二三の新聞によりて、時にその本来の意味に、時に社会主義と同義に、時に社会主義中の過激なる分子てふ[*2]意味に於て無政府主義なる語用いらるるに至り、後検事総長の発表したる本件犯罪摘要によりて無政府共産主義の名初めて知られたりと雖《いえど》も、社会主義、無政府主義の二語の全く没常識的に混用せられ、乱用せられたること、延《ひ》いて本件の最後に至れり。※啻《ただ》に新聞紙の記事、一般士民の話柄に於て然りしのみならず、本件裁判確定後間もなく第二十七議会に於て試みられたる一衆議院議員の質問演説中、また本件を呼ぶに社会主義者云々の語を以てしたるを見る。而《しか》して其結果として、社会主義とは啻に富豪、官権に反抗するのみならず、国家を無視し、皇室を倒さんとする恐るべき思想なりとの概念を一般民衆の間に流布せしめたるは、主として其罪無智且つ不謹慎なる新聞紙及び其記者に帰すべし。又一方より見れば、斯くの如きは以て国民の理解の程度、未だ本件の真意義を咀嚼する能わざる一証左とすべし。

同年　月

（編者註　この項欠）

同年八月四日

文部省は訓令を発して、全国図書館に於て社会主義に関する書籍を閲覧せしむる事を厳禁したり。後内務省も亦《また》特に社会主義者取締に関して地方長官に訓令し、文部省は更に全国各直轄学校長及び各地方長官に対し、全国各種学校教職員若《も》しくは学生、生徒にして社会主義の名を口にする者は、直ちに解職又は放校の処分を為すべき旨《むね》内訓を発したりと聞く。

同年八月二十九日

韓国併合詔書の煥発と同時に、神戸に於て岡林寅松、小林丑治外二名検挙せられ、韓人と通じて事を挙げんとしたる社会主義者なりと伝えらる。

同年九月六日

この日安寧秩序を紊乱《びんらん》するものとして社会主義書類五種発売を禁止せられ、且つ残本を差押えられたり。爾後約半月の間、殆《ほとん》ど毎日数種、時に十数種の発売禁止を見、全国各書肆、古本屋、貸本屋は何《いず》れも警官の臨検を受けて、少きは数部、多きは数十部を差押えられたり。而して右は何れも数年前若しくは十数年前の発行に係るものにして長く坊間*3に流布して其頒布自由なりしものなり。若《も》し夫《そ》れ臨検警官の差押えたる書中、其録する所全く社会主義に関せざるも猶《なお》題号に「社会」の二字あるが為に累を受けたるものありしというに至りては、殆ど一笑にも値いしがたし。「昆虫社会」なる雑誌（？）の発行者亦刑事の為に訊ねらるる所ありたりという。発売禁止書類中左の数書あり。

＊2　「てふ」は「という」を意味する古い表記。「ちゅう」と読む。

＊3　市中の意味。「坊」は都市の区画。

通俗社会主義（堺利彦著）
七花八裂（杉村楚人冠著）
兆民先生[*4]
普通選挙の話（西川光二郎著）
近世社会主義史（田添幸枝著）
社会学講義（大月隆著）
良人の自白（小説）前篇及後篇（木下尚江）
社会主義神髄（幸徳秋水著）

同年九月十九日

東京朝日新聞の左の如き記事あり。

●社会主義者の検挙

▽神奈川県警察部の活動

神奈川県警察部は数日前より県下各警察署に命じ市郡に散在せる結社の内偵を為しつゝありしが、機愈々《※いよいよ》熟したりと見え服部検事は各署に到りて密々《※みつみつ》打合を為し、遂に加賀町署に命を伝え一昨夜根岸町柏原《※かしわばら》田中佐市《※さいち》（四十五）長者町九丁目菓子屋金子新太郎（三十八）の両人は松山予審判事の令状を以って直《※ただち》に根岸の未決監に収容され、又根岸町字芝生大和田《※あざしばふおおわだ》忠太郎（三十）末吉町三の四一画工高畑巳《※み》三郎（三十二）の両人も拘引取調を受け、同町四の五三代書業吉田只次《※ただじ》（四十）及び神奈川町字《※あざ》

台《だい》独逸医学博士加藤時次郎の二人は家宅捜索を受けたれども拘引せられず、右の内第一に逮捕されし田中佐一《（ママ）》は土地家屋を所有し相当資産ありて同志の秘密出版其他の費用をも負担し居たるものなりと。尚今回家宅捜索の際押収せるものは近頃発売禁止となりたる書籍と同志間の往復書類及び横浜に於ける秘密出版物等なるが、昨日は日曜にも拘らず警察部より今井警部、山口警部補出動し加賀町署と協力引続き活動を為しつゝあり。

同年九月二十三日

　東京朝日新聞に左の如き記事あり。

●社会主義者の取調

恐るべき大陰謀を企てたる幸徳秋水、管野すが等の社会党員に対する其筋の大検挙は、東京、横浜、長野、神戸、和歌山其他全国各地に亘《※わた》りて着々進行し、彼《か》の故奥宮検事正の実弟、公証人奥宮某の如きも、被検挙者の一人に数えらるゝに至りたり、斯《か》くて大審院に於ては特別組織の下に彼等の審理に着手し、松室検事総長は神戸より上京したる小山検事正及び大賀、武富等の専任をして夫々監獄に就きて取調べを進めつゝあり、何さま重大なる案件の事とて各被告は夫々《※それぞれ》別房に分ちて収禁《※しゅうきん》しつゝありとなり。

●京都の社会主義者狩

＊4　『兆民先生』は幸徳秋水の著書。一九〇二年五月刊。

社会主義者に対する現内閣の方針はこれを絶対的に掃蕩し終らずんば止《や》まじとする模様あり、東京の検挙に次で大阪、神戸等に於ける大検挙となり、近くは幸徳秋水等の公判開廷されんとするに際しこゝに又々京都方面に於て極めて秘密の間に社会主義者の大検挙に着手したる様子あり、未だ知られざりし社会主義者又は社会主義に近き傾向を有する同地方の青年等は恟々《きょうきょう》安《やす》からずと云う。

同年九月二十四日

東京朝日新聞紐育《ニューヨーク》電報中左の一項あり。

●日本社会党論評（同上）

二十一、二両日の諸新聞は日本の社会党が容易ならざる大逆の陰謀を企て居れりとの報を載せ、中にもウォールド新聞の如きは日本は今日までは善良なる文明を輸入し居りしも今日は追々悪しき文明を輸入し初めたりと論じ居れり。

又左の記事あり。

●堺大杉等の転監

▽極秘密に東京へ送る

今回の社会主義者検挙に就き赤旗事件に依り千葉監獄に服役中なる社会主義者堺枯水《さかいこせん》、大杉栄《おおすぎえい》等に対し去月下旬東京地方裁判所小原検事は同監獄に出張取調ぶる所ありしが、東京検事局にては審理及び捜査上不便少からざるより、同人等の転監を申込み来りたれば二十二日夜八時東京監獄より押送吏《おうそうり》は刑事巡査数名と共に千葉監獄に来り極めて秘密の中に堺、大杉外一名を東京に護送したり。（千葉電

話）
但し右は移監に非ずして満期出獄となりたるものなり。
同年十月五日
東京朝日新聞左の記事を掲ぐ。
●社会主義者の疲弊
▽守田文治《※もりたぶんじ》と福田武三郎拘引
▽社会主義は不自由なものだ
以前より其筋の注意を受け居たる社会主義者守田文治（二十九）福田武三郎（二十七）は昨四日午前何れも自宅より検事局へ拘引されたり。
▲自然と人の著者　守田は号を有秋《※いうしう》と云い過ぐる卅三年五月友人山川均と共に雑誌「青年の福音」へ「強力の為に圧せられたる云々」の記事を掲載して不敬罪に問われ、重懲役三年六ケ月罰金百二十円の処分を受けしが、出獄後両人とも過劇（ママ）なる社会主義を唱え山川は例の赤旗事件にて再び入獄したるも、守田は激烈なる虚無党主義を以て清韓印度等の留学生と結託し何事をか為さんとしたるも、友人等は守田の思想が益〻悪傾向に陥るを見て四面より之を制止したれば、同人も大に感じたりと見え爾来同主義者との交際を断ち頗《※すこぶ》る謹慎の状を現し、絶対に社会主義を唱えずと誓約して某新聞社に入り老母妻子と共に府下大久保に居住し極めて平和の生活を為し居たるも、昨年中同人の出版したる著書「自然と人」の中に端《はし》なくも軍隊を咀《※のろ》いし一節ありて、当時友人は再び眉を顰《※ひそ》めしが、幸徳一派

とは別に交際し居る形跡を認めざりしに昨日に至り突然検挙されしなり、其内容は不明なるも矢張秘密の裡に過劇派《(ママ)》と往復し居たるものには非ざるか。

▲一介の活版職工　福田武三郎は本所厩橋凸版印刷株式会社の植字職工にして、本所番場町七六森長七《※ちょうしち》方の二階三畳の座敷に起臥し居る微々たる一職工なるが、平素心理、衛生、英文に関する幾多の書籍を蔵し、又社会主義に関する書籍を耽読せり、同人は島根県の生れにして昨年九月浅草区小島町七三中村八十吉の世話にて凸版会社に入り日給七十二銭を受けしも、高橋勝作と偽名し其後本年七月に至り府下寺島村八九三マルテロ社より森方へ転宿し来りしものにて、一日も会社を休みし事なく、下宿に在っても酒煙草を飲まず只一回ビールを飲みて酩酊し其夜吉原に遊びし事ありと、下宿の主人森長七の承諾を得て福田の居室を見るに狭き三畳の座敷に大なる机を控え其の周囲は悉《※ことごと》く書籍を以て埋まり如何にも書籍の裡《うち》に起臥し居たるもの、如し、福田が最近友人に送りし書翰を見るに其思想頗る変化せしもの、如く、彼の大阪に於ける友人が彼の活動を賞讃して主義の為めに奮闘せよと激したる書翰に対し左の如く答え居れり。

吾々は万の研究を了《お》えた結果社会主義に来たものでない、只社会主義に偶然出会ったら、気骨のある連中が比較的立派な説を正直に唱えて運動して居る、之が吾々と意気が一時投合したから暫時御仲間入をして激語を放ったに過ぎない。　加之《これにくわうる》に在京中毎度話をした如く吾々は比較的多くの自由を得んが為めに叫びつゝあるのに、反《※かえっ》て常の人よりも不自由をより多く与えらる、ならば寧ろ叫ばぬが得策であると想う。

自由を得んとして反て不自由を与えられ寧《※むし》ろ社会主義を叫ばぬ方が得策なりとは、彼の浅薄なる思想を窺《※うかが》い知り得べきも、昨朝判検事出張し書籍及び手紙を押収したりと云えば守田と同じく何事にか関連し居たるものならん。

但し翌々日に至り、守田有秋は単に一時間許《ばか》りの訊問にて放還されたる旨訂正したり。

同年十一月八日

東京朝日新聞に左の如き記事出づ。

●社会主義公判

▽愈ゝ開かれんとす

先頃来我国全土に亘《※わた》りて厳に物色せられ検挙せられたる彼《か》の極端なる社会主義者幸徳伝次郎外数十名は、其犯行頗ぶる重大にして我国の史上殆ど空前に属する事件の由《よし》にて、我国最高裁判所たる大審院の横田院長は特に裁判所構成法規定の特別権限に拠《よ》り、同院の判事末弘厳石《※すゑひろげんせき》氏外数名に之が予審を命じ、秘密の裡にも深き秘密を守り窓戸《※そうこ》の開閉だに苟《※いやし》くもせざるよう密々《※みつみつ》予審を進めしめ居りしが、該《※がい》予審《よしん》も愈々《※いよいよ》数日前決定したるやの風説あり、夫《それ》かあらぬか専任として該事件の検挙に従事したる検事の如きも二三日前より夫々《それぞれ》他の事件を担任するに至りたるが、尚聞く所によれば該重大事件の公判は愈々来る二十日前後を以て開廷せらる、やの飛報あり、該公判は勿論、裁判所構成法第五十条第二項に当るべき事件として大審院は第一審にして終審たるべき特別裁判所を構成し最も鄭重なる手続により審理を行うべく、而《しか》して院長は既に夫々担任者を任命し院長自ら之が裁判長たるべき予定なりし処、本事件に関し院長は院長として執るべき事務頗る多きを以て、裁判長は別に某部長を以て当らしむる事に定めたりといえり、※扨斯《さてかく》て愈々公判開廷とならば、其審理は傍聴を許すべきや否や目下未定に属し居れども、当局者の意向によれば公開を禁じ全部判決の後に至らざれば該事件の真相をも亦公にせざる都合なりといえり。

同年十一月九日

東京朝日新聞に左の如き記事出づ。[*5]

刑法第二編第一章又は同第二章に該当せる恐るべき重罪犯嫌疑者として世間に喧伝せらるゝ社会主義者の氏名は、新村忠雄、新村善兵衛、幸徳伝次郎、管野すが、大石誠之助、高木※顕明《けんめい》、※崎久保誓《さきくぼせい》一、※小《こ》池《いけ》一郎、同※徳市《とくいち》、吉野※省《せい》一、横田※宗次郎《そうじろう》、※杓子甚助《しゃしじんすけ》、有村※忠恕《ちゅうじょ》等総計廿五六名にして本件の予審は普通の予審事件の如く予審判事の手に於て終結決定する者にあらず、刑事訴訟法第三百十四条同三百十五条の規定に基き予審判事は其取調べたる訴訟記録に意見を附して大審院に提出し、大審院長は検事総長の意見を聴きたる上其事件を公判に附すべきや否やを決定するの規定なり、又本件に関し弁護士は未だ正式に弁護届を差出さゞれども幸徳の弁護人は花井卓蔵、今村力三郎、大石の弁護人は今村力三郎、※鵜沢聡明《うざわそうめい》、高木、崎久保二名の弁護人は※平出修《ひらいでしゅう》等の諸氏依頼を受け居る由。

而してこの日大審院長は本件の予審終了を認め、特別刑事部の公判に附する決定を与え、其決定書と共に検事総長より本件犯罪摘要（十日東京朝日新聞所載記事中「大陰謀の動機」の一項則《すなわ》ちそれなり）を各新聞社に対し発表し、各新聞社は号外を発行したり。

同年十一月十日

東京朝日新聞が本件に関し掲載したる全文左の如し。(「被告中の紅一点」の一項は松崎天民君の筆。「一味徒党の面々」は渡辺君の筆。*6)

●無政府主義者

公判開始決定

▽幸徳等の犯罪

恐るべき大陰謀を企てたる重罪嫌疑を以て過般《かはん》検挙せられたる社会主義者の一団幸徳伝次郎等廿六名の裁判事件は、厳重なる秘密の裡に着々進行し愈々《※いよいよ》一昨八日大審院長は特別権限に属する予審の終了を認め、検事総長の意見を徴したる上被告全部を特別刑事部の公判に附するの決定をなしたり、決定書の全文は左の如し。

決定書

高知県幡多郡中村町大字中村町百七十三番屋敷　平民著述業

幸徳伝次郎

*5　刑法第二編(「罪」)の第一章(第七三条~七六条)は「皇室に対する罪」(いわゆる「大逆罪」および「不敬罪」)を、第二章は「内乱に関する罪」を定めていた。これらのうち第一章は敗戦後に削除されている。

*6　松崎天民(本名=市郎。一八七八~一九三四)。新聞記者で実話読物作家として人気があった。当時は『東京朝日新聞』の記者だった。「渡辺君」も同じく記者と思われるが、未詳。

明治四年九月廿（ママ）三日生

京都府葛野郡朱雀野村字聚楽廻豊楽西町七十八番地　平民無職

菅野事　管　野　す　が

明治十四年六月七日生

岡山県後月郡高屋村四千五十二番地　平民農

森　近　運　平

明治十四年一月二十日生

山梨県甲府市本町九十七番戸　平民機械鉄工

宮　下　太　吉

明治八年九月三十日生

長野県埴科郡屋代町百三十九番地　平民農

新　村　忠　雄

明治二十年四月二十六日生

福井県遠敷郡雲浜村竹原第九号字西作園場九番地　平民草花栽培業

古川事　古　河　力　作

明治十七年六月十四日生

北海道小樽区稲穂町畑十四番地　平民機械職工

長野県埴科郡屋代町百三十九番地　平民農
東京市神田区神田五軒町三番地　平民無職
高知県安芸郡室戸町大字元無家　平民活版文選職
和歌山県東牟婁郡新宮村《（ママ）》三百八十四番地　平民医業
同県同郡請川町《（ママ）》大字請川二百八十三番地　平民雑商

新　田　　融
明治十三年三月十二日生
新　村　善　兵　衛
明治十四年三月十六日生
奥　宮　健　之
安政四年十一月十二日生
坂　本　清　馬
明治十八年七月四日生
大　石　誠　之　助
慶応三年十一月四日生
成　石　平　四　郎
明治十五年八月十二日生

同県同郡新宮町五百六十四番地　平民僧侶

同県同郡同町二番地　平民僧侶

三重県南牟婁郡市木村大字下市木二百八番屋敷　平民農

和歌山県東牟婁郡請川村大(ママ)字耳打五百卅一番地　平民薬種売薬及雑貨商

熊本県玉名郡豊水村大字川島八百七十二番地　士族新聞記者

同県飽託郡大江村大字大江七百五十四番地　平民無職

高木顕明
元治元年五月廿(ママ)一日生

峰尾節堂
明治十八年四月一日生

崎久保誓一
明治十八年十月十二日生

成石勘三郎
明治十三年二月五日生

松尾卯一太
明治十二年一月廿七日生

新美卯一郎

同県熊本市西坪井町七番地　平民無職

同県鹿本郡広見村大字四千八百七十三番地　平民無職

神奈川県足柄下郡温泉村太平台三百三十七番地　平民僧侶

香川県高松市南紺屋町廿六番地　平民金属彫刻業

山口県吉敷郡大内村大字御堀二百三番屋敷　平民電灯会社雇

大阪市東区本町二丁目四番地　平民鉄葉細工職

明治十二年一月十二日生

佐々木道元

明治二十二年二月十日生

飛松与次郎

明治二十二年二月廿六日生

内山愚堂

明治七年五月（ママ）生

武田九平

明治八年二月二十日生

岡本頴一郎

明治十三年九月十二日生

高知県高知市鷹匠町四十番屋敷　平民神戸湊川病院事務員

三浦　安太郎

明治二十一年二月十日生

同県同市帯屋町四十一番屋敷　平民養鶏業

岡林　寅松

明治九年一月三十一日生

丑次事　小林　丑治

明治九年四月十五日生

右幸徳伝次郎外《ほか》二十五名が刑法第七十三条の罪に関する被告事件に付《つき》刑事訴訟法第三百十五条に依り大審院長の命を受けたる予審判事東京地方裁判所判事潮恒太郎同河島台蔵同原田鉱より差出したる訴訟記録及意見書を調査し検事総長松室致の意見を聴き之を審案するに本件は本院の公判に付すべきものと決定す

明治四十三年十一月九日

大審院特別刑事部に於て

裁判長判事　鶴　丈一郎

判事　志方　鍛

判事　鶴見　守義

判事　末弘厳石
判事　大倉鈕蔵
判事　常松英吉
判事　遠藤忠次
裁判所書記　田尻惟徳

### ▲大陰謀の動機

幸徳伝次郎（秋水）外二十五名が今回の大陰謀を為すに至りたる動機を繹《※たず》ぬるに、伝次郎は明治三十八年十一月米国桑港[*7]に至り同国の同主義者と交わり遂に個人の絶対自由を理想とする無政府共産主義を信ずるに至り、同港在留の日本人に対し其説を鼓吹し、翌三十九年五月頃社会革命党なるものを組織し本邦の同主義者と気脈を通じ、相呼応して主義の普及を図るの計画を為し同年六月帰朝し直接行動論を主唱したるに始まるものにして、同人は爾来《じらい》現今の国家組織を破壊して其理想を実現せんと欲し無政府主義者の泰斗たるクロポトキン其他の著書学説を翻訳出版して国内に頒布《※はんぷ》し、盛に無政府主義の鼓吹に努め、遂に多数の同主義者を得るに至り其言論益々過激となり、明治四十年二月十七日東京神田錦輝館に於ける日本社会党大会に於て直接行動を執るべき旨を公然主張するに至れり、尋《※つい》で同月二十二日先きに認許せられたる日本社会党は安寧秩序に妨害ありとし、其結社を禁止せられたり、

＊7　サンフランシスコの漢字表記。「そうこう」と読む。港湾都市なので後出の「同港在留」というような表現がなされた。

所謂直接行動とは議会政策を否認し総同盟罷業[*8]破壊暗殺等の手段を以て其目的を達せんとするものにして、伝次郎等は其初《そのはじめ》に当りては秘密出版其他の方法に依り主として其思想の普及を図りしも、遂に進んで過激なる手段を執るに至り、同主義者は其第一着手として明治四十一年六月二十二日東京神田に於て無政府共産革命と大書したる赤旗を白昼公然街路に翻えし示威運動を為し、警察官の制止に抵抗して争闘を挑み其十数名は処刑[*9]せられたり、当時郷里高知県に於て無政府主義の著述に従事し居りたる伝次郎は、同年七月郷里を出発し途次新宮及箱根に於て同志に謀《はか》るに暴挙を決行せんことを以てし、八月上京し屢々同志と会合したる末《すえ》主義普及の手段として今回の陰謀を為すに至りたり、而して本件が本年五月下旬長野県明科に於て発覚したる際被告人となりし者は宮下太吉、新村忠雄、新村善兵衛、新田融、東京に於て逮捕されたる古河力作、当時東京監獄に労役場留置中の管野すが及び神奈川県湯河原に於て逮捕されたる伝次郎の七名に過ぎざりしに、厳密に捜査を為したる結果陰謀に参与せし者各地に散在せること発覚し遂に二十六名の被告人を出すに至りしなりと、

▲刑法七十三条の罪

決定罪状の刑法第七十三条は茲に改めて記す迄もなく刑法第二編第一章皇室に対する罪に属して左の明文あり

第七十三条　天皇、太皇太后、皇太后、皇后、皇太子又は皇太孫に対し危害を加え又は加えんとしたる者は死刑に処す

而して公判に於て該条により処断せらるるものとせば被告等の運命得て知るべきなり

▼公判と弁護人　愈々公判開始と決定したるにより横田大審院長は昨日直ちに鶴裁判長以下各判事を集めて公判開始に関する協議会を開き午後三時より司法省に於ける司法官会議に出席せり、※左《さ》れば公判開廷の日は未だ公表せられざれども、いざ開廷とならば同院にては普通重罪犯者と同様弁護士の私選を許す方針なれば各弁護士よりは夫々弁護届を差出すなるべし、但し開廷の上は傍聴は禁止さるべき事勿論《もちろん》なるべし、

▲※桑港《そうこう》に於ける幸徳

▽米国の不平党に交る

※久敷《ひさしく》桑港に在りて同地の事情に精通する某氏の談に曰《いわ》く

▲秋水の渡米　幸徳が桑港に渡ったのは去《さる》卅八年の十二月だった、約一年間滞在して翌年の夏帰国したと思う、元来桑港及び対岸オークランドには露西亜人波蘭《ポーランド》人伊太利人西班牙《スペイン》人等から成る数個の無政府党団体があって、重《おも》に日曜及び木曜毎に演説会又は彼等自身の秘密会合を開き一種の国際的団体を成して居る。

▲無政府団体　幸徳が渡米した当時は未だ無政府党と云う程では無かったようだが、着後直に前記各国人から成る社会主義乃至《ないし》無政府党的団体を歴訪して非常に歓迎されたものだ、元来クロポトキン等を学んで頭の素地が出来て居た処だから、此種の人間と交際を重ねて居る間に徐々※渠《かれ》の頭脳が虚無的

＊8　「罷業《ひぎょう》」はストライキ、「総同盟罷業」はゼネラル・ストライキ（ゼネスト）の訳語。

＊9　この場合の「処刑」は、「刑に処す」という意味で、死刑執行とは限らない。

に傾いて来たことは争われない。

▲過激なる一団　前記各国人から成る諸団体は社会主義と無政府主義とがゴッタになって居るので、党員で迫害さる、者があれば弁護士を雇って助けて遣《※やる》とか又は各種の出版物の手助をするとか、互に連絡気脈を通じて居るので日本人間にも其の頃から青年社会主義と呼ぶ一団体が出来て渠等《かれら》の力で或る不都合なる冊子《※パンフレット》を六箇国語で出版したことがある。其処へ幸徳が遣って来て徐々彼の頭が動揺《※ぐらつ》くと共に三四ケ月の間に到頭日本人青年間にも過激な色彩を帯ぶる一団体が出来上って仕舞った。

▼不平と破壊　で其種の邦人は悉く弱年の無力者で、他の一般邦人在留者は渠等の行動を児戯視して殆ど一顧をも与えないで居たのだが、幸徳が帰国すると共に従来内部に潜んで居た渠等の行動は段々表面に現れて来て、各所で演説会を開いて過激な言論を弄ぶようになっては従来会場を貸して居た仏教及び耶蘇教の会堂でも其を断るようになった、其麼《※そんな》工合で居る中に渠等の言動は漸く政治上の社会主義乃至無政府党的言論以外に迄走って万事に不平的破壊的態度を執るようになり、仮令《※たとえ》ば或人が新に某事業を企てんとするが如き場合には直に資本家云云と騒ぎ立てると云うような訳で、真面目な邦人からは相手にされて居なかった、先ず大体に於て以上述べたような有様だったが近来は大分其《その》熱が冷めて来たように思って居た処だった云々。

▲被告中の紅一点

▽管野《※かんの》すが子の経歴

大陰謀事件に参加した二十六人の内に唯一人の女性が居る、「日本の女と社会主義」と云うのさえ既に奇異の感がするのに、※斯《かか》る大事件の大舞台に唯一人の女性が登場して居ることは、或る意味に於て注目すべき事柄である。

管野すが子は齢卅歳、生れは京都府葛野郡朱雀野村である、春に秋に歌に好く詩に好いこの歴史的匂いある村に生れた一女性は、小学校を出《い》で世の塩にもまれる様になると、種々数奇の運命に弄ばれた、多少の「文字ある女」に能《よ》くある慣《ならい》として、すが子は沢山の男にも関係したし、多くの文学的書籍にも読み耽った。一時は大阪の古い小説家宇田川文海と同棲して、夫婦同様に暮して居た事もあるし、紀州田辺の※牟婁《むろ》新報、大阪の大阪朝報などで、婦人記者として探訪に従事したこともある。その間にすが子は社会主義の事を見聞して、その女性たる身体に※相応《ふさわ》しからぬ男らしい思想の人となった。大阪では雑誌「基督教世界」にも関係して居たが、その東京へ来て前の電報新報の婦人記者となるや、暫時の間は真面目に働いて居た、幸徳秋水と相知り相許に至ってから、愈々社会主義の思想、無政府共産主義の猛烈な考えを抱く様になり、例の赤旗事件で具体的の運動を始めた、管野すが子の名が社会主義仲間に知れ渉ると共に、警視庁の注意人物簿に朱点をうたれ、新聞の雑報に屢々其名を記される様になったは、実に此の赤旗事件以後の事である。

其幸徳秋水と千駄ケ谷町九〇三番地に同棲してからは、雑誌「自由思想」誌上で折々所感を公にした、この雑誌のためには又四十一年七月十五日から九月一日迄四十七日間を東京監獄の未決監に過した、漸く※萌《きざ》して居た肺病はこれより重く、秋水と共に病軀を横《よこた》えながら、社会主義のために奮闘して居る内、遂に今回の大々事件を起したのである。

二十六人の中に唯一人の管野すが子は、実に京都の女である。(一記者)

▲獄裡の被告

▽決定書の交附

本年五月以来随処に検挙されし幸徳伝次郎始め廿六名の無政府主義者は今尚東京監獄に在り、一昨に至りて愈〻公判開始の決定となり其決定書は午後六時木名瀬典獄の手を経て被告等に夫々《※それぞれ》交附されたり、尚彼等の現状について聞くに取扱は普通在監人と異なるなし、被告は一般に沈着の態度を持して謹慎し居るが健康は概して佳良の方にて、目下特に医師の投薬を乞い居る者なきのみならず、入監前幸徳伝次郎、管野すがの如きは多く健康を害し居りしも、一定の運動一定の食事を享用し居るため体量も増加したり、左れど精神上の欠陥ある為めにや一見衰弱せるが如し、毎日の食事も所持金ある者は一日一回又は二回宛《ずつ》の外食を要求し、衣類其他は他より差入はなきも別に不自由を嘆ずる模様なし。

△耽読を事とす　彼等の中には著述家あり新聞記者あり僧侶あり其他医師職工会社員等ありて、一日の慰安は読書を主とし、其耽読の度は他囚中に見ざる程なり、幸徳、管野の両人は仏耶両教の宗教書類を最も多く繙読せり、昨午後六時木名瀬典獄は、各房に就き裁判所より決定書到達の旨を告げ夫々交附せしめたるに、一同謹みて之を受け一読して只黙想し居たるもの多き模様なりしと。

△典獄の談　木名瀬典獄は語って曰く、本官は単に監獄の規則に基きて彼等を監督する外は当然与うべき保護を与うるに止まれど、入監後に於ける彼等の言動は極めて静粛にして未だ嘗《かつ》て一回の注意を

与えたる事なし、摂生上に就きても獄則の許す範囲にて実行せしめ、就眠時間の如きも十分に熟睡せしめんため、各房の附近を歩行するにも足音のせざる様看守に注意し置きたる程なり、他の衛生的注意も遺憾なきを期し居れり、其れが為め世間に在りし時の如く今は不規律なる生活を脱して規律正しく食し規律正しく行動するため、一般に健康の佳良なるは其結果なるべしと思わる《（ママ）》

▲一味徒党の面々

△幸徳伝次郎　少《※わか》うして故中江兆民の玄関番をなし苦学すること多年、国民英学会にも学びてめざまし新聞中央新聞等に記者となり朝報社に入りて文名大に揚る。恩師兆民の自由民権論を承《う》けて之を唱え後明治三十年頃ユニテリアン教会に出入して社会主義を研究し日露戦争前非戦論を主唱して朝報社を去り、同志等と平民新聞を起して盛に社会主義を鼓吹し其廃刊後は屢々雑誌を出し書を著わして主義の普及を謀り居たり。

△森近運平　岡山県立農学校の出身にて同県属官[*10]として社会主義を唱え職を免ぜられて出京し、平民新聞社に投じ主義普及の運動をなし後大阪に到り月刊雑誌を出し、近来は郷里に帰りて園芸に従事し、一介の農夫を以て自任しつゝありき。

△宮下太吉　今回の大陰謀者の巨魁なり、初め紀州にありて後三重、名古屋を経て信州に入り、猛烈なる破壊思想を職工労働者に直接注入するを以て自ら任ぜり、業は機械職工なり。

＊10　当時（「大日本帝国憲法」下）の官吏制度では、天皇の裁可を経て任命されるものを「高等官」（「勅任官」、「奏任官」）、府県などの行政官庁が任命するものを「判任官」と呼んだ。「属官」とはこの判任官の通称である。

△新村忠雄　幸徳秋水の門人なり。
△新村善兵衛　忠雄の実兄にて信州の富農なり、弟の為に社会主義者となれり、家には老いたる母只一人あるのみ。
△古河力作　府下滝ノ川康楽園に雇われて花造りを職とせり、王子に愛人社なるものを組織し社会主義の普及を図れり、身の丈三尺五六寸胸廓手足之に準じ一見小児の如し。
△新田　融　新村兄弟の友人なり。
△奥宮健之　有名なる奥宮検事正の弟にて大井憲太郎等と自由民権論を演説し歩き名古屋事件[*11]の頃強盗殺人として九年の入牢を申附けられしが、憲法発布によりて特赦せられ出獄後壮士となり社会主義を唱う。
△坂本清馬　幸徳方の玄関番なりしが故ありて幸徳と分離せり、砲兵工廠の巡羅[*12]をなせしこともあり、後熊本に赴き松尾等の評論に執筆せり。
△大石誠之助　被告中の一異彩なり、米国ドクトルにて新宮の名望家なり、温厚にして聡明なる君子人と伝えらる、医を業とし其薬代診察料等の掲示には必ず『何十何円の筈』『何円の筈』と書し筈の字なきはなし。蓋《けだ》し医は仁術なりの古風を学び謝礼金のみに止めて薬料の如きは貪《むさぼ》らざるの主意なり、附近に穢多村あり、多くの医師之に往診するを恥づ、誠之助一人平然として赴きたりと云う、畸人なるべし。
△成石平四郎　高木顕明、峰尾節堂、成石勘三郎、崎久保誓一、※何《いず》れも大石の親近者にして※牟婁《むろ》新聞

の投書家或は記者なり、牟婁新聞は毛利柴庵の経営するものにて、管野すがも曾て在社したり。

△松尾卯一太　新美卯一郎、佐々木道元、飛松与次郎等は何れも熊本社会主義者の中枢にて、熊本評論の記者或は投書家なり、松尾は目下入獄中なり。

△内山愚堂　爆烈弾事件、虚無党主義事件にて目下入獄せる有名なる悪僧なり、其詳伝既に記載せり。

（註　以上「東京朝日新聞」抜萃）

次の一章は、刑法第七十三条の罪に該当する幸徳伝次郎等二十六名の特別裁判進行中、其裁判手続及び公判の公開禁止に関し、欧米諸新聞の論難、諸団体の決議に拠る抗議等漸く旺《さか》んなるに当り、其誤解を解かんが為に、外務省より在外日本大公使に送りて弁証の料に供し、且つ其英訳を内務省より国内諸英字新聞に送りたるものなり。

而してその東京各新聞社に発表せられたるは明治四十四年一月十五日、則ち同裁判判決の日に先立つこと三日なりき。この写しは翌十六日の国民新聞に掲載せられたるものに拠れり。

この文によりて、日本政府が裁判判決前已《すで》に有罪を予断しいたるを知るに足る。又文中「本年秋季を期し」云々とあるによりて、この説明書が明治四十三年中に成りたるものなるを知るべし。[*13]

＊11　一八八四年十月、自由民権運動を展開してきた「自由党」は、政府の弾圧により解党を余儀なくされた。ちょうどそれと時を同じくして、名古屋の自由党員多数が、「挙兵資金」を得るための強盗殺人事件を起こしたとして逮捕され、翌年五月、二十人に最高「無期徒刑」の判決が下された。これを「名古屋事件」と称する。

＊12　現在の警備員にあたる。

目下大審院に於て審問中なる幸徳伝次郎外《ほか》二十三《(ママ)》名に対する陰謀事件に就き、裁判所の構成及其訴訟手続等に関し、世上往々誤解を懐き、裁判所が特に本件に限り、臨時便宜の裁判を為す者なるが如く思惟する者あるを以て、左に、本件の訴訟手続は固《もと》より法令に準拠し、毫も批議すべき点なき所由の大要を説明すべし。

本件の内容は茲《ここ》に之を細説すべきものに非ずと雖《いえど》も、一言以て之を明かにすれば、被告人の多数は何れも所謂無政府共産主義者に属し、其主義を普及する一手段として、本年秋季を期し、恐多くも、皇室に対して弑逆《しぎゃく》を敢てし、進んで国務大臣を暗殺し、放火掠奪を行わんとの陰謀を企てたるものにして、此の事実は被告人の多数の自白、爆烈弾の存在、其の他の証拠に徴して頗《すこぶ》る明瞭なる所とす。

右は実に刑法第七十三条に該当する犯罪なり。故に裁判所構成法第五十条第二号、及刑事訴訟法第七編に依り、大審院が特別に第一審にして終審として裁判権を有する事項に属し、他の普通犯罪に付き裁判の審級を認めたるものと全く其規定を異にせり。而も此の如き法制は独り我国のみならず、独逸国に於ても其の裁判所構成法第百三十六条第一号に、皇帝に対する弑逆罪（予備、陰謀を含む）並に独逸帝国に対する内乱外患の罪に付いては、帝国裁判所に於て特に第一審及終審の裁判権を有するものとの規定あり。又英国の法制上、古来弑逆罪に対する訴訟は普通裁判所の外《ほか》上院に於ても特別権限として之を審問裁判したる事例の存するを見る。我大審院が今回の事件に付き裁判を為すに至りたるは、則《すなわ》ち前記法律の規定に依るものなり。（刑法第七十三条、裁判所構成法第五十条参照）

是故《これゆえ》に四十三年五月下旬長野県下に於て本件犯罪の端緒発覚するや、検事総長は当時犯迹《はんせき》の明《あきらか》なりし被告人幸徳伝次郎外六名に対し起訴の上、大審院長に予審判事を命ずべき旨を請求し、大審院長は東京地方裁判所予審判事に本件の予審をなすべきことを命じ、右予審判事は其後本件陰謀の共犯者として検事総長より逐次起訴せられたるものと共に、各被告人に対して予審を為したる上、同年十一月一日、各被告人に対し有罪の意見を具して訴訟記録を大審院に差出し、大審院は検事総長の意見を聴きたる上、同月十日本件を同院の公判に附すべき旨の決定を与え、茲に本件の公判を開始するに至りしものなり。（裁判所構成法第五十五条、刑事訴訟法第三百十三条乃至第三百十五条参照）

爾来公判は大に進行し、不日其終局を見んとす。[*14] 然るに裁判所が公判開廷の初日に於て公開を禁止したる為に、復疑を容るゝものありと雖も、苟《いやしく》も対審の公開にして安寧秩序を害するの虞ありと認めたるときは、之を停止し得べきは国法の命ずる所にして、裁判所は普通の事件に付ても之を行うことを得。況《いわ》んや本件の如き国家の安危に至重至大の関係を有するものに於てをや。故に此点に於ても亦裁判所の措置は頗る其当を得たるものなり。但し右の停止は独り公判の審理に限るものにして、判決の言渡が公開せらるべきは論を俟たざるなり。尚公開停止と雖も、裁判長は入廷の特許を与うるを至

＊13　宮武外骨編『幸徳一派　大逆事件顚末』（一九四七年十二月、龍吟社）には、一九一一年一月十六日（判決の前々日）発行の『時事新報』記事と、「逆徒判決証拠説明書」と題する一九一一年一月二十日発行『法律新聞』掲載の説明書全文（全七〇頁）が再録されている。判決前に政府が有罪判決を予断していた、という啄木の指摘は重要である。なお『幸徳一派　大逆事件顚末』については、『蘇らぬ朝――「大逆事件」以後の文学』を参照されたい。

＊14　「ふじつ」。「日ならず」という意味で、「近日中に」のこと。

当と認めたるものに対し、之を入廷せしむるの権を有することは、是亦《これまた》法律の規定する所にして、本件の審理に際し、公開停止中裁判所の職員、弁護士、其他の者にして特に裁判長の許可を得て審理を傍聴したるものありしは、此手続を履《ふ》みたるものなり。（憲法第五十九条、裁判所構成法第百五条、同第百六条参照）

（明治四十四年一月稿）

# 「明治四十四年当用日記」より

石川啄木

「大逆事件」と対決する決意を固めた啄木は、日記と書簡のなかで繰り返しそれについて言及している。スペースの関係で、それらのうちから数篇しか採録できなかったが、生命にかかわる病気が悪化していくなかで真相に迫る作業を放棄しなかったかれの姿は、これらだけからでも窺い知ることができるだろう。テキストは筑摩版『啄木全集』第六巻（一九六七年十二月）、同第七巻（六八年四月）に拠った。

石川啄木「明治四十四年当用日記」より

一月三日　晴、寒

平出君と與謝野氏[*1]のところへ年始に廻って、それから社[*2]に行った。平出君の処で無政府主義者の特別裁判に関する内容を聞いた。若《も》し自分が裁判長だったら、管野すが、宮下太吉、新村忠雄、古河力作の四人を死刑に、幸徳大石の二人を無期に、内山愚童を不敬罪で五年位に、そしてあとは無罪にすると平出君が言った。またこの事件に関する自分の感想録を書いておくと言った。幸徳が獄中から弁護士に送った陳情

＊1　平出修と與謝野寛（鐵幹）。いずれも本書にその作品が収録されている。なお、底本（筑摩版『啄木全集』）では「与謝野」となっているが、本字に戻した。

＊2　石川啄木は一九〇九年三月から『東京朝日新聞』の校正係として働いていた。

書[*3]なるものを借りて来た。與謝野氏の家庭の空気は矢張予を悦《たの》しましめなかった。社では鈴木文治君[*4]と無政府主義に関する議論をした。

留守中に金田一君[*5]が年始に来て、甚だキマリ悪そうにして帰ったそうである。

夜、丸谷並木二君[*6]が来て、十二時過までビールを抜いて語った。

〔発信〕　賀状三通。

〔受信〕　賀状二十通。

一月四日　晴、温
またもとの轍にはまって来た。そういう感じのする日であった。常の如く出社して常の如く帰った。
夜、幸徳の陳弁書を写す。
〔受信〕　賀状十五通。

一月五日　雨、温
休み。
幸徳の陳弁書を写し了《おわ》る。火のない室で指先が凍って、三度筆を取落したと書いてある。無政府主義に対する誤解の弁駁と検事の調べの不法とが陳《の》べてある。この陳弁書に現れたところによれば、幸徳は決して自ら今度のような無謀を敢てする男でない。そうしてそれは平出君から聞いた法廷での事実と符合している。幸徳と西郷！[*7] こんなことが思われた。

夜、かねて約束のあった谷静湖[*8]がわざ〳〵予を訪問する為に埼玉の田舎から出て来た。十二時過ぎまで話をした。才気の勝った背の高い青年である。

〔発信〕 賀状一通。

〔受信〕 賀状八通。

一月六日 晴、寒

起きて二通の封書を手にした。名古屋の妹は、自分は家を持たぬ癖に一生「楽しい家」の歌を歌って歩いた老楽師のことを書いてよこした。妹は天国があると信じている、悲しくもそう信じている。

もう一通は橘智恵子[*9]からであった。否《いな》北村智恵子からであった。送った歌集の礼状である。思い当るの

---

＊3 本書収載の幸徳秋水「暴力革命について」のこと。なお、これ以後では「陳弁書」となっている。

＊4 鈴木文治（一八八五〜一九四六）。はじめ『東京朝日新聞』記者だったが、「大逆事件」ののち労働者運動に身を投じ、「友愛会」を結成した。敗戦後の「日本社会党」結成にも参加することになる。

＊5 金田一京助（一八八二〜一九七一）。言語学者でアイヌ語・アイヌ文学の研究にも大きな足跡をのこした。石川啄木ときわめて深い親交を結び、金銭的にも彼を援助した。

＊6 丸谷喜市（一八八七〜一九七四）は啄木晩年の親友の一人で、のちに経済学者となり神戸商科大学の教授・学長をつとめた。並木武雄（一八八七年生まれ）は、函館時代からの親友。のちに三井郵船会社に入社した。

＊7 西郷隆盛。

＊8 谷静湖は埼玉県児玉郡長幡村在住の歌人で、在米の無政府主義者・岩佐作太郎（＊11参照）から送られてきた秘密出版物（米国で出版）、クロポトキン著『青年に訴ふ』を啄木に贈呈した。

があると書いてあった。今年の五月とう〳〵お嫁に来たと書いてあった。自分のところで作ったバタを送ると書いてあった。そうして彼の女はその手紙の中に函館を思い出していた。

借りて来た書類を郵便で平出君に返した。予の写したのは社で杉村氏に貸した。社では何事もなかった。寒い風の吹く日であった。夕飯の時は父と社会主義について語った。夜は歌壇の歌を選んだ。

〔受信〕賀状三通。名古屋の光子より。北村智恵子より。

一月十日　霙、寒

霙《みぞれ》が降った。朝に吉野君[*10]から妻君と子供が病気で入院して、上京の企画一頓挫をうけた旨の手紙があった。社に行くと谷静湖から約束の冊子が届いていた。それは昨年九月の頃、在米岩佐作太郎[*11]なる人から送って来たという革命叢書第一篇クロポトキン著「青年に訴う」の一書である。谷は岩佐を知らない、また知られる筈もない、多分雑誌に投書したのから住所姓名を知って伝道の為めに送ったものであろう。家に帰ってからそれを読んだ。ク翁の力ある筆は今更のように頭にひゞいた。

〔受信〕　吉野君より　谷静湖より

一月十一日　曇、温

何の事もなかった。空は曇っていた。朝に少し風邪の気でアンチピリンを飲んだ。米内山が来て、東北の田舎でも酒の売れなくなった話をした。社で渋川氏に岩佐等の密輸入の話をした。

夜、丸谷君を訪うと並木君も来ていた。この日市俄高《シカゴ》の万国労働者の代表者から社に送って来た幸徳事件の抗議書――それは社では新聞に出さないというので予が持って来た――を見せた。話はそれからそれと移った。「平民の中へ行きたい。」という事を予は言った。

更けてから丸谷君と蕎麦屋へ行った。丸谷君の出費である。

一月十二日　雨、温

午前に丸谷君が一寸《ちょっと》来た。前夜貸した「青年に訴う」を帰しに来たのである。

木村の爺さんが休んだので夜勤の代理をせねばならぬことになった。六時頃に一寸帰ってすぐまた社に行った。雨が篠つくばかり降っていた。社に帰ると読売の土岐君[*12]から電話がかゝった。逢いたいという事であった。とうに逢うべき筈のを今迄逢わずにいた。その事を両方から電話口で言い合った。二人――同じような歌を作る――の最初の会見が顔の見えない電話口だったのも面白い。一両日中に予のところへや

石川啄木「明治四十四年当用日記」より

＊9　橘智恵子（一八八九～一九二二）。啄木が函館の小学校に代用教員として勤務していたとき同僚だった。

＊10　吉野章三（号＝白村。一八八一～一九一八）。啄木の北海道時代の友人。歌人で小学校教員。啄木を函館の弥生小学校に就職させた。

＊11　岩佐作太郎（一八七九～一九六七）。社会運動家で無政府主義者。一九〇二年に米国へ渡り、幸徳秋水が渡米したときその受け皿となった。「大逆事件」に際しては、天皇への公開状を発して抗議した。

＊12　土岐善麿（号＝哀果。一八八五～一九八〇）。歌人で日本文学研究者。早稲田大学卒業後、『読売新聞』記者となった。この当時、啄木と並び称された歌人だった。啄木と親交を結んだ短い時期に、雑誌『樹木と果実』をともに刊行する計画を立てたが、啄木の死で未刊に終わった。

って来る約束をした。

家にかえればもう十二時半だった。

一月十四日　曇、寒
吉野君から「一握の砂」の評を二回載せた釧路新聞を送って来た。引いた歌のうち「小奴といひし女の――」という歌に黒丸をうってあった。岩崎君[*13]の「一握の砂と其背景」の（一）載った北海新聞も来初めた。

早出をした。夕方に吉野君の弟の喜代志君が来た。

帰ると宮崎君[*14]からハガキが来ていた。そこで早速手紙をかいた。昨日の相談の雑誌の事をかいてると、丸谷君が貸しておいた幸徳の陳弁書を持って遊びに来た。丸谷君が帰ってから土岐君への手紙を出して寝た。

若山牧水君[*15]から「創作」の編輯を東雲堂から分離したことについての通知が来た。

〔発信〕　土岐君へ。宮崎君へ。

〔受信〕　若山牧水君より　宮崎君より
一月十六日　晴、寒
気持のいゝ日であった。朝には白田[*16]に起こされた。

空知の智恵子さんから送ってくれたバタがとゞいた。

社で安藤氏[*17]に逢ったから、精神修養へ半頁だけ予らの雑誌の広告を出して貰うことにした。「それは面白い。大にやりたまえ。少し位は寄附してもいゝ。」と安藤氏が言った。

前日の約によって社からすぐ土岐君を訪ねた。二階建の新しい家に美しい細君と住んでいた。雑誌の事で色々相談した。我々の雑誌を文学に於ける社会運動という性質のものにしようという事に二人の意見が合した。十時過ぎに帰ったが風が寒かった。帰れば釧路の坪仁からかなしい手紙がとゞいていた。

〔発信〕　精神修養社へ原稿送る。

〔受信〕　坪仁子より。

一月十八日　半晴、温

今日は幸徳らの特別裁判宣告の日であった。午前に前夜の歌を精書《(ママ)》して創作の若山君に送り、社に出た。今日程予の頭の昂奮していた日はなかった。そうして今日程昂奮の後の疲労を感じた日はなかった。二

＊13　岩崎正（一八八六〜一九一四）。啄木の函館時代の友人。すぐれた歌人で、啄木もその影響を受けた。

＊14　宮崎大四郎（号＝郁雨。一八八五〜一九六二）。啄木のもっとも近い親友の一人。啄木の妻・節子の妹・ふさ子と結婚した。

＊15　若山牧水（本名＝繁《しげる》。一八八五〜一九二八）。歌人で当時文芸雑誌『創作』（一九一〇年三月〜一一年十月）を主宰していた。石川啄木も土岐哀果とともに執筆者のひとりだった。

＊16　啄木が一九〇七年九月から三カ月ほど勤務した『小樽日報』の校正係に「白田」という人物がいたが、同一人かどうか未詳。

＊17　安藤正純（号＝鉄腸。一八七六〜一九五五）。『東京朝日新聞』での啄木の「上司」。当時は「編集長副役」だった。

時半過ぎた頃でもあったろうか。「二人だけ生きる〳〵」「あとは皆死刑だ」「あ、二十四人!」そういう声が耳に入った。「判決が下ってから万歳を叫んだ者があります」と松崎君[*18]が渋川氏へ報告していた。予はそのまゝ何も考えなかった。たゞすぐ家へ帰って寝たいと思った。それでも定刻に帰った。帰って話をしたら母の眼に涙があった。「日本はダメだ。」そんな事を漠然と考え乍《なが》ら丸谷君を訪ねて十時頃まで話した。

夕刊の一新聞には幸徳が法廷で微笑した顔を「悪魔の顔」とかいてあった。

〔受信〕　牧水君より。

一月十九日　雨、寒

朝に枕の上で国民新聞を読んでいたら俄《にわ》かに涙が出た。「畜生!　駄目だ!」そういう言葉も我知らず口に出た。社会主義は到底駄目である。(ママ)人類の幸福は独り強大なる国家の社会政策によってのみ得られる、そうして日本は代々社会政策を行っている国である。と御用記者は書いていた。

桂、大浦、平田、小松原の四大臣が待罪書[*19]を奉呈したという通信があった。内命によって終日臨時閣議が開かれ、その伏奏の結果特別裁判々決について大権の発動があるだろうという通信もあった。

前夜丸谷君と話した茶話会の事を電話で土岐君にも通じた。

一月二十日　雪、温

昨夜大命によって二十四名の死刑囚中十二名だけ無期懲役に減刑されたそうである。

東京は朝から雪がふっていた。午後になっても、夜になっても止まなかった。仕事のひま〳〵に絶えず降りしきる雪を窓から眺めて、妙に叙情詩でもうたいたいような気分がした。

前夜書いた「樹木と果実」[*20]の広告文を土岐君へ送った。それと共に、毎月二人の書くものは、何頁づゝという風に自由な契約にしよう、そうでないと書くということが権利でなくて義務なような気がすると言ってやった。

〔発信〕　土岐君へ。

一月二十一日　晴、温

朝に珍らしく太田正雄君[*21]から手紙が来た。太田は色々の事を言っている。然し彼は、結局頭の中心に超、人という守本尊を飾っている男である。「人間が沢山ある、あまりに沢山ある、それが不愉快だ」！　手紙には「一握の砂」の事が書いてあった。

---

＊18　松崎天民（本名＝市郎。一八七八〜一九三四）。新聞記者で実話読物作家として人気があった。

＊19　総理大臣・桂太郎、農商務大臣・大浦兼武、内務大臣・平田東助、文部大臣・小松原英太郎が、「大逆事件」を生じさせてしまった「責任」に対する天皇の処罰を待つ（待罪）むねの書面を天皇あてに呈出したわけである。もちろんこれは予定通り却下された。

＊20　一一二ページの註＊12参照。この誌名が、「啄木」と「哀果」の一字ずつをとったものであることは、明らかだろう。

＊21　太田正雄（一八八五〜一九四五）。皮膚科医であるとともに、「木下杢太郎」、「きしのあかしや」の筆名で知られる詩人・劇作家・翻訳家。石川啄木、平出修らの雑誌『スバル』の執筆同人でもあった。

夜には丸谷君が来た。今日やろうかと言った茶話会を延期した事を知らせなかったからである。妙な事から少年時代の話が出た。そうして何時《いつ》か予は、珍らしくも、中学でのストライキの話をしていた。「あ、面白かった。」と言って十一時頃に友人は帰った。

雪の後の静かな気持――とでもいうような気持で暮した日だった。

〔受信〕　太田君より。

一月二十二日　晴、温

暮れにこしらえ直した袷[*22]を質にやった。

夜、平出君へ「樹木と果実」に関する長い手紙をやった。そうして寝てから歌を作った。

〔発信〕　平出君へ。

一月二十三日　晴、温

休み。

幸徳事件関係記録の整理に一日を費やす。

夜、母が五度も動悸がするというので心配す。

〔受信〕　荻原藤吉という人より。

一月二十四日　晴、温
梅の鉢に花がさいた。紅い八重で、香《にお》いがある。午前のうち、歌壇の歌を選んだ。社へ行ってすぐ、「今朝から死刑をやってる」と聞いた。幸徳以下十一《(ママ)》名のことである。あゝ、何という早いことだろう。そう皆が語り合った。印刷所の者が市川君[*23]の紹介で会いに来た。
夜、幸徳事件の経過を書き記すために十二時まで働いた。これは後々への記念のためである。薬をのましたせいか、母は今日は動悸がしなかったそうである。

一月二十五日　晴、温
昨日の死刑囚死骸引渡し、それから落合の火葬場の事が新聞に載った。内山愚童の弟が火葬場で金槌を以て棺を叩き割った――その事が劇《はげ》しく心を衝《つ》いた。
昨日十二人共にやられたというのはウソで、管野は今朝やられたのだ。
社でお歌所を根本的に攻撃する事について渋川氏から話があった。夜その事について與謝野氏を訪ねたが、旅行で不在、奥さんに逢って九時迄話した。與謝野氏は年内に仏蘭西へ行くことを企てゝいるという。かえりに平出君へよって幸徳、菅《(ママ)》野、大石等の獄中の手紙[*24]を借りた。平出君は民権圧迫について大に憤慨

＊22　あわせ。裏のついた着物の総称。裏のつかない着物を単衣（ひとえ）という。それを質に入れて金を借りたのである。
＊23　未詳。
＊24　これらのうち幸徳、管野の手紙は、本書に収載されている（二七七ページ以下）。

していた。明日裁判所へかえすという一件書類を一日延して、明晩行って見る約束にして帰った。

一月二十六日　晴、温

社からかえるとすぐ、前夜の約を履《ふ》んで平出君宅に行き、特別裁判一件書類をよんだ。七千枚十七冊、一冊の厚さ約二寸乃至《ないし》三寸づゝ。十二時までかゝって漸く初二冊とそれから管野すがの分だけ方々拾いよみした。

頭の中を底から掻き乱されたような気持で帰った。

印刷所三正舎から見積書が来た。釧路から小奴[*25]の絵葉書をよこしたものがあった。

〔受信〕　釧路の斎藤秀三氏より。三正舎より。

一月二十八日　雨、温

社では急がしい日であった。木村さんから一円五十銭借りて帰ると、まだ誰も来ていなかった。茶話会の晩である。やがて花田君が来、丸谷君が来、土岐君が来、並木、又木、高田（初対面）が来た。[*26]予を合せて七人。話は雑誌の事が主で、土岐君がよく皆を笑わせた。十銭づゝ持ち寄りの菓果には、蜜柑、バナヽ、パン、南京豆、豆糖、最も量の多かったのは並木君のカキ餅、十時頃に芝方面の人がかえり、それから婦人問題について予と丸谷君と舌を闘し、十一時頃に皆かえった。気のおけない楽しい一夜だった。皆が雨の中を帰って行くと予は頭痛を感じた。そうして疲れた馬のようになって寝た。

一月二十九日　晴、温

何だか身体の調子〔が変〕だった。腹がまた大きくなったようで、坐っていても多少苦しい。社に電報を打たせて休んだ。

外国語学校の阿部康蔵君[*27]が来た。無政府党のことについて語って、「学生には同情してる者の方が多いようだ」と語っていた。

三時頃から夜中までかゝって六本の手紙をかいた。

〔発信〕　宮崎君へ（岩崎君、省三君の分同封）。北村智恵子へ。荻原井泉水君へ。弓館芳夫君[*28]へ。

一月三十日　曇、温

今日は出社した。仕事をしていると大分苦しかった。

帰って来てすぐ丸谷君に誘われた。飯をくってからその下宿へゆくと、並木君、又木君、初対面の矢口君[*29]がいた。愉快に話して十時頃一しょに散歩に出た。

＊25　啄木は一九〇八年一月下旬から三月末まで『釧路新聞』の記者として働いたが、この時期にいわゆる花柳の巷に出入りして、芸者・小奴との交情を深めた。後出の「斎藤秀三氏」は『釧路新聞』の関係者かと思われるが、未詳。

＊26　丸谷、土岐、並木は既出。他は未詳。

＊27　未詳。

＊28　荻原井泉水（一八八四〜一九七六）は俳人。弓館芳夫（一八八三〜一九五八）は啄木の盛岡中学校の先輩で、当時『萬朝報』の記者だった。

＊29　並木は既出。他は未詳。

又木君はその近く始めようという製版所を共産的組織にするという決心を語った。この話は予をして喜ばしめた。「我々はもう決心してもい丶。」そういう言葉が口に出た。

途中で焼芋と餅をくったので腹がいっそう張った。

〔受信〕　盛中校友会雑誌[*30]、雑誌「田園」

一月三十一日　雨、温

休み。

朝九時頃に知らぬ来客のために起された。その人は簗田剛介[*31]という人であった。ひる飯も一しょに食った。夕めしも一しょに食った。それでもまだ話していた。夜十一時になって帰った。

不思議な人であった。十四時間の話に何の目的もなかった。ロシヤに三十六年も行っていた人なそうである。ロシヤでは警察官になって犬として虚無党の内部に入ったし、陸軍の官吏にもなった。モスクワの大学にも四年いたという。露探[*32]の嫌疑もうけたとか。「一生に沢山の事をやって虻蜂とらずになった人！」

予はその同情を起した。一戸に沢山の財産があるそうである。

〔受信〕　矢口達君より。

二月一日　晴、温

午前に又木君が来て、これから腹を診察して貰いに行こうという。大学の三浦内科へ行って、正午から一時までの間に青柳医学士から診て貰った。一目見て「これは大変だ」と言う。病名は漫性《ママ》腹膜炎。一日も早く入院せよとの事だった。

そうして帰ったが、まだ何だかホントらしくないような気がした。然し医者の話をウソとも思えない。社には又木君に行って貰って今日から社を休むことにした。

医者は少くとも三ケ月かゝると言ったが、予はそれ程とは信じなかった。然しそれにしても自分の生活が急に変るということだけは確からしかった。予はすぐに入院の決心をした。そして土岐、丸谷、並木三君へ葉書を出した。

夜になって丸谷、並木二君がおどろいて訪ねて来た。

二月三日　晴、温

午前に太田正雄君が久しぶりでやって来た。診察して貰うと、矢張入院しなければならぬが、胸には異状がないと言っていた。そのうちに丸谷君が来、土岐君が来た。

雑誌のことはすべて予の入院後の経過によって発行日その他を決することになった。

夜、若山牧水君が初めて訪ねて来た。予は一種シニックな心を以て予の時世観を話した。声のさびたこの歌人は、「今は実際みンなお先真暗でござんすよ。」と癖のある言葉で二度言った。

＊30　岩手県立盛岡中学校。啄木の母校。
＊31　未詳。
＊32　ロシアに雇われたスパイのことだが、広く一般に外国のスパイの意味でも用いられた。

〔受信〕　盛岡の父より　花田君より　土岐君より

二月十日　晴

昨日のように思われるのにもう今日で入院してから一週間目である。気分は平生と変らないが、昨日と今日、午後に少し熱が出た。水もまた少したまったらしい。

家からは新聞、郵便物を持って今日は妻だけ一人来た。そこへ社の寺崎老人が見舞旁々《かたがた》加藤さん[*33]の手紙をもって来てくれた。手紙には頼んであった金の払い残りが三円某《なにがし》入っていた。恰度《ちょうど》寺崎老人の帰ったあと、隣りの寝台の男が、煙草の煙で咳が出ると看護婦に言い出した。予はかくて室内に於て禁煙せねばならなかった。夕方にはこらえきれなくなって廊下に出て一本のんだ。丸谷君が並木君の歌と矢口君の前金とを持ってやって来た。函館の新聞には無政府党の死刑囚の一人が死刑前に巻煙草を三本のんで、「これでいゝ」と言ったことが何からか転載されてあった。煙草！

夜に左の目へツベルクリンを注入された。

〔発信〕　三品、加藤二氏へハガキ

〔受信〕　加藤氏より。「秀才文壇」

＊33　加藤四郎。啄木が勤務していた東京朝日新聞社の編集部校正係の主任。寺崎老人は未詳だが、おそらく校正係の一員か、あるいはいわゆる「給仕」または「小使」と思われる。

# 書簡より

石川啄木

一月二十二日本郷より　平出修宛

その後また御無沙汰しました。特別裁判の判決についてはさぞ色々の御感想もあらせられる事でしょう。是非それも伺いたいと思っているのですが――。僕はあの日の夕方位心に疲労を感じた事はありませんでした。そうして翌日の国民新聞の社説を床の中で読んだ時には、思わず知らず「日本は駄目だ」と叫びました。そうして不思議にも涙が出ました。僕は決して宮下やすがの企てを賛成するものでありません。然し「次の時代」というものについての一切の思索を禁じようとする帯剣政治家[*1]の圧制には、何と思いかえしても此儘《このまま》に置くことは出来ないように思いました。

この四日間、僕は毎日々々お訪ねしようと考えながらつい果しませんでした。今夜こそはと思っていると、

＊1　「大逆事件」当時の行政当局の責任者である首相・桂太郎は陸軍大将。

帰って来て飯を食ってる所へ来客で、もうかれこれ九時過ぎです。是非お目にかかってお願いせねばならぬのですが、こうしていて時期を失っては（明日は早出だからお伺いする事が出来ないのです。）遺憾ですから、失礼乍《なが》ら手紙で申上げます。というのは、恐入りますけれども別紙の広告を一頁だけ二月号へ出して頂けませんでしょうか。

「石川が雑誌を出す」この事は多少あなたの頭に不思議な響きを与えるだろうと存じます。あなたに限らず誰でも私を知ってる人には同じでしょう。「彼奴は小野心家だから有りそうな事だ、然し出来そうもない事だ。」こういう声は何だかこの手紙を書きながらも聞えるような気がします。

以下事情を申上げます。

この雑誌の経済的基礎は決して磐石ではありません。但《ただし》或程度まで続け得る見込だけは確かです。この雑誌は先ず「スバル」及び「創作」及びそのうちに朝日に出す紹介によって集って来る前金を第一の財源とします。（その少い事も充分承知です。）それから我々の心を解して援助してくれる人の寄附金を第二の財源とします。（これも総計十円か十五円でしょう。）それから土岐*2と私が苦しい生活費から毎月五円づゝ出します。これを第三の財源とします。そうして不足な額だけは函館の友人（一握の砂をデヂケエトした）が出してくれるという相談が出来上って、茲《ここ》に初めて発刊の決心をしたのです。前金申込者の勧誘！これが我々発行者の最初の苦しき任務です。そうして雑誌そのものは五十頁前後のゴク薄っぺらなもので、最初は五百部しか刷りません。三百五十人の読者さえあれば収支相償うという程度で維持して行こうというのが我々の好奇的自負心《※うぬぼれ》を苛《いじ》めに苛めた結果の財政方針です。三百五十人の読者を予想することがうぬぼれだという事が確かになれば、もっと消極的な方針を取ります。

そうして雑誌は、名は文学雑誌で、従ってその名を冠し得るような事しか載せる事は出来ないでしょうが、
然し我々の意味では実は文学雑誌ではないのです。

今の時代が如何なる時代であるかは、僕よりもあなたの方がよく御存じです。この前途を閉塞されたような時代に於て、その時代の青年がどういう状態にあるかも、無論よく御存じの筈です。そうしてこの時代が、然《しか》し乍《なが》ら遠からざる未来に於て必ず或進展を見なければならぬという事に就いても、あなたの如きはよく知って下さる人と信じます。

そうして又あなたは、僕の性格と、この頃の傾向についても知っていて下さる筈です。既に今の時代が今のような時代で、僕自身は欠点だらけな、そのくせ常に何か実際的理想を求めずにはいられぬ男であるとすれば、僕の進むべき路が、君子の生活でない事も、純文学の領域でないことも略《ほぼ》明白だろうと存じます。

（未だ言いつくさず）

もうこれだけでお察しの事と存じますが、つまり僕は、来るべき時代進展（それは少くとも往年の議会開設運動より小さくないと思う）に一髪の力でも添えうれば満足なのです。添えうるか何《ど》うかは疑問だとしても、添えようとして努力する所に僕の今後の生活の唯一の意味があるように思われるのです。

僕は長い間、一院主義、普通選挙主義、国際平和主義の雑誌を出したいと空想していました。然しそれは僕の現在の学力、財力では遂に空想に過ぎないのです。（言う迄もなく）。且つ又金があって出せたにした

＊2　歌人の土岐善麿。号は哀果。一二二頁の＊12参照。

所で、今のあなたの所謂《いわゆる》軍政政治の下では始終発売を禁ぜられる外ないでしょう。かくて今度の雑誌が企てられたのです。「時代進展の思想を今後我々が或は又他の人がゞ唱える時、それをすぐ受け入れることの出来るような青年を、百人でも二百人でも養って置く」これこの雑誌の目的です。我々は発売を禁ぜられない程度に於て、又文学という名に背かぬ程度に於て、極めて緩慢な方法を以て、現時の青年の境遇と国民生活の内部的活動とに関する意識を明かにする事を、読者に要求しようと思ってます。そうして若《も》し出来得ることならば、我々のこの雑誌を、一年なり二年なりの後には、文壇に表われたる社会運動の曙光というような意味に見て貰うようにしたいと思ってます。

たゞ我等は不幸にして、財力勢力共に之《これ》を持ちません。我々が今自分らの思う事を看板にして読者を募ったとて、恐らく読んでくれる人は十人もないでしょう。そこで先ず、文学雑誌しか出すことが出来ないという経済上の理由、及び僅かに歌しか作ったことのない者共のやる雑誌だからという理由で、最初の読者を主に歌を好む人から募りたいと思うのです。雑誌維持の方法として、或方面から短歌革新を目的とする雑誌だと見られても可《よ》いと思うのです。

どうでしょう。この企てを初めた僕の心をあなたは諒として下さらぬでしょうか。

決して無暴な事や軽率な事はしないつもりです。どうか御賛成下さい。そうして広告を出して下さい。そうして、これは又恐入りますけれども、一人でも前金申込が多くなるように「消息」の処へも二行なり三行なり書いて下さい。お願い致します。

いずれそのうちにお伺いして、出版法に拠る雑誌の記事の時事に亘るを得ずという事の解釈や何か、いろ

〱お聞きしたいと思っています。
先ずは当用まで。

一月二十二日夜　　石川一拝

平出修様

二月六日本郷より　大島経男宛[*3]

新年のお手紙は、私の新年のよろこびの中の最も深いよろこびの一つでした、実は此方の同志の間では、今猶《いまなお》あなたがタイムスに居られるか何《ど》うかも疑問だったのです、詳しい御消息で、色々と北海道のことを思い出し、またあなたの御近事を想像いたしました、そして長い手紙を上げる積りでした——実際その時は沢山申上げねばならぬことがあるように思われたのでした、併《しか》し今はもう大方それを忘れてしまいました、居が変れば心も変るとかで、今此処《ここ》に斯《こ》うして寝台の上に起き直っていると、どうやらこの私が、喜之床（新井）の二階でいつでもいら〱した心持を持っていた私とは少し違うような気も致します、今も併し申上げたいと思うことは色々あります、少くとも二つあります、その一つは近頃その結末のついた特

＊3　大島経男（一八七七〜一九四一）。啄木の北海道函館時代の友人で詩人・歌人。後出の「タイムス」は、札幌の新聞『北海タイムス』で、大島が函館を去ったあと勤務していた。

別裁判事件であります、たしか一年前に私は、私自身の「自然主義以後」——現実の尊重ということを究極まで行きつめた結果として自己そのもの丶意志を尊重しなければならなくなった事——国家とか何とか一切の現実を承認して、そしてその範囲に於て自分自身の内外の生活を一生懸命に改善しようという風な事を申上げたことがあるように記憶します、それは確かにこの私というものにとって一個の精神的革命でありました、その後私は思想上でも実行上でも色々とその「生活改善」ということに努力しました、併しやがて私は、その革命が実は革命の第一歩に過ぎなかったことを知らねばなりませんでした、現在の社会組織、経済組織、家族制度……それらをその儘《まま》にしておいて自分だけ一人合理的生活を建設しようということは、実験の結果、遂いに失敗に終らざるを得ませんでした、その時から私は、一人で知らず〳〵の間に Social Revolutionist[*4] となり、色々の事に対してひそかに Socialistic[*5] な考え方をするようになっていました、恰度《ちょうど》そこへ伝えられたのが今度の大事件の発覚でした、

恐らく最も驚いたのは、かの頑迷なる武士道論者ではなくて、実にこの私だったでしょう、私はその時、彼等の信条についても、又その Anarchist Communism[*6] と普通所謂《いわゆる》 Socialism[*7] との区別などもさっぱり知りませんでしたが、兎も角前言ったような傾向にあった私、少《わか》い時から革命とか暴動とか反抗とかいうことに一種の憧憬を持っていた私にとっては、それが恰度、知らず〳〵自分の歩み込んだ一本路の前方に於て、先に歩いていた人達が突然火の中へ飛び込んだのを遠くから目撃したような気持でした、

それはまあ何《ど》うでもい丶として、一言申上げておきたいのは、今度の裁判が、△△△裁判であるということです。私は或方法によって今回の事件の一件書類（紙数七千枚、二寸五分位の厚さのもの十七冊）も主

要なところはずっと読みましたし、公判廷の事も秘密に聞きましたし、また幸徳が獄中から弁護士に宛てた陳弁の大論文の写しもとりました、あの事件は少くとも二つの事件を一しょにしてあります、宮下太吉を首領とする管野、新村忠雄、古河力作の四人だけは明白に七十三条の罪に当っていますが、自余の者の企ては、その性質に於て騒擾罪であり、然もそれが意志の発動だけで予備行為に入っていないから、まだ犯罪を構成していないのです、そうしてこの両事件の間には何等正確なる連絡の証拠がないのです、併しこれも恐らく仕方がないことでしょう、私自身も、理想的民主政治の国でなければ決して裁判が独立しうるものでないと信じていますから、
書きたい事は沢山ありますが、いずれこれは言う機会もあろうと思いますから今はやめます、
申上げたいも一つは、雑誌の事であります、今度三月一日から『樹木と果実』という雑誌を出すことになりました、
表面は歌の革新ということを看板にした文学雑誌ですが、私の真の意味では、保証金を納めない雑誌としての可能の範囲に於て、「次の時代」「新しき社会」というものに対する青年の思想を煽動しようというのが目的なのであります。発売禁止の危険のない程度に於て、しょっちゅうマッチを擦っては青年の燃えやすい心に投げてやろうというのです、
私と似た歌を作る土岐哀果と二人で編輯することになっています、丸谷君[*8]も何か助けてくれる筈です、金

＊4　社会革命主義者
＊5　社会主義的
＊6　無政府共産主義
＊7　社会主義

の方の事は、私の手で集めうるだけの前金及び寄附をあつめて、不足だけを宮崎郁雨[*9]から出して貰うことになっています、詳しくは申上げませんが、どうぞ十五日頃までに何か書いて頂きたいものです、それからお知合の方に若し出来たら前金申込を勧めて頂きたいものです、（委細は本月のスバル及び「創作」の広告にありますが、定価一部十八銭郵税二銭、半年分税共前金一円十銭、一年分同二円十銭）

この計画に対して私の今度の入院は一大打撃でした、然し此処でも書くことは許されていますから、やっぱり広告した通りの期日には出そうと思っています、最初は五百部位しか刷りません、菊版[*10]で頁も六七十頁位のつもりですが、紙は厚くしたいと思っています、こうして極く小規模にやっているうちには、何れ《いず》発展の機もあるだろうと思います、二年か三年の後には政治雑誌にして一方何等かの実行運動――普通選挙、婦人開放《(ママ)》、ローマ字普及、労働組合――も初めたいものと思っています、またさしあたり文壇の酒色主義や曲学阿世の徒に対する攻撃もやりたいと思います、一つ二つ珍無類の面白い趣向もあるのですが、それはまあ申しますまい、私の病気というのは慢性腹膜炎とかで腹に水がたまったのです、一月の半頃からだん〱腹がふくれ出し、何だか腹に力がはいるようで気持がよいと思っていますと、しまいには皮がピカ〱光る程ふくれて始終圧迫を感じ、起居に多少の不自由を余儀なくされるようになったから、友人の勧めで医者に見せたのです、痛くも何ともありません、入院しなくちゃ駄目だといわれて一昨日午後フラリとやって来て此施療室の寝台に上ったのですが、喫煙その他大抵の自由は許されてあります、気がおちついて却っていゝ塩梅です、但し事によると三月位かゝると言われてこれにはやゝ閉口しています、窓へ行ってみると、この古風なシックイ塗の建物の二階の窓近くまで桜の枝がのびて来ていますが、これが咲くまでには出たいものだと昨日も思いました、社の方は三月や四月休んでも構わないのですが、いろ〳〵やりたい事があるのでイヤになります、然しまあこうしているうちに少し静かに考えるには却って好都合かも知れません、腹がふくれて入院するとは何だか自分ながら滑稽です、医者には可笑しくないと見えて糞や小便などを試験してくれます、同室の人は二人ですが、一人は二十三、一人は十七、どちらもへッポコ医者の誤診のため病気を悪くしたという人々です、隣室には十七位の盲人で、脳に癌《ガン》（？）が出来たという少年がいて、朝晩を問わず終日寝台の上に起き直って、何か口の中で祈りながら、一生懸命手を合せて拝んでいます、看護婦にきくと、目の見えるようにと祈っているのだそうで、時々変な挙動をしたり可笑い事を言っては笑われていますが、私は可哀相で仕方がありません、可哀相とは思いながら矢張可笑いと笑うから、結局同じ訳ですが、

東京はこの頃、ホカ〳〵と暖かです、昨日丸谷君が見舞いに来てくれて、初めて議会を傍聴した話をしていました、惰気満々で駄目だったと言ってました、私は出来ることなら毎日議会へ行ってみて、そして済んでから「第二十七議会」という本を書いて議会無用論――改造論を唱えてやりたいと考えたことがありましたが、病院にいては駄目です、病院にいなくても金と時間がなくちゃ駄目です、何のかんのと色々ならべました、奥様及び向井兄[*11]へよろしく願います

＊8　一一九頁＊6参照。

＊9　一二三頁＊14参照。

＊10　書物の判型のひとつで、現在のA5判よりやや大きい。

＊11　向井永太郎（一八八一～一九四四）。啄木の北海道時代の友人で詩人。一九〇七年八月の函館大火で弥生小学校の代用教員の職を失った啄木に札幌の『北門新報』の校正係のポストを世話した。

啄木拝

# III

# 言葉が強権と対峙する

自身がすぐれた言語表現者でもあった幸徳傳次郎（秋水）、管野スガ（須賀子）、大石誠之助（禄亭）らの「被告」たちや、ユーモア作家でもある堺利彦（枯川）、詩人で翻訳家でもある大杉栄、ルポルタージュ作家であり小説家である荒畑勝三（寒村）など社会主義運動の直接的な担い手たちを別とすれば、当時の文学表現者たちで「大逆事件」に深い関心を抱いた人びとの多くは、社会主義や無政府主義の思想的共鳴者ではなかった。にもかかわらず、同時代のすぐれた表現者たちは、この「事件」をみずからの仕事の鼎《かなえ》の軽重を問う出来事として深刻に受け取ったのである。

自然主義的私小説の代表的作家だった正宗白鳥も、ロシア文学の翻訳紹介者であり『文学者となる法』その他で文学評論の分野をリードした内田魯庵も、「天皇崇拝者」でありながら「大逆事件」に際しての明治天皇の姿勢を真正面から指弾した徳富蘆花も、「主義者」とはほど遠い文筆の徒だった。だが、かれらは「事件」の隠された本質を見抜き、それをはっきりと記録にとどめた。石川啄木と同じく魯庵もそれを公表しなかったが、これはかれらを非難する理由とはならない。「大逆事件」関連で家宅捜索を受けた一人が、日記帳に天皇批判の文章を書いていたというだけで「不敬罪」で有罪になる状況だったからだ。

和歌山の医師で文人でもあった大石誠之助の友人や知人たちが、かれの死刑から受けた衝撃はとりわけ大きかった。新宮での文化講演会に講師として招かれたのがきっかけとなって大石と親しかった與謝野寛（鐵幹）は、反語で擬装しながら血を吐くような追悼の詩を書いた。大石と同郷で父との交友を通じて大石を知っていたまだ大学生の佐藤春夫は、家父長制に対する自己の叛逆とこの「事件」との関連を鋭敏に見抜き、文学表現者としての道をここから踏み出した。「大逆事件」は、こうして文学史においても一時期を画する出来事となったのである。

# 危険人物

正宗白鳥

一九一一年二月号『中央公論』に発表。自然主義文学運動の旗手と目されていた正宗白鳥（本名＝忠夫）は、無政府主義や幸徳秋水らの思想・行動と直接の関わりがあったわけではない。しかし、幸徳や堺利彦（枯川）と親しい小説家で『読売新聞』記者の上司小剣と親交があり、しかも秋水の「平民社」の発送名簿に名前があったためか、「大逆事件」に際してはかれの身辺にも警察当局の監視が及んだ。この作品は、当時のありさまを一種の滑稽さをこめて私小説ふうに描いている。なお、初出では会話部分が『　』でくくられているが、それらはすべて「　」に改めた。

「これから四五日旅行して来ましょう」と、私はその朝俄《にわ》かに思立って、まだ寝床にいる父に向って云った。

「それもよかろう」と、父は横向きで煙草を吸いながら首肯《※うなづ》いて、「何処へ行くつもりかい、遠方へ行くのかい」

「え丶。兎《と》に角《かく》讃岐へ渡って、都合で馬関か博多の方へでも行こうかと思います」

「まあゆっくり行て来りゃえ丶、五日でも十日でも気長に遊んで来い。九州へ行けば別府の湯に入って来るとえ丶。温泉場じゃ彼処《※あしこ》がまあ日本一だろう」と、父は近年春毎《ごと》に出掛ける諸方の温泉場の話をしかけたが、ふと気付いたように、「旅費は持っとるんかい」と、訊いた。

「え、、些《すこ》しは持っています、東京の雑誌社から送って貰いましたから、」私は一月あまりも世間と離れて、苦しい思いをして書上げて、ようく僅かな報酬を手に入れたところであった。

弟嫁に借りた信玄袋を提げて、私は檻を出るような気持で家を出た。昨日から吹荒《ふきすさ》んだ西風はまだ止みそうではなかったが、久振りに村を出て行くのが悦しかった。泡立った海と淋しい畑とを区切った狭い道を一里ばかり歩いて、Kという田舎町から俥《くるま》に乗って、二里の山道を上って停車場に向った。当てにした列車はもう出た後で、次の発車には一時間の余も間があった。風はますく激しくなるし、空も曇って、雪さえチラくし出した。火の気のない待合室にじっとしてはいられなくて、直ぐ前の茶店へ入って、火鉢を抱えて玻璃《ガラス》越しに外を眺めていた。兎に角琴平までの切符を買おうと思っていたが、今日何処に泊って、明日から先はどの方角へ向うのやら、自分でもハッキリしていなかった。この寒い日に目的のない旅をする自分の心根を不思議にも思った。

「今日は最大急行が遅れましたから、下りも遅れるでしょう」と、茶店の子供が時計を見上げて云った。

「汽車の中も寒いだろうね」など、、私は子供を相手に気乗りのしない話をしながら、敢て発車の遅速を心に掛けてはいなかった。

乗客はボツく停車場へ集った。山高帽を被りインバネスを着た髯の見事な役人らしい男が俥から飛下りると、襟巻に首を埋めて入口に立っていた百姓らしい男が道を避けて会釈した。子供を背負うた女がアタフタ駆けて来た。やがて急行車が停車しないで通抜けたが、下り列車は予定の刻限を一時間近く過ぎていながら、まだ来そうな様子がない。

「馬鹿に遅れたんだね、」私も流石に待遠しくなった。

「もう切符を売りましょうから、買うて来ましょうか」と、子供が側へ来て親切そうに云った。

「あゝ」と、私は生返事をして、五円札を渡した。

「何処までのを買いましょうか」

「琴平」

その声が明かに聞取れなかったのか、子供は更に問返した。

「琴平」と、私は力を入れて再び云ったが、行先なんか何処でもいゝ、汽車にさえ乗れゝばいゝのだ、琴平が尾の道になろうと、馬関[*1]と間違おうと、少しも差支えはないのだと思っていた。そして子供の駆出して行くのを見送っていたが、今まで玻璃戸の外をウロ〳〵しながら、折々私の方へ目を配っていた頑丈な男も、大胯《おおまた》に歩んで子供の後について行った。

切符を手に取ると、私は茶店を出て停車場の腰掛に身を縮めて座った。前を通っている駅夫の靴音までも寒そうに響いた。かの頑丈な男は茶色の中折[*2]を被って麻裏草履を穿き、両手を外套の下に収めて、時々鼻を啜りながら、場内を行きつ戻りつしていたが、私がジロリとその方を見る度に、顔を背けるようにした。二三度繰返す間に、その顔の背けざまが態《わざ》とらしく思われ出した。無論知人ではないのだが、何故だ

＊1　山口県・下関（古称＝赤馬関《あかまがせき》）の別称。
＊2　「なかおれ」。中折帽子の略称。上面の中央が縦にくぼんでいるところからこう呼ばれる。つばのある柔らかな帽子で、「ソフト帽」ともいう。

ろうと、私はます〳〵その顔に疑いの目を注いだ。

　やがて汽車の音が遠くから聞えて来たので、線路を横切って、下りの乗場に立った。顔向けも出来ぬような寒い風が禿山の方から吹付ける。乗客の顔はどれも朽ちた色をしている。よう〳〵三等車に乗込んで窓際の空いた席を捜して座を占めたが、かの男も同じ車内へ乗込んだ。しかし私は最早それに注意するでもなく、目を閉じて快く汽車に揺られて、知らず〳〵岡山まで来た。[*3] 一先ず下りて時間表を見ると、高松直行の連絡船に乗るには、六時発の列車が都合がよいが、時計は一時を過ぎたばかりだった。まだ五時間は此処に待っていなければならぬ。で、二等室のストーブの前に立って、手を温めながら時間の利用法を考えた。冬枯の公園を見たところが仕方がない。この春にも一度立寄ったのだから、古馴染の市中を散歩する興味も起らない。一月あまりも海や畝《うね》ばかり眺めていたので、三味線の音や女の臭いには渇していれど、その音や臭いに惑わされて今宵をこの地に過ごす気にもなれぬ。兎に角早く知らぬ土地へ行って見たい。

　窓越しに外を見ていると、旅館や水菓子屋[*4]などの間に小さい理髪屋が目についたが、それと共に自分の髪の延びているのが気になり出した。急に頭がむず掻くなって来た。で、差迫った用事として理髪屋へ入った。鏡に映つる自分の顔は如何にも田舎の垢が染込んでいるように見えた。散髪の済むまでに市中の知人の事が止切れ〳〵に思出されていたが、其処を出る時は、これから中学校教師の神部を訪ねることに心が決っていた。

　直ぐに俥《くるま》に乗って東中山下まで行ったが、番地が分らないので、あちらこちら尋ね廻った。

「そんな人は知りませんなあ」と、醤油屋の主人が門口へ出て来て考えながら答えた。

「じゃ転居したのかも知れん、確か一昨年まで此地にいた筈だが」と、私は失望して、じゃ、発車までの時間を何処で過ごそうかと屈託していると、

「神部と云うのは教師ですか」と、後から声がした。見ると、先っきから私の行く方へ俥で随《つ》いて来た色の黒い目の飛出た男が、矢張り俥を留めている。

「え丶」と、私は薄気味悪い男だと思いながら気のない返事をした。

「それならこの四五軒先の角を右に曲ったところです」と、その男は頤《あご》で示した。

私は教えられた方へ行ったが、神部の家は思ったよりも立派な門構えの家だった。二階の書斎に通されて、主客は別後の四角張った挨拶は抜きにして、火鉢を囲んで雑談に耽った。東京の話や文学談も互いの口に上った。

「今時分、琴平詣りとは妙だね、何か種にでもするんかい」と、主人は訊いた。

「そうでもない。暇つぶしに旅に出たんだ。家にいて親兄弟の顔ばかり見て丶も飽きて来るし、東京へ行ったって差詰め何をする当てもないしね」

「しかし君なんか自由行動が取れるからい丶さ。僕なんか年に一度の旅も出来なくなっちゃった。つい向いであっても、讃岐の土地へ足踏みしたこともないんだ。琴平へは一度お詣りしたいんだが」

＊3　ちなみに、作者の郷里は岡山県和気郡だった。この旅の出発点がそこだとすれば、岡山までは西へ約二〇キロほどである。高松への連絡船は宇野から出ていた。
4　くだもの（果実）店のこと。

「あんな所は別に行って見る価値はないんだろうが、しかし僕には讃岐という土地は夢に見た土地のように頭に残ってる。何しろ母の故郷祖母の故郷曾祖母の故郷と、三代つゞいて讃岐の血を受けてるんだからね。赤ん坊の時分から、生れた国の地理や伝説よりゃ、讃岐の地理や伝説をよく聞かされてる。この辺の島の名なんか今でも碌に知らないが、塩飽与島《しあくよしま》だとか八栗《やぐり》屋島に壇の浦なんか子守唄のように覚えてゝ、何だか懐かしいよ。だから今度もその夢の土地を実地に踏んで見たいという好奇心も多少あるんだ。一体に僕の性質や容貌は母の方に似てるんだから、僕の本当の故郷は讃岐かも知れない。」

　私は言葉に熱を含んでこう語りながら、未見の故郷を夢のように頭に浮べた。激しいヒステリー性で、鬱《ふさ》ぎ勝で、「お母《※かあ》さんは何をしても面白うない」と、此間《このあいだ》も染々《しみじみ》云っていた母の性質から推して、讃岐という土地が陰気な淋しい土地のように思われた。

「母の故郷という者は懐かしいものだ、僕の母は松江の生れだが、僕も一度行って見たいと思ってる」と、主人は相槌を打って、暫らく二人で土地と気風との関係を語合った。

　そこへ妻君が着物を着変えて、膳を持って来た。寒いから酒も添えて来た。私はもう薄暗くなったから暇乞《いとまご》いしようとして時計を見たが、まだ四時を過ぎたばかり。

「まだ早い」と主人の引留めるまゝに座直して、二三度杯を受けていると、

「ちょっと貴下《※あなた》にお目に掛りたいと云う方が入《いら》っしゃったんですが」と、妻君が襖《ふすま》を開けて云った。

「僕に会いたいと云うんですか、不思議だね」と、私は妻君にその名前を聞かせにやると、黒塚というので、まだ会ったことはないんだがと答えた。

「変だね」主人と私と一度にそう云って目を見合せた。

兎に角階下へ下りると、玄関には此家を教えて呉れた男が立っていたが、私を見ると、言葉を出す前に、頻《しき》りに唖《おし》が物を云おうとするような口付をしていたが、やがて小声で、「私は岡山署の者ですが」と前置きして、実はこう〳〵だと云った。

今朝からの私の疑いは晴れたが、その代りに新に不快の念が萌《きざ》し出した。「六時ので立ちますから、此家でゞも停車場でゞも待ってお出でなさい」と云って、二階へ上ると、

「誰れだい」と、主人は不審げな顔付して私を見上げた。

「刑事だ、僕が家へ帰るまで行動を共にしろと命ぜられたんだそうだ」と、私はいま〳〵しそうに云った。

「へーえ、それや少し変だね、君に刑事がつくのは可笑しい」主人は驚くよりも、むしろ滑稽に感じてるらしい目付をしていたが、それを見て私は侮辱されたように感じて苦笑した。

「しかし君もえらい者になった。何か天下を騒がすような危険なる著述でもしたのかい」と、わざとらしく真面目で訊いた。

「どうだか、あまり危険でもなさそうだね。僕の小説で迷える者を一人導いたことはないだろうが、その代り一人の読者に魔術を掛けたこともないだろう。僕の頭にも筆にもまだそれだけの力がないんだ。情ない芸術家だよ。今の作家で本当に危険なる著述をなし得るものは一人もないかも知れん」

「我々の立場から云えば、そんな作家は先ず出て呉れん方がいゝね」と、神部は此頃の中学生の考えの

生意気になったことを、さも小癪なと云わぬばかりに説立てた。私は身を入れて聞きたくはなくて、空返事しながら、時計の針の進むのを見ていた。

「しかし、君が監視されるのも多少理由があるだろう。いくら警視庁だって故意にする訳はない」と、神部は再びくどく問い出した。顔には酒がまわっている。

「そりゃ理由があるかも知れん」と、私は相手の気休めだけの曖昧な返事をして、「兎に角僕の村の巡査は僕に対する取調が粗漏だったので、俸給百分の二十五の罰を喰ったって零《こぼ》してたよ。巡査だって商売だからそうなりゃ溜らないやね。賭博や泥棒の注意は怠っても、僕に対して立入った取調をするようにならあ。だが、毎日二階に閉籠ってる者を取調べるんだから困ったらしい、無い種を報知は出来んからね」

「そうかねえ。そう下らない事に手数を掛け出しちゃ税が高くなる訳だ。岡山でもこの春刑事がチボ[*5]から賄賂を取ってたのがバレて大騒ぎだったが、仕舞いには刑事に刑事を随けなくちゃならなくなる」と、主人の気焔は次第に高くなりそうだったが、私は少し早目に出て行くこと、した。

黒塚は呑気らしく玄関に腰掛けて火鉢に当っていた。私は連立って外へ出た。友人と一緒に旅をするのさえ好まない私が、今度は是非ともお伴を連れなければならぬと思うと、旅の楽しみは半ば消えてしまった。黒塚は停車場への近道を案内しながら、いろ〳〵の事を話したり問うたりした。「貴下方《※あなたがた》文士の方《※かた》のお邪魔をするのはお気の毒だけれど、役目ですから」と謙遜して、文学の話をもした。『文章世界』[*6]などを読んでいるとか云って、知名の文士の近状をも多少知っていた。

「貴下方が旅行なされば、何《いず》れ方々で歓迎会が催されるでしょう」と云ったが、それはお世辞でもなさそうだった。

「どうして歓迎会なんかあるものですか。それに僕は一人旅が好きですからね」と私は答えた。

停車場へ来ると、何時の間にか黒塚は姿を隠した。私は旅行案内を買って、四国や九州や諸方の線路を調べて、琴平参詣後の方向をいろ〳〵に考えながら発車時刻を待っていた。

軽便鉄道のような粗末な小さい宇野行の列車に乗った時は、外は真暗だった。車内も薄暗くて向側の客の顔もはっきり分らぬ程だったが、黒塚が少し離れて乗っているのは目に付いた。

汽車は五月蠅《うるさ》く小さい停車場に道寄りして、のろ〳〵闇の中を通った。「どうして人力[*7]の代りだから」と隣の客が云った。蒼白い女は泣止まぬ子供を賺《すか》しかねて立ったり座ったりしていたが、仕舞いには自分でも泣出しそうな顔付をした。今朝作州[*8]の勝山を立って、これから母の病気見舞に高松まで行くのだと云った。左右では見ず知らずの客の打解けた雑談が賑わい出した。高い話声やら泣声やら笑声やらで、汽車の音も聞えぬほどに騒々しくなった。黙っているのは私と黒塚とだけのようだったが、煙草の五六本も吸尽した頃、黒塚は私の側へ来て、「この次が宇野です、彼処《そこ》でお別れしますが、御挨拶は致しませんから」と、小声で一言云って元の席についた。

---

＊5　掏摸（すり）を意味する西日本一帯の方言。

＊6　一九〇六年三月創刊の月刊文芸雑誌。博文館発行で、創刊から七年間は田山花袋が編集にあたった。

＊7　人力車のこと。前出の「俥」と同じ。

＊8　美作（みまさか）の国の略称。現在の岡山県の北部。

薄暗い寒い汽車を下りて、明るい温い連絡船に乗った時は、空も晴れかゝって、所々に星が鋭く光っていた。昼間よりは風も軟いでいたが、それでも打付ける波の音は激しかった。船は新しくて小奇麗で、三等室にも新しい畳を敷き大きな火鉢を据えてあった。私は片隅に肱枕《ひじまくら》で寝ころんでいたが、火鉢の周囲では船の進むにつれて、ます〳〵話に興が添って来た。汽車の中で朧げに見覚えた人の顔もその座に加っていた。諸国の遊廓や売春婦の話が皆んなの口から出た。

「一晩ぐらいなら宿屋へ泊るよりゃ遊廓へ泊る方が余程経済だ。それに夜具がよくって、女を側に置けるんだからねえ。博多の柳町なんて廉《※やす》くって大事にして呉れる。三両も出しゃ、奇麗な部屋でスバラしい夜具で寝かして呉れるて」と、東京の売薬商だという顔の細長い老人が目に無邪気な微笑を湛えて云った。

「新潟の女は肌自慢で裸で寝るというけれど、ありゃ経済から割出してるんですぜ、寝巻を汚すまいと思うからだ」と、威勢のいゝ愛知の若い男が云って笑った。

「いや、長野で共進会[*9]のあった時はひどうがしたぜ。あの頃は女郎が一日に四十何人客を取るというんで、警察の方でも評議をして、消毒器を備付けさせることにしたんだそうです」

それから東北の草餅の話やダルマの話を物珍らしそうに講釈する者もあった。

私はふと身を起して甲板へ上って見た。雲は忙しく走っていて、左右の島は黒く見えた。寒さを忍んで、暫らくベンチに腰掛けて凄い波を見下していた。風のない春の夜か秋の夜だったら、この甲板にこうして空想に耽っているのも似つかわしかろうが、今年も十日あまりと押迫ったこの冬の夜に、一人ぽっちで甲板で震えているのは、あまり心地よくもなかった。せめて明日は晴れゝばよいがと願いながら、元の部屋へ入ったが、女話はまだ終りを告げてはいなかった。私はボーイに珈琲を命じ、絵葉書を書きなどしていたが、雑談の音頭取らしいかの売薬商は心持席を空けて、「※貴下《あなた》も少しお当んなさい」と、私を顧みた。そして何処の者で何処へ行くと、取調を始めて、

「東京と云われちゃ懐かしいね、私は九月の末に※彼方《あちら》を出立したんだが、この様子だと旅で年を取るか[10]も知れん。どうです、東京の景気は」と、乗出した。

「僕も暫らく旅をしてるから、彼方の様子は分りません」

「洪水はあったし、[11]今年も不景気々々々で暮れるんだろう。」と、女話をしていた時とは目付までも変った。「私は三年に一度ぐらいは旅で正月をするんだが、不断は何ともなくても、宿屋で雑煮餅を食べてると、妙に東京が恋しくてならんね。この年になって旅で年を取るのも気が利かないから、もう今年きりにしようと思いながら、矢張りこんな事になっちまう。因果な身の上だ」と、淋しく笑って、「貴下はお詣りをしたら、直ぐ東京へお帰りなさるか」

「どうですか。彼方《あちら》の正月も別に面白くはないから」

「いや、何と云っても東京だ。同じ事なら暮の中《うち》に彼方へお帰りなさい、」と、老人は親身の口振りで云った。

＊9　産業振興のために明治政府が各地で開催した農産物や工業製品の展示品評会。第一回は一八七九年九月に横浜で開かれた。

＊10　「年を越す」という意味。満年齢ではなく「数え年」だった当時は、正月が来ると一つ年を取った。

＊11　一九一〇年八月八日、東海・関東・東北地方で豪雨のため各地を大洪水が襲い、東京府では一八万五〇〇〇戸が浸水した。

やがて、汽船が築港へ入りかけると、乗客は身仕度に取掛った。高松者だという前歯に金を嵌めた男に向って、手堅い宿屋の名を問うている者もあった。

私は人に先《さきだ》って身軽に桟橋へ下りたが、浮《※うつ》かりしていては海へ吹飛ばされそうな位に、風が強く吹いていた。身を屈めて陸へ上って、足の向く方へ歩いた。ふと、今迄忘れるともなく忘れていた刑事のことを思出して、振返ると、五六間後に外套の頭巾で頭を蔽うた背の高い大男の歩いて来るのが目についた。道は暗く風は埃を揚げて、外に人影はない。私は確かにそれと察したが、わざと立留って見詰めていると、その男はわざと横道へ外《そ》れて行く風をした。そして私が歩き出すと、再び元の道へ戻って間を置いて随いて来る。

その夜は停車場前の宿屋に宿ったが、夜中雨戸が騒がしくて快い眠りは得られなかった。で、夜明け前にランプを点けて、信玄袋の中から読掛けのダンヌンチョの「ヴィクチム」を出して、寝床の中で読つゞけた。"A Warm, rosy June twilight, fraught with mysterious Perfumes"[*12]という作中の文字そのまゝの、温かい柔かい、薔薇のような匂いのする小説は、一枚々々私の心を酔わそうとした。悲しみも怒りも惑いも音楽で味つけられ、匂いで燻《いぶ》されているのが羨しい。妬ましい。私どもの悲しみや惑いにはこんな音楽もなければ匂いもないのだ。パオロ、フランチェスカ、ロミオ、ジュリエット、ジォルジオ、イポリタなど、物語で馴染の伊太利人の生涯に比べると、我々の生涯は死灰枯木のようである。日々身窄《※みすぼ》らしい醜い暮しをしている。何だか影が薄い。…………

暫く読耽っている間に、手の先が亀んだ。[*13] 広い部屋の隅々まで薄明るくなっている。煙草に火を点けて起きて、雨戸を一枚繰開けると、寒い風がまだ吹いていたが、空はスッキリ晴れていた。薄青い色をした屋島は真向うに見えた。

朝餐が済むと、急いで栗林《りつりん》公園を見て、琴平行の汽車に乗った。絶えず窓外に目を注いで讃岐という土地を視察しようとした。が、別に異った所も心に留まらなかった。郷里の備前と同じようによく開けている。著るしく松が多い。南を堺している山は平凡で際立った大山も見えない。内海の島々は絶えず目についた。

やがて母の故郷の多度津に近づくと、私は出抜《だしぬ》けに隣りの客に向って、「塩飽島はどれでしょう」と訊いた。その客は私に背を向けて腰掛に座っていたが、大きな眼で斜に見て、一つの島を指差して、言葉少なに卒気《(ママ)》なく教えて呉れた。私は島よりも先ずその客の目付と素振りとに注意した。そして「これだな」と、直ぐに感付いた。

琴平に着いて、信玄袋を虎屋へ置いて、高い石段を上っている間にも、大きな眼は絶えず後から随いて来た。此所は善光寺と東西相対して参詣人に富んだ所だそうだが、この日は前後に五六人の参拝者の目についたばかりだった。桜の馬場も宝物館の庭園も、冬枯れて何の風情もなかった。本社へ来ると、母から

---

＊12　「不思議な芳香に満ちみちた暖かいバラのような六月の薄暮」。ガブリエーレ・ダンヌンツィオ（一八六三〜一九三八）はイタリアの詩人・小説家。「ヴィクチム」（犠牲）は、小説『死の勝利』（一八九四）の英訳名。

＊13　亀の字は、指に「ひび」や「あかぎれ」が切れることを意味するが、ここでは「かじかんだ」と読むのだろう。

託された賽銭を袂《たもと》から出して投げた。絵馬堂の側の青銅の神馬の周囲には、銀杏の葉が散っていた。

私は足早に境内を歩いて、虎屋へ帰って、サイダで渇《かわき》を医《いや》してから、昼飯を食べた。兎に角これで琴平詣でも終ったのだが、さてこれから何処へ行こう?

一時間後には私は善通寺の境内の薬師堂の側の茶店に憩うて、大師堂や四国山を見渡していた。長い半纏《はんてん》を着て髪を額に垂らした男が、大福餅を喰いながら、茶店の女と話込んでいたが、誰かゞ情死しかけた噂らしい。毒薬を呑んだが死に切れなくて、二人とも病院へ担込まれたという要点だけは分ったが、細かな事は聞取れなかった。茶店の女は屢々眉を顰め、口を開けたり閉じたりして感動している。

「大人しい堅い人でもねえ」と、溜息を吐いた。

「どうした機勢《※はずみ》だかおれ達にも分らねえ」と、男は指先を舐《※な》めずりながら門の方へ行った。

女は茶をつぎ変えてから、店先の埃を刷《※はた》き出したが、埃は私の茶碗にまで散込んだ。私は弘法大師の遺跡よりも、今聞嚙《ききかじ》った話に興を寄せて、門前から乗った俥の上で、車夫に向って、「此頃この町で心中した者があるのか」と訊いたが、車夫は一向知らないと答えた。

心中という大事件がこの狭い町に知れ渡らぬ訳がない。して見ると、あの話は他所の出来事だろうか、それとも過去の話かも知れぬと、私は惑った。よく聞取らなかったのを残念にも思った。

私が茶店にいる間、所在なくブラついていた色の白い顔立の柔《やさ》しい新たな刑事は、駅へ来ると知らぬ間に姿をかくした。私は何となく気掛りで、其処等を捜して見たが見当らない。

駅長室を覗《のぞ》いたが其処にもいない。はてなもう発車時刻も迫ってるのに、警察署へでも行ったのか知らんと思いながら、プラットホームへ出た。間もなく汽車に乗って車内を見渡したが、その人の姿は見えぬ。まさか、代りを乗込ませたのでもあるまいから、外の車にでもいるのだろうと、思われた。最早高松までの途中に名所古蹟もないから、安んじているのかも知れぬとも思われたが、そうなると、私もこの機会に乗じて、一度自由の身となりたくなった。かねて母の故郷の多度津を見たいと思っていたのだから、寒くとも下りて見よう。巧みに煩《うるさ》い者の目を避けて下車しようと決した。

金蔵寺の次はもう多度津だ。私は信玄袋を外套の下にかくして、出口に坐を移した。多度津では可成りに下車客が多い。私は荷物を提げた大きな男に添うて下りて、人の中に紛《まぎ》込れて停車場を出て、跡をも見ずに道を曲った。曲ってから振返ると、それらしい人は見当らない。三四町は絶えず振返りながら歩いたが、最早気遣う必要はなくなった。これからが本当の気儘な一人旅だ。風が凪ぎさえすれば高松までの切符は棄て丶、此処から尾の道へ渡って馬関あたりまで旅行するとい丶のだが、海はまだ激しく荒れている。

擦違った巡査に昔の家中屋敷の方角を問うて、先ずその方へ歩いた。道の左右に荒壁に取捲かれた小さいくすんだ家が幾つも並んでいる。一万石の小さな大名の遺跡だけに如何《いか》にも見すぼらしい。所々の庭には橙《だいだい》や柚《ゆず》の木が壁の上に枝を出している。私は一つ〱表札を見て、母の家は何処だったろうと想像しながら歩いた。家は叔父の放蕩の結果早くから人手に渡り、家族は悉《ことごと》く他国へ流浪して、祖父一人土蔵に住んでいたが、その土蔵も鉄道布設の際に引払われたのだと聞いているので、線路の方へ足を進めた。線路を越えると直ぐに海だ。線路に沿うて古風の根上り松が遠く続いている。私はその松の根の側に腰を卸して、程近い塩飽与島や、遠い備中備後の海岸を望んだ。母や祖母や曾祖母が、この景色を見ながら育ったのだと思うと、他郷に来ているとは思われない気もする。

子供の時分から、辰一叔父さんといえば、恐ろしい人として記憶されている。十三四の頃から茶屋酒の味を覚えて、幾代もこの地に栄えていた一家を叩潰した上に、親類縁者にも迷惑を掛けたことが、折々幼な耳に触れていた。母方の祖母はよく「辰の獄道々々」と、さも憎らしく罵っていた。だが、一二度私の郷里へ立寄った辰叔父さんは、色の白い目顔の優しい話の面白い人だった。今は妻子を棄て丶、京坂《（ママ）》地方で貧しい商売をしているのだとも聞いているが、この人に傷けられた十数人の骨肉はそれ〴〵にどう収りがつくんだろう。

私は一人々々母方の家族の顔を心に浮べながら、再び寂しい家中屋敷を通って、町の方へ出た。高松へ帰るにしても、汽車は一時間毎に出るのだから、そう急ぐにも及ばない。何処かで温かい物を食べて休みたい、と思って、相応わしい家を捜していたが、やがて、すしと暖簾にしるされている小料理染みた家が目についた。考える間もなく内へ入って二階へ通ると、入口の見すぼらしいのに似合わず、小奇麗な部屋が三つ四つあった。只の飲食店ではないらしいのが悦しかった。誂えた料理の来るまで、火鉢に寄って冷えた身体を温めていたが、ふと裏の方から三味線の音が聞えた。障子を開けると、小高い崖の上の小祠《※ほこら》が斜に見えた。目の下の低い軒には干大根が吊されて、屋根には草が生えている。絃の音は其処から洩れて来るらしい。

「この土地にでも、些《ちっ》とはい、芸者がいるんかい」と、私は膳を持って来た女中に訊いた。

「この土地だって、そうあなづった者じゃありませんぞな。お目に掛けましょうか」と、女中は媚を含んだ目付をした。

「じゃ、大急ぎで呼んで来い、一番い丶のを。汚なかったら直ぐ帰えすぞ」

「えい〳〵」

女中が下りて行くと、やがて下の家の絃の音はぱったり止んだ。私は膳の上を見ながら、ふと辰叔父が昔この辺で遊んでいたのだろうと思って、一種厭な感じに打たれた。かの荒壁の中の陰気な家を抜出ては、此処等で気儘な真似をしていたのだろうと、次第に心がその事にのみ向って来た。そして、屋敷町で思出した時にはボンヤリしていた叔父の面影が、此処では不思議に濃くあり〳〵と浮んで来た。

私は自然に俯向いて、何を見るともなく目を凝らしていたが、気付かぬ間に襖が開いて、紫色の羽織を着た色の白い唇の艶っぽい女が現われた。ろくに挨拶もしないで、座ると直ぐに私の煙草を取って、首を揺ぶるなり吸出した。

「お前は芸者かい」不作法な奴だと思って、私は皮肉に云った。

「左様で御座います。これでもなあ」と、わざと澄まして後、馴々しい笑いを浮べた。

「じゃ、三味線でも弾け」

「そんな気の利いた者、わたい知りまへん。弾ける者を誰れぞ呼びましょう」

「ひどい芸者だねえ」戯談だとは思いながら、私は興が醒めてしまった。海辺の荒々しい客をのみ相手にしている為か、少しも素振りに優味がない。

でも、暫くすると、女中の持って来た三味線を引寄せて、声張上げていろ〳〵の流行唄を騒々しく唄った。私の黙諾を得て、※雛妓《おしゃく》をも連れて来た。雛妓は肩揚のある紋付の羽織を着て稚子髷《ちごまげ》に結っている。二つ三つ手短かな踊を踊った。

「もう沢山だ」と、私は踊をも唄をも押止めて、

「おれは次の汽車に乗るんだから、お前達はもう帰ってい、よ。」

「何でそう急ぎなさるんじゃ。お帰えりの時は停車場までお見送りしますけに」

「それには及ばないよ。本当にもう帰って呉れ」と、私は追立てるようにして帰らせた後で、女中に向って、「あれでもこの土地で一番い、芸者なのか。名は何と云うんだ」

「小波さんです。随分よう売れます。お気に召さんのですか」と、女中はや、訝しそうな顔をした。

「下の家で弾いてた時にゃ、三味線も味《うま》そうだったがなあ」兎に角高松へ行って見よう、彼処ならこんなに殺風景でもなかろうからと、私は直ぐに此家を出た。後を見ると、狭い道の左右に所々料理屋の軒灯が光って賑かな声もしていた。この界隈は多度津の色町で、若い者の心を惹いている所らしい。丸い提灯を先きに芸者らしい女が歩いている。


闇に包まれた多度津に別れて、汽車で坂出という駅まで来ると、左右に目を配りながら、アタフタ乗込んで来た男があった。私の顔を見ると側へ来て、「※貴下《あなた》は丸亀からお乗りになったんですか」と訊く。

「い、え」私は軽くそう云って首を振った。その男は「そうですか」と云うが早いか、次の室へ行った。

プラットホームには制服巡査が二人目を尖らせて何か話しながら歩いている。やがてその一人が車の入口へ上って、気つか《（ママ）》ぬように私の方へ目くばせしながら、或男に手帖を見せて何か呟いた。その男は二三度首《※うな》づいていたが、やがて汽笛が鳴ると共に私の側へ来て、煙草を取出し、「失礼ですが火を一つ」と、会釈して腰掛けた。丸顔の艶のいゝ、声の太い男だ。

「風も凪ぎましたなあ。今夜は高松へお泊りですか」と、打解けた口を利いた。

「えゝ」私は話を避けようとしたが、相手は絶間なく話しかける。土佐の生れだといって、大町桂月[*14]や幸徳秋水の噂をもした。高松と丸亀との勢力争いや、讃岐の気風やを、私に問いに応じて講釈し出した。

「高松も築港が出来てから、以前より余程繁盛し出しました。大きな船も着くようになりましたからねえ。しかしあの土地はどうも気風が姑息だからいかん。それから見ると、多度津という所は余程進取の気象に富んでいます。商人でも昔から冒険的の事をやる者が多いようですよ」

「風景は讃岐中で何処が一番いゝんでしょう」

「左様。先ず西では観音寺、東では屋島でしょうな。屋島へは是非御見物にお出でなさい。古戦場が一目に見下ろされます」

「じゃ、天気でもよかったら行ってみましょう。」

「貴下方は古跡や名所を遊覧なさって、それがちゃんと材料になるんだから面白いですなあ、風流を楽

＊14　大町桂月（本名＝芳衛。一八六九〜一九二五）。高知出身の詩人・評論家。

んでそれがお金になるんだから」と、その男はさも羨ましそうに無邪気に云った。

「そんなに風流でもありませんね、」と、私は苦笑して、「しかし貴下方の御商売は気骨が折れるでしょう」

「いや、高松からも妙な奴が出たので困りますよ[*15]」

その男は現代の悪教育の攻撃など、気焔を吐いていたが、高松へ着くと、巧みに姿をかくした。私は昨夕の宿へ帰って、電灯の下で信玄袋を開けて、ダンヌンチョを取出したが、ふと手帖のないのに気づいた。外套のポケットを捜しても見当らない。二三年いろ〱の事を書留めて置いたのに、何処で無くしたのだろう。他人に見せたくない秘密をも書留めているし、長篇の材料も心覚えに記している。

私はそれを失ったらしい場所を考えながら、若しかそれがどの刑事かに拾われていはしないかと思った。隅々まで注意して見たらば、危険な分子の露ほども見当らぬのに失望するかも知れぬが、私の下らない日常生活の一端や、自分一人の胸の中に葬りたい事件の欠片《※かたかげ》を窺われるのが厭な気がした。で、私は手帖の中に収めてある秘密の記事を一つ〱思浮べながら、淋しい夜を過ごした。

＊15　大逆事件で死刑を宣告（翌日、無期に減刑）された武田九平は高松市の住人。

# 謀叛論（草稿）

徳富蘆花

十二人の処刑からわずか一週間あまりのちの一九一一年二月一日、第一高等学校で行なわれた講演の草稿にもとづいている。筑摩書房版「明治文学全集」42、『徳富蘆花集』（神崎清編、一九六六年五月）を底本とした。岩波文庫版『謀叛論　他六篇・日記』（中野好夫編、第一刷＝一九七六年七月）でも読むことができる。

僕は武蔵野の片隅に住んで居る。東京へ出るたびに、青山※方角《ほうがく》へ往くとすれば、必ず世田ケ谷を通る。僕の家から約一里程行くと、街道の南手に赤松のばら〳〵と生えた処が見える。此《これ》は※豪徳寺《ごうとくじ》――※井伊《いい》掃部守直弼《かもんのかみなおすけ》の墓で名高い寺である。豪徳寺から少し行くと、谷の向うに杉や松の茂った丘が見える。吉田松陰の墓及び松陰神社は其《その》丘の上にある。井伊と吉田、五十年前には互に※倶不戴天《ぐふたいてん》の仇敵で、安政の大獄に井伊は吉田の首を斬れば、桜田の雪を紅に染めて、井伊が浪士に殺される。斬りつ斬られつした両人も、死は一切の恩怨《おんえん》を消してしまって谷一重のさし向い、安らかに眠っている。今日の我等が人情の眼から見れば、松陰はもとより醇乎《じゅんこ》として醇なる志士の典型、井伊も幕末の重荷を背負って立った※剛骨《ごうこつ》の好男児、朝《ちょう》に立ち野《や》に分れて斬るの殺すのと騒いだ彼等も、五十年後の今日から歴史の背景に照して見れば、※畢竟《ひっきょう》今日の日本を造り出さんが為に、反対の方向から※相槌《あいづち》を打ったに過ぎぬ。彼等は各々其位置に立ち自信に立って、為《す》るだけの事を存分に為《し》て土に入り、其余沢を明治の今日に※享《う》くる百姓等は、さりげなく其墓の近所で悠々と麦のサクを切っている。

諸君、明治に生れた我々は五六十年前の窮屈千万な社会を知らぬ。斯《こ》の小さな日本を六十幾箇の碁盤に※画《しき》って、一寸《ちょっと》隣へ往くにも関所があったり、税が出たり、人間と人間の間には階級があり格式があり※分限《ぶんげん》あり、※法度《はっと》でしばって、習慣で固めて、苟《いやしく》くも新しいものは皆禁制、新しい事をするものは皆謀叛人《むほんにん》であった時代を想像して御覧なさい。実にたまったものではないではありませんか。幸にして世界を流るゝ一《ひとつ》の大潮流の余波は、暫く鎖した日本の水門を乗り越え※潜《くぐ》り※脱《ぬ》けて滔々と我日本に流れ入って、維新の革命は一挙に六十藩を掃蕩し日本を挙げて統一国家とした。其時の※快豁《かいかつ》な気持は、何ものを以《もっ》てするも比すべきものが無かった。諸君※解脱《げだつ》は苦痛である。而して最大愉快である。人間が懺悔して※赤裸々《せきらら》として立つ時、社会が旧習をかなぐり落して天地間に※素裸《すっぱだか》で立つ時、其雄大光明な心地は実に何とも云えぬのである。明治初年の日本は実に初々《ういく》しい此《この》解脱の時代で、着ぶくれていた着物を一枚※剥《は》ねぬぎ、二枚剥ねぬぎ、素裸になって行く明治初年の日本の意気は実に凄まじいもので、五ケ条の※誓文《せいもん》が天から下る、藩主が封土を投げ出す、武士が両刀を投出す、穢多が平民になる、自由平等革新の空気は※磅礴《ほうはく》として、其空気に※蒸《む》された。日本はまるで※筍《たけのこ》の様にずん〳〵伸びて行く。インスピレーションの高調に達したといおうか、寧《むし》ろ狂気といおうか、——狂気でも※宜《よ》い——狂気の快は不狂気の知る能《あた》わざる所である。誰が其様な気運を作った乎《か》。世界を流るゝ人情の大潮流である。誰が其潮流を導いた乎。我先覚の志士である。所謂《いわゆる》志士苦心多で、新思想を導いた蘭学者にせよ、局面打破を事とした勤王攘夷の処士《※しょし》にせよ、時の権力から云えば謀叛人であった。彼等が千荊万棘《せんけいばんきょく》を渉《わた》った艱難辛苦《※かんなんしんく》――中々一朝夕《※いっちょうせき》に説き尽せるものではない。明治の今日に生を享くる我等は十分に彼等が苦心を酌《※く》んで感謝しなければならぬ。

僕は世田ケ谷を通る度に然《※しか》思う。吉田も井伊も白骨《※はくこつ》になって最早五十年、彼等及び無数の犠牲によって与えられた動力は、日本を今日の位置に達せしめた。日本も早や明治となって四十何年、維新の立者多くは墓になり、当年の書生青二才も、福々しい元老若《も》しくは分別臭い中老になった。彼等は老いた。日本も成長した。子供で無い、大分大人《※おとな》になった。明治の初年に狂気の如く駈足《かけあし》で来た日本も、何時《いつ》の間《ま》にか足もとを見て歩く様になり、内観《※ないかん》する様になり、回顧もする様になり、内治のきまりも一先《ひとま》ずついて、二度の戦争に領土は広がる、新日本の統一こゝに一段落を画《※かく》した観がある。維新前後志士の苦心もいさゝか酬《※むく》いられたと云わなければならぬ。然らば新日本史は茲《※ここ》に完結を告げた乎。是《これ》から守成の歴史に移るの乎。局面回転の要はないか。（ママ）最早《※もう》志士の必要は無い乎。飛んでもないことである。五十余年前、徳川三百年の封建社会を唯一簸《※あお》りに推流《※おしなが》して日本を打って一丸とした世界の大潮流は、倦《※う》まず息《※やす》まず澎湃《※ほうはい》として流れている。其れは人類が一にならんとする傾向である。四海同胞の理想を実現せんとする人類の心である。今日の世界はある意味に於て五六十年前の徳川の日本である。何《※ど》の国も何の国も陸海軍を並べ、税関の墻《※かき》を押立て、、兄弟どころか敵味方、右で握手して左でポケットの短銃《※ぴすとる》を握る時代である。窮屈と思い馬鹿らしいと思ったら実に片時もたまらぬ時ではないか。然し乍ら人類の大理想は一切の障壁を推倒《※おしたお》して一にならなければ止まぬ。一にせん、一にならんともがく。国と国との間もそれである。人種と人種の間も其通りである。階級と階級の間もそれである。性と性の間もそれである。宗教と宗教――数え立つれば際限が無い。部分は部分に於て一になり、全体は全体に於て一とならんとする大渦小渦鳴戸《※おおうずこうずなると》の其れも啻《ただ》ならぬ波瀾《※はらん》の最中に我等は立っているのである。斯《こ》の大回転大軋轢は無際限であろう乎。恰《※あたか》も明治の初年日本の人々が皆感激の高調に上って、解脱に解脱狂気の如く自己を擲《なげう》った如く、我々の世界も何時か王者其冠を投出し、富豪其金庫を投出し、戦士其剣を投出し、智愚強弱一切の差別を忘れて、青天白日の下に抱擁握手抃《※べん》舞《ぶ》する刹那《※せつな》は来ぬであろう乎。或は夢であろう。夢でも宜《よ》い。人間夢を見ずに生きて居られるものでない。――其時節は必ず来る。無論其れが終局ではない、人類のあらん限り新局面は開けて止まぬものである、然し乍ら一刹那でも人類の歴史が此詩的高調、此エクスタシイの刹那に達するを得ば、長い長い旅の辛苦も贖《※あがな》われて余《あまり》あるではないか。其時節は必ず来る、着々《※ちゃく〳〵》として来つゝある。我等の衷心《※ちゅうしん》が然《※しか》囁くのだ。然しながら其愉快は必ず我等が汗もて血をもて涙をもて贖わねばならぬ。収穫は短く、準備は長い。ゾラの小説にある、無政府主義者が鉱山のシャフトの排水樋《※はいすいひ》を窃《※ひそか》に鋸でゴシ〳〵切って置く。水がドン〳〵坑内に溢《※あふ》れ入って、立坑《※たてこう》といわず横坑《※よここう》といわず廃坑《※はいこう》といわず知らぬ間に水が廻って、廻り切ったと思うと、俄然鉱山の敷地が陥落を初めて、建物も人も恐ろしい勢を以て瞬《※またゝ》く間に総崩れに陥《お》ち込んで了《しま》ったという事が書いてある。旧組織が崩れ出したら案外速にばた〳〵いってしまうものだ。地下に火が廻る時日が長い。人知れず働く犠牲の数が要る。犠牲、実に多くの犠牲を要する。日露の握手を来す為に幾万の血が流れた乎。彼等は犠牲である。然し乍ら犠牲の種類も一ではない。自ら進んで自己を進歩の祭壇に提供する犠牲もある。――新式の吉田松陰等は出て来るに違いない。僕は斯《※か》く思いつゝ、常に世田ケ谷を過ぎていた。思っていたが、実に思いがけなく今明治四十四年の※劈頭《へきとう》に於て、我々は早くも茲に十二名の謀叛人を殺すことゝなった。唯一週間前の事である。

諸君、僕は幸徳君等と多少立場を異にする者である。僕は臆病者で血を流すのは嫌である。幸徳君らに※盡《ことご》く真剣に大逆を行《や》る意志があったか無かったか僕は知らぬ。彼等の一人大石誠之助君が云ったと云う如く、今度のことは嘘から出た真で、はずみにのせられ、足もとを見る※遑《いとま》もなく※陥穽《おとしあな》に落ちたのか如何《どう》か。僕は知らぬ。舌は※縛《しば》られる、筆は折られる、手も足も出ぬ苦しまぎれに※死物狂《しにものぐるい》になって、天皇陛下と無理心中を企てたのか、否か。僕は知らぬ。冷厳なる法律の眼から見て、死刑になった十二名※悉《ことごと》く死刑の価値があったか、なかったか。僕は知らぬ。「※一無辜《いちむこ》を殺して天下を取るも不ㇾ為《なさず》」で其原因事情は何《いず》れにもせよ大審院の判決通り真に大逆の企があったとすれば、僕は甚《はなはだ》残念に思うものである。暴力は感心が出来ぬ。自ら犠牲になる共、人を犠牲にはしたくない。然し乍ら大逆罪の企に万不同意であると同時に、其企の失敗を喜ぶと同時に、彼等十二名も殺したくはなかった。生かして置きたかった。彼等は※乱臣賊子《らんしんぞくし》の名を受けてもたゞの賊ではない、志士である。たゞの賊でも死刑はいけぬ。※況《いわ》んや彼等は※有為《ゆうい》の志士である。自由平等の新天新地を夢み身を献《ささ》げて人類の為に尽さんとする志士である。其行為は※仮令狂《たとえきょう》に近いとも、其志は憐れむべきではないか。彼等は、もとは社会主義者であった。富の分配の不平等に社会の欠陥を見て、生産機関の公有を主張した、社会主義が何が※恐《こわ》い？　世界の何処にでもある。然るに狭量にして神経質な政府は、ひどく気にさえ出して、殊《こと》に社会主義者が日露戦争に非戦論を唱うると※俄《にわか》に圧迫を強くし、足尾騒動から赤旗事件となって、官権と社会主義者は※到頭《とうとう》犬猿の間となって了った。諸君、最上の帽子は頭にのっていることを忘る丶様な帽子である。最上の政府は存在を忘れらる丶様な政府である。帽子は上に居る積《つも》りであまり頭を押付けてはいけぬ。我等の政府は重いか軽いか分らぬが、幸徳君等の頭にひどく重く感ぜられて、到頭彼等は無政府主義者になって了うた。無政府主義が何が恐い？　其程《それほど》無政府主義が恐いなら、事の未だ大ならぬ内に、※下僚《かりょう》ではいけぬ、総理大臣なり内務大臣なり自ら幸徳と会見して、※膝詰《ひざづめ》の懇談すればいゝではないか。然し当局者は其様な※不識庵流《ふしきあんりゅう》＊1をやるにはあまりに武田式家康式で、且あまりに高慢である。得意の※章魚《たこ》の様に長い手足でじいとからんで彼等をしめつける。彼等は今や※堪《こら》え※兼《か》ねて鼠は虎に変じた。彼等の或者は※最早《もはや》最後の手段に訴える外ないと覚悟して、幽霊の様な※企《くわだて》がふら〱と浮いて来た。短気がいけなかった。ヤケがいけなかった。今一足の辛抱が足らなかった。然し誰が彼等をヤケにならしめた乎。法律の眼から何と見ても、天の眼からは彼等は乱臣でもない、賊子でもない、志士である。皇天其志を憐んで、彼等の企は未だ熟せざるに失敗した。彼等が企の成功は、※素志《そし》の※蹉跌《さてつ》を意味したであろう、皇天皇室を憐み、また彼等を憐んで其企を失敗せしめた。企は失敗して、彼等は※擒《とら》えられ、さばかれ、十二名は政略の為に※死減一等《しげんいっとう》せられ、※重立《おもだ》たる余の十二名は天の恩寵によって立派に※絞台《こうだい》の露と消えた。十二名——諸君、今、一人、土佐で亡くなった多分自殺した幸徳の母君あるを忘れてはならぬ。

斯くの如くして彼等は死んだ。死は彼等の成功である。パラドックスのようであるが、人事の法則、負くるが勝である。死ぬるが生きるである。彼等は確に其自信があった。死の宣告を受けて法廷を出る時、彼等の或者が「萬歳！　萬歳！」と叫んだのは其証拠である。彼等は斯《か》くして笑を含んで死んだ。悪僧と云わる、内山愚童の死顔は平和であった。斯くして十二名の無政府主義者は死んだ。数え難き無政府主義者の種子《たね》は蒔《ま》かれた。彼等は立派に犠牲の死を遂げた。然し乍ら犠牲を造《つく》れるものは実に禍《わざわい》なるかな。

諸君、我々の脈管には自然に勤王の血が流れている。僕は天皇陛下が大好きである。

……………………………

…天皇陛下は剛健質実、実に日本男児の標本たる御方である。「とこしへに民安かれと祈るなる吾代を守れ伊勢の大神《おおがみ》」。其誠《まこと》は天に逼《せま》るというべきもの。「取る棹《さお》の心長くも漕《こ》ぎ寄せん蘆分小舟《あしわけこぶね》さはりありとも」。国家の元首として堅実の向上心は、三十一文字に看取される。「あさみどり澄み渡りたる大空の広きをおのが心ともがな」。実に立派な御心掛《おんこころがけ》である。諸君、我等は斯《こ》の天皇陛下を戴いてい乍《なが》ら、仮令《たとえ》親殺しの非望を企てた鬼子《きし》にもせよ、何故に其十二名だけが宥《ゆる》されて、余の十二名を殺さなければならなかった乎。陛下に仁慈の御心がなかった乎。御愛憎があった乎。断じて然《そう》ではない――確《たしか》に輔弼《ほひつ》の責である。若《も》し陛下の御身近く忠義硬骨の臣があって、陛下の赤子《せきし》に差異は無い、何卒《なにとぞ》二十四名の者共《ものども》罪の浅きも深きも一同に御宥《おゆる》し下されて、反省改悟の機会を御与え下されかしと、身を以て懇願する者があったならば、陛下も御頷《おんうなづ》きになって、我等は十二名の革命家の墓を建てずに済《す》んだであろう。若し斯様な時にせめて山岡鉄舟が居たならば――鉄舟は忠勇無双の男、陛下が御若い時英気にまかせ矢鱈に臣下を投飛ばしたり遊ばすのを憂えて、或時いやという程陛下を投げつけ手剛《てごわ》い意見を申上げたこともあった。若し木戸松菊が居たらば――明治初年木戸は陛下の御前《みまえ》、三條岩倉以下卿相列坐《きょうしょうれつざ》の中で、面を正して陛下に向い、今

＊1　「不識庵」は戦国時代の武将・上杉謙信の号。甲斐の武田、小田原の北條との両面戦を戦ったが、北條と和睦して活路を開いた。

後の日本は従来の日本と同じからず、既に外国には君主を廃して共和政治を布《※し》きたる国も候、よく〳〵御注意遊ばさるべくと凛然《※りんぜん》として言上《※ごんじょう》し、陛下も悚然《※しょうぜん》として御容《※おんかたち》をあらため、列坐の卿相皆色を失ったということである。せめて元田宮中顧問官でも生きて居たらばと思う。元田は真に陛下を敬愛し、君を堯舜《ぎょうしゅん》*2に致すを畢生《ひっせい》の精神としていた。せめて伊藤さんでも生きて居たら。*3──否、若し皇太子殿下が皇后陛下の御実子であったなら、*4陛下は御考があったかも知れぬ。皇后陛下は実に聡明恐入った御方である。「浅しとてせけばあふる、河水《かはみづ》の心や民の心なるらん」。陛下の御歌は実に為政者の金誡である。「浅しとてせけばあふる、」せけばあふる、、実に其通りである。若し当局者が無闇《※むやみ》に堰《※せ》かなかったならば、数年前の日比谷焼打事件はなかったであろう。若し政府が神経質で依怙地《※えこじ》になって社会主義者を堰かなかったならば、今度の事件も無かったであろう。然し乍ら不幸にして皇后陛下は沼津に御出になり、物の役に立つべき面々は皆他界の人になって、廟堂*5にずらり頭を駢《※なら》べて居る連中には誰一人帝王の師たる者もなく、誰一人面を冒して進言する忠臣もなく可惜《※あたら》君徳を輔佐《※ほさ》して陛下を堯舜に致すべき千載一遇の大切なる機会を見す〳〵看過し、国家百年の大計から云えば眼前十二名の無政府主義者を殺して将来永く無数の無政府主義者を生むべき種子《※たね》を播《※ま》いて了《しも》うた。忠義立して謀叛人十二名を殺した閣臣こそ真に不忠不義の臣で、不臣の罪で殺された十二名は却《かえっ》て死を以て吾皇室に前途を警告し奉った真忠臣となって了うた。忠君忠義──忠義顔する者は夥《※おびただ》しいが、進退伺を出して恐懼《※きょうく》々と米つきばったの真似《※まね》をする者はあるが、御歌所に干渉して朝鮮人に愛想をふりまく悧口者はあるが、何処に陛下の人格を敬愛してます〳〵徳に進ませ給う様に希《※こいねが》う真の忠臣がある乎。何処に不忠の嫌疑を冒《※おか》しても陛下を諫め奉り陛下をして敵を愛し不孝の者を宥《※ゆる》し給う仁君と為し奉らねば已《※や》まぬ忠臣がある乎。諸君、忠臣は孝子の門に出づで、忠孝もと一途である。孔子は孝について何と云った乎。色難《※いろかたし》、有事弟子服其労《※ことあればでしそのろうにふくし》、有酒食先生饌《※しゅしょくあればせんせいにせんす》、曾以此為孝乎《※かつてこれをもってこうとなす》。行儀の好いのが孝ではない。また曰《い》うた、今之孝者謂唯能養《いまのこうはただよくやしなうをいう》、到犬馬皆能有養《けんばにいたるまでみなよくやしなうあり》、不敬何以別乎《けいせざればなにをもってわかたん》。体《※からだ》ばかり大事にするが孝ではない。孝の字を忠に代えて見るがい丶。玉体[*6]ばかり大切にする者が真の忠臣であろう乎。若し玉体大事が第一の忠臣なら、侍医と大膳職と皇宮警手《※こうぐうけいしゅ》とが大忠臣でなくてはならぬ。今度の事の如きこそ真忠臣が禍《※わざわい》を転じて福となすべき千金の機会である。列国も見ている。日本にも無政府党が出て来た。恐ろしい企をした、西洋では皆打殺《※うちころ》す、日本では寛仁大度《※かんじんたいど》の皇帝陛下が、悉く罪を宥して反省の機会を与えられた――と云えば、いさ丶か面目が立つではないか。皇室を民の心腹《※しんぷく》に打込むのに、斯様《かよう》な機会はまたと得られぬ。然るに彼等閣臣の輩《※やから》は事前に其企を萌《※きざ》すに由なからしむる程の遠見《※えんけん》と憂国の誠もなく、事後に局面を急転せしむる機智親切もなく、云わば自身で仕立てた不孝の子二十四名を荒れ出すが最後得たりや応と引括《※ひっくく》って二進《※にっちん》の一十《※いっし》、二進の一十、二進の一十で綺麗に二等分して――若し二十五人であったら、十二人半宛《ずつ》にしたかも知れぬ――二等分して格別物にもなりそうも無い足の方丈《だけ》死一等を減じて牢屋に追込み、手硬《※てごわ》い頭だけ絞殺して地下に追いやり、天晴恩威並行《※あっぱれおんいならび》

＊2　堯は中国の伝説上の帝王。低い身分だが有徳の舜を宰相として取り立て、のちに舜は帝王となった。この両者の治世は、天下が最もよく治まった時代とされる。

＊3　伊藤博文のこと。

＊4　明治天皇の第三皇子で皇太子となった嘉仁（よしひと。後の大正天皇）は「側室」柳原愛子の子だった。

＊5　朝廷。君主制の政府。

＊6　天皇の身体。

われて候と陛下を小楯《※こだて》に五千万の見物に向って気取った見得《※みえ》は、何という醜態である乎。啻《※ただ》に政府許《ばか》りでない、議会をはじめ誰も彼も皆大逆の名に恐れをなして一人として聖明《せいめい》*7の為に弊事《※へいじ》を除かんとする者もない。出家僧侶宗教家などには、一人位は逆徒の命乞する者があって宜《よ》いではない乎。然るに管下の末寺《※まつじ》から逆徒が出たと云っては大狼狽で破門したり僧籍を剥《※は》いだり、恐入り奉るとは上書しても、御慈悲と一句書いたものが無い。何という情ないこと乎。幸徳等の死に関しては、我々五千万人斉《※ひと》しく其責《※せめ》を負わねばならぬ。然し尤《※もっと》も責むべきは当局者である。総じて幸徳等に対する政府の遣口《※やりくち》は、最初から蛇の蛙を狙う様で、随分陰険冷酷を極めたものである。網を張って置いて、鳥を追立てて、引かかるが最後網をしめる、陥穽《※おとしあな》を掘って置いて、其方にじり〱追いやって、落ちるとすぐ蓋《※ふた》をする。彼等は国家の為にする積りかも知れぬが、天の目からは正しく謀殺――謀殺だ。それに公開の裁判でもすることか、風紀を名として何もかも闇中にやってのけて――諸君、議会に於ける花井弁護士の言を記憶せよ、大逆事件の審判中当路の大臣は一人も唯の一度も傍聴に来なかったのである――死の判決で国民を嚇《※おど》して、十二名の恩赦で一寸《ちょっと》機嫌を取って、余の十二名は殆んど不意打の死刑――否死刑ではない、暗殺――暗殺である。せめて死骸になったら一滴の涙位は持っても宜《よ》いではない乎。それにあの執念な追窮のしざまは如何《どう》だ。死骸の引取り会葬者の数にも干渉する。秘密、秘密、何もかも一切秘密に押込めて、死体の解剖すら大学ではさせぬ。出来ることならさぞ十二人の霊魂も殺して了いたかったであろう。否、幸徳等の体を殺して無政府主義を殺し得た積りでいる。彼等当局者は無神無霊魂の信者で、無神無霊魂を標榜した幸徳等こそ真の永生《※えいせい》の信者である。然し当局者も全く無霊魂を信じ切れぬと見える。彼等も幽霊が恐いと見える。死後の干渉を見れば分る。恐い筈である。幸徳等は死ぬる所か活潑々地《※かっぱつ〱ち》に生きている。現に武蔵野の片隅に寝ていた斯《か》くいう僕を曳きずって来て、此処《ここ》に永生不滅の証拠を見せている。死んだ者も恐ければ、生きた者も恐い。死減《※しげん》一等の連中を地方監獄に送る途中の警護の仰山《※ぎょうさん》さ、始終短銃を囚徒の頭に差《さし》つけるなぞ、——其恐がり様もあまりひどいではない乎。幸徳等は嘸《※さぞ》笑っているであろう。何十万の陸軍、何万噸《※とん》の海軍、幾万の警察力を擁する堂々たる明治政府を以てして、数うる程もない、加之《※しかも》手も足も出ぬ者共に対する怖《※おび》え様も甚しいではない乎。人間弱味がなければ滅多に恐がるものでない。幸徳等瞑《めい》すべし。政府が君等を絞め殺した其前後の遽《※あわ》てざまに、政府の否《いな》君等が所謂《※いわゆる》権力階級の鼎《※かなえ》の軽重は分明《※ぶんめい》に暴露されて了うた。

斯《※こん》様な事になるのも、国政の要路に当る者に博大《※はくだい》なる理想もなく信念もなく人情に立つことを知らず、人格を敬することを知らず、謙虚忠言を聞く度量もなく、月日と共に進む向上の心もなく、傲慢にして甚しく時勢に後《おく》れたるの致す所である。諸君、我等は決して不公平ではならぬ。当局者の苦心はもとより察せねばならぬ。地位は人を縛り、歳月は人を老いしむるものである。廟堂の諸君も昔は若かった。書生であった、今は老成人《※ろうせいじん》である。残念ながら御《お》ふるい。切棄てゝも思想は皦々《※こう〱》たり。白日《※はくじつ》の下に駒《※こま》を駛《※は》せて、政治は馬上提灯の覚束《※おぼつか》ないあかりにほく〱瘠馬《※やせうま》を歩ませて行くというのが古来の通則である。廟堂の諸君は頭の禿げた政治家である。所謂責任ある地位に立って、慎重なる態度を以て国政を執《と》る方々である。

＊7　天子のすぐれた資質。ここでは天皇の尊称。

当路に立てば処士横議《※しょしおうぎ》は確に厄介なものであろう。仕事をするには邪魔も払いたくなる筈。統一々々と目ざす鼻先に、反対の禁物は知れたことである。老人の胸には、花火線香も爆烈弾の響がするかも知れぬ。天下泰平は無論結構である。共同一致は美徳である。斉一統一《※せいいつとういつ》は美観である。小学校の運動会に小さな手足の揃《※そろ》うすら心地好いものである。「一方に靡《なび》きそろひて花すゝき、風吹く時ぞ乱れざりける」で、事ある時などに国民の足並の綺麗に揃うのは、まことに余所目《※よそめ》立派なものであろう。然しながら当局者はよく記憶しなければならぬ、強制的の一致は自由を殺す、自由を殺すは即ち生命を殺すのである。今度の事件でも彼等は始終皇室の為国家の為と思ったであろう。然し乍ら其結果は皇室に禍《※わざわい》し、無政府主義者を殺し得ずして却て夥《※おびただ》しい騒動の種子を蒔いた。諸君は謀叛人を容《※い》るゝの度量と、青書生に聴くの謙遜がなければならぬ。彼等の中には維新志士の腰について、多少先輩当年の苦心を知ってある人もいる筈。よくは知らぬが、明治の初年に近事評論などで大分政府に窘《※いじ》められた経験がある閣臣も居る筈。窘められた嫁が姑《※しゅうとめ》になって又嫁を窘める。古今同嘆である。当局者は初心を点検して、書生にならねばならぬ。彼等は幸徳等の事に関しては自信によって涯分《※がいぶん》を尽したと弁疏《※べんそ》するかも知れぬ。冷かな歴史の眼から見れば、彼等は無政府主義者を殺して、却て局面開展の地を作った一種の恩人とも見られよう。吉田に対する井伊をやった積りでいるかも知れぬ。然しながら徳川の末年でもあることか、白日青天、明治昇平《※しょうへい》の四十四年に十二名という陛下の赤子《※せきし》、加之《※しかのみならず》為す所あるべき者共を窘めぬいて激さして謀叛人に仕立てゝ、臆面もなく絞め殺した一事に到っては、政府は断じて之が責任を負わねばならぬ。麻を着、灰を被《かぶ》って不明を陛下に謝し、国民に謝し、死んだ十二名に謝さなければならぬ。死ぬるが生きるのである。殺さるゝ共《とも》殺してはならぬ、犠牲となるが奉仕の道である。――人格を重んぜねばならぬ。負わさるゝ、名は何でもいゝ。事業の成績は必しも問う所でない。最後の審判は我々が最も奥深いものによって定まるのである。陛下に之を負わし奉る如きは、不忠不臣の甚しいものである。

諸君、幸徳君等は時の政府に謀叛人と見做《みな》されて殺された。が、謀叛を恐れてはならぬ。謀叛人を恐れてはならぬ。自ら謀叛人となるを恐れてはならぬ。新しいものは常に謀叛である。「身を殺して魂《※たましい》を殺す能《あた》わざる者を恐るゝ勿《※なか》れ」。肉体の死は何でも無い。恐るべきは霊魂の死である。人が教えられたる信条のまゝに執着し、言わせらるゝ如く言い、為《※さ》せらるゝ、如くふるまい、型《※かた》から鋳出《※いだ》した人形の如く形式的に生活の安を偸《※ぬす》んで、一切の自立自信、自化自発を失う時、即ち是れ霊魂の死である。我等は生きねばならぬ。生きる為に謀叛しなければならぬ。古人は云うた、如何なる真理にも停滞するな、停滞すれば墓となると。人生は解脱《※げだつ》の連続である。如何に愛着《※あいぢゃく》する所のものでも脱《※ぬ》ぎ棄てねばならぬ時がある。其は形式残って生命去った時である。「死にし者は死にし者に葬らせ」。墓は常に後にしなければならぬ。幸徳等は政治上に謀叛して死んだ。死んで最早復活した。墓は空虚だ。何時《いつ》迄も墓に縋《※すが》りついてはならぬ。「若爾《もしなんじ》の右眼爾を礙《※つまづ》かさば抽出《※ぬきだ》して之をすてよ」。愛別、離苦《※りく》、打克《※うちか》たねばならぬ。我等は苦痛を忍んで解脱せねばならぬ。繰り返して曰《い》う、諸君、我々は生きねばならぬ。生きる為に常に謀叛しなければならぬ。自己に対して、また周囲に対して。

諸君、幸徳君等は乱臣賊子として絞台の露と消えた。其行動について不満があるとしても、誰か志士として其動機を疑い得る。諸君、西郷も逆賊であった。然し今日となって見れば、逆賊でないこと西郷の如き者がある乎。幸徳等も誤って乱臣賊子となった。然し百年の公論は必《かならず》其事を惜んで其志を悲しむであろう。要するに人格の問題である。諸君、我々は人格を研《※みが》くことを怠ってはならぬ。

# 死刑廃すべし

徳富蘆花

内容から、一九一一年一月下旬、十二人の処刑の直後に書かれたと推定される。テキストは岩波文庫版『謀叛論 他六篇・日記』（本書「謀叛論」の解題参照）所収のものに拠った。これに先立って、一月二十五日、蘆花は、「天皇陛下に願ひ奉る」という表題で知られる明治天皇睦仁あての公開直訴状を『東京朝日新聞』主筆の池辺三山あてに急送している。紙上掲載を依頼したのだが、すでに処刑が行なわれたあとだった。どちらの文章も戦後ようやく公開された。

徳富蘆花　死刑廃すべし

僕が八歳の年の事だ、ある日学校生徒一同を集めて先生が僕を呼び出し、健次郎さん、あなたはかくかくの日にかくかくの場所でかくかくの人にかくかくの事をしたそうだ。不届きだから竹指篦《※しっぺい》の罰に処する、膝《※ひざ》を出しなさい、といってはや竹指篦を弓形に構えた。まるで覚《※おぼえ》もない事で呆然としていると、生徒の中から誰やら声をかけて、先生違います、それは吉村健次郎さんの事でござります、というた。健次郎違いで僕は今些《※すこし》で両膝に蚯蚓《※みみず》ばれをこさえてもらうところだった。

ある裁判官の話に、どんな良い裁判官でも、一生の中には二三人位無実の者を死刑に処する経験がない者はないというた。すでに先年も讃岐《※さぬき》で何某《※なにがし》という男が死刑に定まって、もはや執行という場合に偶然な事からその同名異人であったことがわかり、当人は絞台からすぐ娑婆《しゃば》へ無罪放免となったことがある。死刑は実に険呑《けんのん》なものである。

全体法律ほど愚なものはない。理窟なんてものは糝粉《しんこ》[*1]同様いかようにでも捏《こ》ねられるものだ。証拠なんぞは見方見様で、いかようにでも解釈がつく。もし悪意があって、少し想像を加えれば、人を罪に擠《おと》すなんか造作《ぞうさ》もないことだ。

稲妻強盗坂本慶次郎[*2]は思切《おもいき》って猛烈な罪人であった。それが心機一転して旧悪を悔い、以前の猛虎は羊のごとくなって絞台に上った。彼は昔の稲妻強盗ではない、復活した坂本慶次郎である。発心《ほっしん》した者を、何の必要があって、何の権理があって死刑にするか。こんな場合に死刑はほとんど無意味である。

野口男三郎[*3]はついに十分の懺悔をせずして死んだ。彼は始終自己を客観して、責任を感じなかった。寸《すん》毫《ごう》も後悔の念は無かったのである。悔いざる者を殺したって、妄執晴るる時がなければ、再び人間に形をとって殃《わざわい》するは知れた事である。こんな場合に死刑は何の効もない。某《なにがし》の悪婆は死刑に臨んで狂い叫び、とうとう狂い死にに死んだ。立合いの裁判官や教誨師は、三日も飯が食えなかったそうだ。こんな場合の死刑は惨忍《ざんにん》至極ではないか。

要するに人間には人を殺す権理はない。国家の名を以《もっ》てするも、正義の名を以てするも、人を殺す権理は断じてない。

我《わが》日本国民は正直で、常に義理に立つ国民である。義理は復讎《ふくしゅう》をゆるす、義理は罰をゆるす、戦争をゆるす、死刑をゆるす。

しかしながら我々はこの義理の関を突破して、今一層の高処に上りたい。個人としても、国民としても今一層の高処に上りたい。それは仁の天地である、愛の世界である。

我日本国民は死を恐れざる国民である。死を恐れぬということは長所で、同時に短所である。吾《※わ》が命を惜まぬ者は、とかく人の命を惜まぬ。手取《※てっとり》早い平均を促す種族である。暗殺を奨励する国である。刺客《※しかく》を嘆美する民である。一種の美はあるが、我々は今一層進歩したい。

この意味において、僕はいかに酌量《※しゃくりょう》すべき余地はあるにせよ爆烈弾で大逆の企をした人々に（もし真にそのこころがあったなら）大反対であると同時に、これを死刑にした人々に対して大不平である。お互《※たがい》に殺し合いはよしたらどうだろう。

註文は沢山ある。まず僕は法律の文面から死刑の二字を除きたい。廃止を主張する。

＊1　白米を乾かして粉末にしたもの。
＊2　一八九八年から九九年にかけて十カ月間に七人を殺し、一九〇〇年三月、東京監獄で死刑に処せられた。
＊3　一九〇八年七月、東京監獄で処刑された。罪状は薬店店主殺害だったが、義父殺しと、少年を殺して臀部の肉を削ぎ取った容疑でも起訴された。後者二件は証拠不十分と決したが、冤罪だったという見方もある。

# 『自筆本　魯庵随筆』より

内田魯庵

一九七九年三月に「近代日本学芸資料叢書第一輯」として刊行された『自筆本　魯庵随筆』（湖北社）を底本とした。国会図書館に一般閲覧用として収蔵されている冊子を複写製版したものである。現物は、縦二四字×横二〇行の原稿用紙九五枚分（縦二五字、九四枚としている研究書もあるが、二四字、九五枚が正しい）を袋綴じ（和綴じ）にしたもので、底本では全一八九ページになっている。魯庵の記述は、ごくわずかな例外を除いて原稿用紙の桝目一字分に一字を、筆で書き込んでおり、八月三十一日から大晦日を越えて三月二日までの日付が、その日の記述の末尾に（　）でくくって記入されている。内容からして一九一〇年から一一年にかけてのものであることがわかる。最後の日付のあとになお九行の記述があるが、これには日付がない。「大逆事件」に関する記述は、一九一一年一月二十四日についての項（二十四日記）の途中（底本では一三七頁一行目）から始まる。それまでは、ほとんどもっぱら骨董品の真贋や値段についての論評と、文人墨客のゴシップめいた話題とに終始していたのが、これ以後、「事件」についての考察と、それを生んだ政治・社会に対する批判にひたすら筆が費やされるようになるのは、注目すべきことだろう。文字づかいは、漢字の本字と簡略字体との混同をも含めて、すべて手書き原文のままとした。

○二十四日夜縦横會、上野精養軒、初めて出席すると、トーストを兼ねての幹事杉原栄三郎氏の挨拶ありて、次會の幹事を指名せらる。此《この》指名は絶対に辞する事が出来ぬのださうだが、第一に余が指名されたには恐縮した。余と川合玉堂、鏑木清方の三人が先づ槍玉に上つた。斯《こ》ういふ會の幹事は余には不向きだ。ドウセ伴食だから玉堂清方二君がドウカして呉れるだらう。〔以下、当日の「縦横会」（いわゆる文化人たちの親睦会のひとつ）の様子と文人・芸術家の芸術鑑識眼についての批判を記した24字×39行分を省略＝池田〕

○遅れて出席した和田英作君は號外を出して見せた。幸徳傳次郎以下十二名の死刑囚が今朝から代る〱に刑の施《（ママ）》行を受けたといふ號外で、幸徳と萬更《まんざら》知らぬ仲でも無い姉崎君*2、笹川君*3、黒板君*4其他何《いず》れも悵然《ちょうぜん》*5としてシンミリした。黒板君は堺枯川*6が懇意で、枯川の家で幸徳と度々《たびたび》落合ひ、牛肉のツ、突き合ひをした事があつた。論客ではあるがおとなしい男で、アンナ途方も無い事が出来る男では無いと云つた。堺枯川も本《も》とは文士で、ダイナマイトの暗殺のといふ猛烈な役廻りは出来ぬ男である。時の廻り合せやら旗鼓の勢ひやらで到頭《とうとう》コンナ事になつたが、可哀相なものだ。時代の犠牲となつたのだ。

○田岡嶺雲は幸徳と殊《こと》に懇意にしておる。谷中《やなか》*7の家の隣家を幸徳一派が借りて秘密出版をした時分、其筋《そのすじ》の監視が嚴重なので、田岡の家を訪問しては、座敷を通り抜けて裏から隣家へと行つて校正をしたものださうな。田岡は何年越しの肺病で腰抜同様になつてるのが倖ひであつて、左《さ》もなくば当然縲絏《るいせつ》*8の辱を受くべき所だと、笹川は云つてゐた。

○姉崎嘲風*9は頗《すこぶ》る面白い事を云つた。欧羅巴《ヨーロッパ》の無政府黨が頻《しき》りに列国君主を覘《うかが》つてるが、欧羅巴の帝王

＊1　toast――英語で「乾杯」の意。
＊2　後出（＊9）。
＊3　臨風。本名＝種郎、評論家。
＊4　黒板勝美。号＝虚心、歴史学者・東京帝大助教授。
＊5　恨み嘆くさま。
＊6　枯川は堺利彦の号。
＊7　東京市内の下町、上野に隣接。
＊8　縄で縛られること、投獄されること。

は封建の遺物で、大名の大きなものたるに過ぎない。所謂《いわゆる》天下は一人の天下であるに非《あら》ず、草莽の英雄も亦《また》取つて代る事が出来るものである。然《しか》るに日本の天子は天から降臨したる神のみすゑで人間では無い。殆《ほと》んどデミ・ゴッド*10である。無政府黨の標的としては恐らくは此上《このうえ》も無いものであらう。然るに今までは日本が欧洲人の注意を免れてゐたから甚《はなは》だ幸ひであつたが、茲《ここ》に無政府党（ママ）なるもの現はれて大逆を企だて、死刑になつたといふ事が世界に傳はり、あまつさへ日本の国躰上斯《こ》ういふ叛罪は神人共に許す能《あた》はざるものだといふ理由が発表され、初めて日本の天子と云ふもの、性質が他の帝王とは大《おおい》に異なつてるといふ歴史的の国民信仰が明かになると、無政府黨員どもが、之《これ》こそ主義の敵としての屈竟《くっきょう》のものだと小躍りしてポツ〳〵日本に渡つて来ぬとも限らぬ。困つた事だと。――「そんな事をいふと警察に密告されるぞ」と誰かが云ふと、けれども理窟は爾《そ》うだらうと嘲風君は云つた。姉崎君は利口な人だから宮内省や文部省の丁髷《ちょんまげ》の前では如才ない事を云ふだらうが、コウいふ事も云ふ人だ。（二十四日記）

○我々は考へる。日本の歴代の天皇は常に政治上に超然としてをる。偶《たま》〳〵宇多、醍醐、後醍醐等二三天皇が政争に関與された事はあつても多くは政治上に超越して高御座《タカミクラ》*11より国民を見る一視同仁であつた。此様に國民として天皇を怨み奉るべき痕跡は歴史上一も見るを得なかつた。弑逆《しぎゃく》*12或《あるい》は皇位を覬覦《きゆ》*13するの例が歴史上丸切り無い已《わ》けでは無いが、畢竟《ひっきょう》權臣の野望の増長であつて国民の與《あず》かり知らぬ処である。国民としては日本国民ほど皇室に忠良なる民は無からう。夫故《それゆえ》に幸徳事件の如き、哲学としてアナーキズムを研究し又は口外した事はあらう。茶咄《ちゃばな》しとして到底実行出来さうも無い空想を口にした事はあらう。シカシ眞に傳わる如き大逆を実行せんとする志があつたとは決して思はれない。假りに萬々一斯《こ》ういふ空想を實行（ママ）する計画があつたとしても、渠等《かれら》を押《おさ》へ渠等を罰するには他の罪名を以《もっ》てしたかつた。刑法七十三條は飽くまでも法律上の空文にして置きたかつた。でないと、夢にだもコンな大逆を想像しない国民にサッジェッション[*14]を與へるやうなもので、誠に祥代の不祥である。

○我等の聞く処にして誤りなくんば幸徳事件の内容は極めて空漠たるものであつた。幸徳が社会主義から一転して無政府主義となつたのも事実であつた。管野等が猛烈な運動を開始する心組であつたのも事実であつた。赤旗事件の時、錦輝館で或る一人が我等の敵は睦仁であると公言したのも事實で、同じ社会主義で列席した福田英子等安部磯雄派のものは途方も無い暴言に喫驚したさうだ。シカシ幸徳は此《この》赤旗事件の時は帰国中[*15]で知らなかつたさうだ。且其上《かつそのうえ》に幸徳は年来の肺患益々重くして餘年幾何《よねんいくばく》もないのを知つてゐたし、無謀の実行が何の甲斐ないのを常に人に語つてゐたさうだ。処で政府側でも幸徳等が危険の言説をなすは一つは恒産が無いからだから渠等に糧を與へて他日の禍根を絶たうといふ説を持出すものがあつて、彼我《ひが》仲間[*16]に立つものが斡旋した結果幸徳一派を北海道に移住せしむる事とし、其《その》資本として七萬円を與へやうといふ議が略《ほ》ぼ決定した。然るに之《これ》は前内閣[*17]時代で、恰《あたか》も内閣が更迭すると共に其相談はオジャンとなつて再び新《あらた》に相談をヤリ直す事となつた。然るに新内閣[*18]は幸徳一派に対して極めて冷酷なる態度で

＊9　本名＝姉崎正治。宗教学者・東京帝大教授。
＊10　demi-god――英語で「半神」「準神」の意。
＊11　この片仮名フリガナは魯庵による。
＊12　君主を殺すこと。
＊13　下から上に向かって覗い狙うこと。
＊14　suggestion――英語で「暗示・示唆」の意。
＊15　帰郷中の意。
＊16　中間・仲立ちの意。
＊17　西園寺公望内閣。
＊18　第二次桂太郎内閣。

あつたゆえ容易に渉取（ママ）らない*19ので、奥宮等は之を戻《もど》かしがつて一つには政府を脅嚇して買ひ急がしむる手段として思附《おもいつ》いたのが此《この》ダイナマイトの芝居である。全く芝居であつたのだ。宮下等が捕縛された時押収された連名帖といふは、実は政府から請求すべき金子《きんす》の割賦権利者の豫定人名表であつて、ダイナマイトには毫も関係無いものだ。夫《それ》だから二三名を別としては皆寝耳に水で、押収された證據の往復手帋*20だの葉がきだのいふものは一向アテにならぬといふ説がある。殊《こと》に幸徳は政府内に別に渠《かれ》の為めに謀《はか》りて何等かの名義の下に毎月若干を資給して大磯なり須磨なり安心して残年を送られるやうにしてやらんと斡旋するものもあつて、世間では幸徳は既に警視廳に買はれたといふ風説もあつたから、此陰謀の芝居にだも関係してゐたとは思はれない。然るにどこにも紛《まぎ》れ込んでるイヌといふ奴が此芝居を洩れ聞いて屈竟《くっきょう》のたねとして警視廳に売込（ママ）んだらしいので、此イヌが誰であるかは不明であるが、犬養君*21が或る新聞記者に語つた如く此イヌが己《おの》れの功名の為めに針小棒大の報告をしたのが事件の原因になつたといふは中《あた》らずと雖《いえど》も遠からずであらう。此イヌを奥宮健之だといふが最初の説であつたが、奥宮を死刑にした処で見ると爾《そ》うでは無からう。尤《もっと》も奥宮といふは官僚側に縁故のある人間で、之《これ》まで警視廳に使はれていた事もあつたさうだ。且《かつ》幸徳とは初めから結んだのでなくて中途から飛込んで来て、内閣と幸徳との間に立つて主義の賣買仲介を試みた男である。幸徳に結んだのは政府から取るべき金の分配に與《あず》からうといふので一種の政治的ブローカーである。犬であつたか無かつたか知らぬが、連座して死刑になったのは猿が木から落ちた類ひである。茲《ここ》に特赦の一人となつた阪本清馬*22といふ男がある。此男は幸徳よりおくれて遥か後に捕縛されたものであるが、幸徳が捕縛された時、今度こそは首尾よくキヤツをハメ込んで漸《ようや》く溜飲の胸がさがつてセイ〱したと云つてゐたさうだ。其上に其当時は職工風情がドコから貰つたか知らぬが、百円以上の金を懐《ふところ》にして盛んに遊んでゐたさうだ。阪本といふは管野スガ子に片思ひをして幸徳に取られたと云つて頻《しき》りにくやしがつてゐた男である。阪本がイヌだらうといふは風説であるが、阪本か誰か知らぬが警視廰から忍び込ましたイヌがあつて、其のイヌの誇大な報告が大事件を産出したといふは萬更な想像では無からう。

○山口孤剣[*23]が去年の四月出獄した時、刑事は尾行する、取りつく嶋はなし、ドウにもコウにも方がつかなくて幸徳の許《もと》へ相談に行つたら、僕らの主義が君を誤まらして入獄させたのは実に気の毒だつた、シカシ僕等の運動は迚《とて》も何等の効が無いのをツク〱悟つたから、僕自身も病気は段々重くなつて餘年も無いし、之から宗教上の研究でもして残年を暮さうかと思ふ故、君も今までの社會運動を全くヤメにしてまじめに生活する工風《くふう》をしたら宜《よ》かろう、夫《それ》に就ては隆文館で文明協會の名で繙訳《ほんやく》[*24]物を出版してから其校正なりともヤッテ見たらドウダ、と云つて隆文館へ宛て、紹介状を書いて呉れた。山口は其手帋を持つて草村[*25]に會つたが、要領を得ないでグヅ〱してゐる中《うち》に、サンデイ社の宮田（ママ）を尋ねて方向上の相談をし

＊19　「捗取らない」（はかどらない）の誤記。
＊20　手紙。魯庵は「帋」と「紙」を混用。
＊21　犬養毅。立憲国民党・革新倶楽部の指導的政治家。
＊22　「坂本」を魯庵は「阪本」と書いている。
＊23　社会主義詩人、雑誌『火鞭』の発行者。
＊24　魯庵は翻訳・飜訳を繙譯と書いている。
＊25　出版社の隆文館は、田山花袋、岩野泡鳴などの作家たちの作品も刊行していたが、幸徳秋水の『平民主義』（一九〇七）およびレオ・ドヰッチ著・秋水訳『革命奇談神愁鬼哭』（一九〇七）がここから出された。「草村」は同社社主（発行人）の草村松雄。後出の「サンデイ社」（正しくは「サンデー社」）は、日本で最初の週刊誌『サンデー』（一九〇八年創刊）を発行していた出版社。

た。ソコデ宮田が夫ぢやアサンデイ社に推薦しやうが、就《つい》ては警視廳の注意人物で巡査が尾行するやうでは困るから、亀井[*26]に會って頼んで見るゆえイツソ幸徳一派と絶交してはドウダと云つて、亀井に相談した処が、サンデイ社で使用するなら直ぐ警戒を解く故《ゆえ》幸徳と絶交しろと云ふ。夫から山口は幸徳を訪ねて精しく事情を語つて、今さらパンの為めに交誼を絶つは心苦しいが事情を察して呉れと云ふと、幸徳は大に喜んで、夫は結構だ、何《な》アに僕等に遠慮する事は無いから、夫ぢやア当分ほとぼりのさめるまではお互に往復もしまい手帋も書くまいと云つて別れて了《しま》つたさうだ。之が今度の判決理由書で見ると、既に陰謀計畫に着手した時である。此時幸徳が胸中大逆を企て丶いたとは思はれない。

○シカシ事爰《ここ》に到《いた》る。政府は幸徳を認めて元悪とするし、幸徳も亦《ま》た屑《いさぎよ》く一身に背負つて了《しま》つたさうだが、森近運平の如き、公判廷で宮下に向つて、イツ俺がそんな相談を受けて加名すると云つた、と云つて怒つて宮下を毆りつけたさうだ。若《も》し堅い結托があつたものとすれば醜躰極まつてるが、シカシ全く何も知らなかつたのが眞實らしい。内山愚童の如きは革命を起さうといふ平素の野心が無いでも無かつたさうだが、内山の革命といふは大塩[*27]のやうに富家を襲つて貧民を賑はさうといふので、所謂《いわゆる》大逆では無かつたのだ。大石誠之助が遺書に、ウソから出たマコトといふは全くで、本《も》とは芝居であつたのだ。大石如きは此芝居ですら知らなかつたらしい。塩酸加里一磅《ポンド》を送つたのは大石であるが、塩酸加里はドコの家にでもあるもの、塩酸加里散といふ誰にでも買へる賣薬さへある。兎《と》にかく宮下初め二三人は芝居でなくてマジメに考へてゐたにしろ、他は皆寝耳に水であつたのだ。弁護士の川嶋仟司君が公判廷の容子《ようす》を語りて、被告は少しも秘さずに、例へば日比谷の焼打ちでも初めるツモリがあつたらうと問はるれば然りと答へると、其次は二重橋へも行くだらうと、判事が問詰めて無理に大逆にして了うと云つたのはコ、ラの消息を窺《うかが》へる。中には一人や二人傍若無人の不謹慎な言語を弄したものもあつたが、コウいふ連中はツマリ自暴自棄になつたのだ。

○斯ういふ消息は多少誰にでも想像出来るが、事皇室に関係しておるから誰も憚《はば》かつて口外しない。新聞帋[*28]を見ても解る。逆賊とか大逆無道とかいふ文字を用ゐてゐるが、シカシ幸徳に同情してゐる調子はどの新聞にも見える。幸徳、罪なき乎《か》。今度の一條を別としても不謹慎の非難は免かれ難いが、シカシ気の毒である。が、一方から云へば之が為に歴史的人物となつたのはドウセ二三年中には肺病で死ぬ身の切《せ》めてもの幸ひである。

○シカシ死刑は是非ないとしても、大学が解剖しやうとすれば干渉する、葬儀を送らうとすれば差留める。之ほどにせずとも宜《よ》かりさうなものだ。活きておればこそ犯罪者であればドレ程嚴重にしやうとも、死んで了《しま》へば罪は既に消えて了つた潔白なむくろである。親でも子の遺骸の前には拝伏する、主人でも家来の位牌の前には叩頭《こうとう》する。罪も咎も清められた屍をまで壓迫するやうなまねは仁者の政府のせざる処であらう。抑《そもそ》も今日絞罪のみを存じて斬首梟首《きょうしゅ》を廢したるは、死刑が縦令《たとい》止むを得ざるものにもせよ、その生命を絶つ以上は懲罰の趣意も立ち他日の危険を防ぐ目的も達せらる、からで、其以上身首を断ち更に断首を公衆に晒すの必要が無いからであらう。幸徳の大罪が天地に容れざるにもせよ、活きたる幸徳こそ大

*26　亀井英三郎。一九〇八年七月から一一年九月まで警視総監。

*27　大塩平八郎。江戸時代の義民。

*28　新聞紙。

逆賊なれ、既に遺體となつて獄より送り出されたる死體は自由である。遺骸となつてのちまでも自由を窘束《きんそく》するは刑に刑を加ふるもの、聖明の天子の下此の如き死屍を鞭《むちう》つに等しき干渉は無かるべき筈也《はずなり》、特赦を命じ玉ふ大御心に対しても相済まぬ事であらう。

○露国ではウォードの *Dynamic Sociology*[*29] をダイナマイトの社會主義だと云つておぞ毛（ママ）を震ふて禁止したといふ落し咄《ばなし》じみた実話があるが、日本の当路者も無政府主義と社會主義を混同しておる、社會主義も社會学も社會政策も同一なものだと思つてる。蛆虫一匹殺す事が出来さうも無い桑田熊蔵君[*30]や口さきばかりで芥子粒ほどな魂《たまし》ひの　金井延《かないのぶる》君[*31]までを注意人物としておる。無政府主義が恐ろしいからと云つて、無闇と社會といふ字の附いた書籍を禁止する、何処に賣つてるか解らぬラッパ節[*32]の本まで禁じた。昆蟲社會といふ通俗科学書が或る図書館で閲覧禁止になつた。平田内相[*33]が今年の議會で或る議員の質問に対して、政府は社會主義と社會政策を混同するやうな事は無い、自分が産業組合を奨勵する如き即ち社會政策の一つであると。平田君は独逸のドクトルだから、如何にもそのくらいな事は知つておらうが内相輩（ママ）下の吏僚中には一向コんな事を知らぬ連中がある。況《ま》してや警視廳の末輩の如き味噌も糞も同じに見ておる。内相直接の支配を受くるなら知らず、無智文盲の刑事巡査輩に取締らる、我々思想界のものは迷惑至極の沙汰である。

○正宗白鳥は郷里で刑事に尾行されてゐたさうだ。或る刑事は正宗の行動を報告するを怠たつた罪で月俸百分の廿五を罰せられたさうだ。徳田秋江[*34]の郷里の実家も調べられたさうだ。濱町の女に憂き身を扮《やつ》して神経衰弱になるやうな男がナゼ恐ろしいのだらう。シカシ危険人物に仕立てられたのは両君の光栄である。

○一躰警視廳を政府の爪牙《そうが》とするは封建の遺習である。憲法既に布かれて議會開かれ、人民が立法府に參する權利ある立憲国では政治探偵といふものは全く不必要である。警視廳が人民の保護よりは政府の保護を重しとし、其費用と労力の過半を国事探偵に割くは専制の遺風である。政府の施設に反対するは国家を危《あやう》うする所以《ゆえん》に非ず、政府の政策と異なる意見を主張するは朝憲を紊乱《びんらん》する所以に非ず。然るに時の政府に利あらざる言議を立つるものを直ちに国賊視して之を恐れ之を嫌ひ、注意人物又は危険人物の称を與へて以て警視廳の監視に附し、或は密偵を放ち或は刑事を尾行せしめて其一挙手一投足をも報告せしめて以て警戒するは寒心すべき事である。今から三十年前、福嶋事件として天下を振動せしめた内乱事件があつた。当時の被告たる河野廣中以下七八名を捕縛糺彈したは余の縁戚岩下敬蔵なるが、[*35] 存生中偶然余に語つて云ふ、今だから云ふがアノ時には弱つた、捕縛したはしたが證據が無い、手を盡して捜索したが何等謀叛の実《（ママ）》跡が上らない、と云つて捕縛したものを其まゝ放免して了つては政府の威信に関するのでドウカコーカ證據らしいものを作り上げるにドレホド苦労したか知れぬと。岩下は當時の實際の当局者《（ママ）》であつたが、其話しの如くんば河野廣中氏以下は何等の證拠《（ママ）》、何等の痕跡も無いのに謀叛罪に問はれて高等法院の裁判で十年以上の刑に《（ママ）》宣告されたのである。

＊29　アメリカの社会学者 Lester Frank Ward の主著、一八八三年刊。
＊30　社会政策学者、貴族院議員。
＊31　社会政策学者、東京帝大教授。
＊32　日露戦争当時の流行歌。
＊33　平田東助。大逆事件当時、第二次桂内閣の内務大臣。
＊34　小説家・近松秋江（本名＝徳田浩司）は、一九一一年まで徳田秋江を筆名としていた。
＊35　警視庁警部だった岩下は、県令・三嶋通庸（後出）によって三春警察署長に抜擢され、福島事件で腕を振るった。

○當時の福嶋縣知事三嶋通庸といふは土木知事と諢名*36されたくらゐ土木工事の好きな知事で、土木費を誅求《ちゆうきゆう》する事夥《おび》たゞしい。之が為に度々疑獄を生じたが、到底今日から想像されないほど過酷な壓制を行つた。宇都宮へ転じて縣廳を新築した時の如き、有力の富豪を縣廳へ招喚して一々割付けた寄附金を嚴命し、應ずればよし、應ぜざれば何等かの罪名の下に禁縛して獄に投じて愈々《いよいよ》寄附金を納めるまでは毎日々々拷問同様な目に合はした。之が恐ろしくて逃出すものがあると、直ぐ各所へ打電して、上野なりどこなりステーションへ着くと直ぐツカマへて還送させる。斯ういふヤリ口で、金ばかりでなく、建築材料も寄附させる、モットひどいのは労働者に労働を寄附させる、散三コキつかつて上から御褒美に下さると云つて飲ませる酒は酒屋から寄附させる。殆んど無代價でこしらへて了つたやうなものだ。が、コンナ乱暴をやつて縣の會計などは無茶苦茶であつたが、シカシ官物を掠《かす》めて私財を積むやうなソンナ汚い男では無かつた。賄賂も送れば平気で請《うけ》取つたさうだが、いつでも取りッ放しで、賄賂の為に私恩を賣るやうな事は無かつた。死んだあとにも餘財は無かつたさうで、乱暴な男ではあつたが、シカシ清廉であつた。岩下敬蔵といふ男も一個人としては好人物であつた。財を好む男で、清廉とは少し言ひ憎いが、シカシ不正をする男でも人を陥穽するやうな男でも無かつた。が、官僚萬能を信じて所謂官權を維持する為めには如何なる壓制を敢てするも良心に咎めらる、事は無いと思つてゐた。其人の罪ではなくて其官職の命ずる已《わ》ざである。

○其時分と今とは違つてる。シカシ同じ系統を追ふて来た警視廳である。其警視廳を爪牙とする政府の施設は依然として探偵政治である。重大な犯罪が下級刑事の報告で決定される。総ての事が裁判所では信じられない代りに刑事の調書だけは絶対に信じられる。下等犯罪者の場合には公判廷で屢々調書が非認《(ママ)》されて警察の慣用手段が暴露される事があるが、斯ういふ例は一向珍らしく無いのだ。考へれば我々幸ひに未だ警察に抑留されないのは天佑である、警察の寛大なる恩典である――と云つてもよいかも知れぬ。

○亀井君は此探偵ケイサツの弊は看破して次第に改善する心組であるさうなが、シカシ根本の警察思想が専制時代の通りで、警察を以て政府の爪牙と心得ておるやうでは末節の改良は左《さ》ほどの事は無からう。仕立屋銀次[*37]や佃政[*38]が捕縛されたのを謳歌するものもあるが、他の重大なる犯罪が一向雲をつかむやうでは甚だ感服出来ない。警察の活動の著るしく見えるは唯政治的方面のみであるが、岡ッ引的根性にて言論界の取締をやられては我々は迷惑である。が、夫は夫として総監の精勵は感服するが、部下の精勵を鞭撻する為めに、交番の巡査の椅子や火鉢を取上げたり、給料手当の渡し方を換えたりするのは一種の巡査虐待である。殊《こと》に近く警察署の程度を低めて其数を増加したるは警察力配置の上に進歩したものかも知れぬが、之が為めに経費の不足を来し、各警察署とも、ソラ届書を出すと云つた処で紙が無い、紙を買う銭が無い、寒くても炭を買う事が出来ぬ。仕方がなしに管轄内の炭屋に粉炭を寄附させたりするが、夫でも足りないので手薄な自腹を切つて弁ずるといふ始末、実にミジメ極まつたものである。此の如くして警察に良吏を得んとするも亦《また》難い哉《かな》である。

（以上一月二十五日記）

○管野スガ子は被告二十六人中最も大膽であつたさうだ。幸徳は文人であつて実行の勇なきもの、以て

＊36　渾名（あだな）を魯庵はこう表記している。

＊37　本名＝富田銀蔵。東京浅草を本拠とするスリの大親分、一九〇九年六月逮捕。

＊38　本名＝金子政吉。東京佃島・築地界隈を縄張りとする「佃政一家」の初代親分。

相談相手とするに足らずと、幸徳の陰謀に関係なきを述べて盡《ことごと》く自分の責任としたさうだ。露国の虚無黨の女豪傑のおもかげがあつたやうだ。何でも相当な紳士の子で、馴染の藝妓の腹に出来たのださうな。新聞に載つた写真よりは美貌で、どことなくチャームがあつて、且《かつ》こなしが婀娜《あだ》めいてゐたので、社会黨連中の花と云はれてゐた。宇田川文海[39]の妾であつたといふ説もあるが、弟子なので妾ではないといふ人もある。京都の新聞社にいた時分、荒畑[40]と安成（貞雄）[41]が暗に競争してゐたが、東京へ来てから到頭《とうとう》荒畑の手に落ちて安成は失戀して了つた。が、安成は正直者で、どこまでもプラトニック・ラヴを運んでゐた。荒畑が入獄してから後幸徳と仝住[42]してツイ懇《ねんご》ろになつて了つた。幸徳の友人中にも此一事に就ては幸徳を咎めるものは少《すくな》くなかつた。荒畑は出獄して太く憤りて、二人を殺して了うと騒いだ事もあつたさうだが、シカシ此《この》お庇《かげ》に自ずと幸徳から遠ざかつて今度の一件にも巻添を喰はなかつた。山口[43]と荒畑とは当然幸徳の連累者に数へらるべき資格の男であつて、偶然の事から首尾よく災難を免れたのだ。管野の遺骸を堺為子[44]が引取った晩、荒畑と安成は通夜をしたさうだ。（二月一日記）

○幸徳の獄中の著「基督抹殺論」は出版即時直ぐ賣切れて了つたさうだ。此著に三宅雪嶺君の序文があつたのを警視廳の干渉で取つて了つたといふ事だ。斯ういふ干渉がナゼ必要であらう。三宅君の國学院に於ける講演[45]は荒川とかいふ政友會員が国躰上不穏の説であるとか云つて騒いださうだが[46]、此演説は新聞で紹介するを差留められた。たッた五六行だけ書いたやまと新聞夕刊は發賣禁止になつた。徳富蘆花君が高等学校で演説したのは頗《すこぶ》る学生を動かしたさうだが[47]、之が為に新戸（ママ）辺[48]校長は進退伺ひを出し、其結果として新戸辺校長及び蘆花君を招待した雄辯會に関係ある畔柳都太郎君[49]は譴責を受けた。蘆花君の演説の内容は一行たりとも新聞に載らないのだ。無論其筋から差留められたのであらう。要はほゞ三宅君と同様で、幸徳の主義なり実行なりは健全を缺きもするし又日本の国躰上からも法律上からも許す事は出来ぬが、幸徳をして斯る極端なる行為に出《い》でしめたるは陛下の恩寵を権臣が私くしして動《や》やもすれば皇室と国民との間に牆壁《しょうへき》を設けんとするからである。殊に官僚が其私情よりして思想の自由を妨げ言論を抑壓せんとするを非難し天下の公器を私くしするの弊竇[*50]を抗議したのであるさうな。三宅君蘆花君の如き處士[*51]にして初めて此大膽なる言議を試み得るのである。　（二月五日記）

○管野の遺骸を監獄から引渡す時、宮田脩[*52]は其実況を見に行つたさうだ。近所のお神さん達や何か多勢集まつてゐたさうだが、社会主義の何たるを知らない連中が皆お気の毒だ〳〵と云つて、一人でも多勢お見送りするのが後世の功徳になるからと云つて、いつまで立去《（ママ）》らずに待つてゐて、軈《やが》て棺が門を出ると何

＊39　小説家・新聞記者。新聞小説で人気を博した。
＊40　寒村（本名＝勝三）。
＊41　やすなり・さだお。平民社系の評論家・ジャーナリスト。
＊42　どうじゅう——仝は同とおなじ。
＊43　孤剣。
＊44　枯川堺利彦の妻、社会運動家。旧姓＝延岡。
＊45　「四恩論」と題した二月六日のこの講演は活字化することができなかった。
＊46　講演会に臨席した政友会所属代議士・荒川五郎は、雪嶺を非難して逆に聴衆から罵倒された。
＊47　二月一日の第一高等学校での蘆花の講演「謀叛論」。本書所収。
＊48　新渡戸稲造。「にとべ」を魯庵は「新戸辺」と表記。
＊49　くろやなぎ・くにたろう——英文学者、第一高等学校教授、雄弁会部長。
＊50　へいとう——悪いところがあること。
＊51　しょし——官に仕えていない人物。
＊52　教育者。女子教育に専心。内山愚童の妹が宮田家の家事手伝いをしていた。

れも合掌して恭やしく礼をしたさうだ。
○早稲田大学の幹事とか事務員とかに工藤とかいふ人があつて、其娘が女子大学の生徒である。或る時同窓の鶴[*53]（特別裁判の裁判長）の娘と一緒に学校から帰りみち、「社会主義といふのは金持に反対して貧乏人を助けるのださうですから悪い人では無いのネ」と語つた。鶴の娘は帰つてから父に向つて、「お父さん、社会主義てのは金持に反対して貧乏人を助けるので、悪い人では無いッてから、餘り重い刑に宣告しないやうにネ」と云つた。鶴は喫驚して、「誰がそんな事を云つた」と聞糺《ききただ》すと、工藤といふお友達が、と云つたので、テッキリそのおやぢは社會主義に違いないと、警視廳へ通じたから、直ぐ刑事が工藤の家へ訊問に来る、早稲田大学へ照会する、大騒ぎをした。やつとの事で高田君[*54]が辯明して事済みになつたさうだ。

（一月五日記）

○或る人が来て幸徳の噂が出た。幸徳罪状の眞否は姑《しば》らく置いて、判決理由書のおもてを見ても頷《うなづ》かれるのは政府が社会主義の思想その物に通じないで、盲目的に国家の存在を危うするものと頭からきめて了つてる。無政府主義も社会主義も格別変らないやうに思つてる。近ごろ議會で、高等警察費増加の要求があつた時の政府委員の辯明によると、政府自らも下級警官中には社會主義も社會政策も無政府主義もゴッチャにしておるものがあるのを認めてるやうだが、下級警官と限らず、高級官僚中にも能《よ》く此思想、此潮流、此勢力を辯《わきまえ》ておるものが幾人あるだらう。無智なる探偵の報告に由《よつ》て捕縛せられ、無智なる警官の審問を受けて無智なる判事に裁判せられたる幸徳輩二十何人（ママ）の所謂無政府主義者の大逆なるものが果して真実であらう乎《か》。三宅君[*55]、犬養君[*56]、島田君[*57]、福本君[*58]、徳富芦花君、皆之を疑ふ人である。

○一躰今の官僚輩は政府と己《おのれ》ら官僚とを同一視しておる。政府といふは国家を統理するオーガニゼーション*59で官僚輩は之に拠《よ》るの労働者である。然るに今の官僚輩は本《も》と幕府を倒して取つて代つて天下に號令する任に当つたゆゑ、恰《あたか》も政府を以て戰爭の戰利品の如く心得、之を以て私有の世襲財産となさんとしておる。此様に人民に参政権を與へながら較《や》やもすれば人民を以て自家の世襲財産を覗《うかが》う盗賊なるかの如く敵視する。加之《しかのみ》ならず、自家と政府とを混同するゆゑ、己ら官僚輩のみが特に天皇の忠臣であるかの如く妄想して、官僚に憚《はばか》らざる態度を示すものは直《ただち》に天皇に忠ならざるかの如く誣《し》ゆる。渠等は自ら華族となりて曰《いわ》く、華族は皇室の藩屏也《なり》*60と。誰に対する藩屏である。斯ういふ言を擅《ほしいまま》にするは上《かみ》皇室に対しても恐れ多い事であるし、下《しも》人民に対して其誠意を疑ふ怪《け》しからぬ咄《はなし》である。渠等は自家が日に*61民心を喪《うしな》ひつ、あるを顧みないで、却《かえっ》て国民の誠意を疑ふて、濫《みだ》りに国民を物色して聊《いささ》かだに渠等の意に満たざるものあれば国家を危うし皇室に禍《わざわ》ひするものと見做す。甚《はなは》だしい哉《かな》。

○仮に桂首相に面會を求むるとすると、首相の十分信用する人の紹介があれば格別*62、左《さ》もなき時は必ず先《ま》づ密偵を放つて其身元及び人物を細かに調査してからでなくては決して引見しない。人を見たら泥棒と

---

*53　鶴丈一郎。大審院（現在の最高裁判所に相当）特別法廷の裁判長として大逆事件を担当。
*54　高田早苗。早稲田大学学長。
*55　三宅雪嶺。
*56　犬養毅。
*57　島田三郎。衆議院議員・毎日新聞社長。
*58　福本日南。ジャーナリスト・衆議院議員。
*59　organisation――組織。
*60　はんぺい――垣根・守り、とりわけ王室の守護となるもの。
*61　日に日に、日ごとに。
*62　また別だが、の意。

思へと云ふが、官僚輩が人民を見る恰《あたか》も仇敵の如しだ。斯ういふ誤解があるから官民の間が十分打解けないので、此誤解を生じた所以は、畢竟するに人民に參政權を與へながら猶《な》ほ政治を私くしせんとするからで、根本のあやまりは政府を以て維新の變革に獲得した戰利品と思ふからである。

○南北正閏《せいじゅん》論がやかましいが*63、幕府の專横に憤つた維新前の渠等は些《いささ》かなりとも楠公の志*64があつたか知らぬが、すでに倒幕の志を達したる維新後の渠等は寧《むし》ろ尊氏*65である。渠等は大政を天皇に復古すべく幕府を倒したが、倒幕後の渠等は天子の恩寵を私くしして人民をおさへつけておる。陛下の國民を見る一視同仁、國民の陛下を仰ぐ皆赤誠《せきせい》を捧げて其の足らざるを恐る。然るに渠等は渠等のみが陛下の忠臣であるかの如く任じて國民をして陛下に咫尺*66せしめず、較《や》やもすれば国民《(ママ)》の忠義心を疑懼《ぎく》して天日を遮蔽す。皇祖皇宗列聖相承《あいう》けて国民を恵み給ひしを曽《かつ》て一日だも忘れざる国民の一人たりとも大逆を敢てするものあらんや。幸徳亦必ず陛下の赤子《せきし》の一人たるを栄《えい》とするものならん。（一月二十日記）

〔以下、大逆事件および天皇制について言及のない一月廿二日、二月二日の記述24字×20行分を省略＝池田〕

○南北正閏論も喧ましいが、大義だの名分だのといふは道徳上の議論で、歴史は事実である。道徳上から見たなら立派な時代もあらう、不立派な時代もあらうが、事実上の元首といふは神器よりは政權の有無で、政治の覇權を把握しておる処に帝權は存在する。南朝は正統かも知れぬが、當時日本に號令してゐたのは北朝であつて、南朝は吉野の僻所に潜在してゐたに過ぎない。此事実は道徳上――日本の立國の意義から推して怨むべき慷慨すべき現象であるかも知れぬが、事実は事実である。且又《かつまた》今の天皇は後小松帝のみすゐである以上は北朝の天子であるといふは矢張《やはり》争はれぬ事実である。南北朝というは此變躰の皇室の現象で、南北朝一統したる以上は等しく神武帝の天津日嗣《あまつひつぎ》を受けさせ給ひたるもの、南朝あらんや北朝あらんやといふは詭辯である。亀山帝の御子孫は吉野の朝廷の亡びたると共に絶えさせられたので、所謂南北合一以後は後小松天皇の系統連綿として今日に及んだのである。神器といふは日本の天皇たるべき一条《（ママ）》件ではあるが、政權の伴はない神器は虚器である。北朝の天子が此神器を承《う》けさせ給ひたるは帝位を完全にしたるものであらうが、南朝の天子は縦令《たとい》神器あるも僅に河泉和の三國を支配したのみで、全日本に號令して全日本から君主と認められてゐたのは北朝である。大義名分の上からは怨むべき事かも知れぬが、歴史上の事實は打消し難い事である。一躰日本を金甌無缺《きんおうむけつ》[*67]など称して強《しい》て理想化せんとするがあやまりで、不完全なる人間の作れる歴史が道徳上から見て時としては深憂すべき事實を生じ来《きた》るは当然である。歴史はサイヤンス[*68]である。道徳上から見て憂ふべき事だと云つて事実を曲げる事は決して出来ぬ。シカシ教科書として小学児童に授くるものに従来のトレーヂション[*69]を破壊するやうな高等批評を加へる必要があるかどうかは別問題である。又政治問題としての價値も別である。一躰文部省が歴史家をして編纂せしむるのが間違ひで、コンナものは宮中顧問官あたりに作らせればよかつたのだ。

*63　一九一一年二月、国定歴史教科書の南北朝併立説をめぐって議会が紛糾、野党の一部が大逆事件への対応と併せて閣僚問責決議案を提出（否決）、七月に文部省の「南朝正統」見解で決着した。

*64　楠正成。南朝の忠臣とされた。

*65　足利尊氏。逆臣とされた。

*66　しせき――「貴人」の前近くで面会すること。

*67　黄金の瓶（かめ）が欠損したことがない、という意味で、日本がかつて敗れたことも分裂したこともない喩えとして言う。

*68　science――科学。

*69　tradition――伝統。

○が、喜田君[*70]が当の編纂者にしても三十何人の教科書編纂委員の協定を経た筈である。コウいふ先生達が一向沈黙してゐるのは甚だ不思義（ママ）である。なぜ堂々と争はんのだ。一躰何のかのと皇室を擔ぎ出すのが間違ひで、皇室は超然として据え置けばい丶のだ。何の彼《か》ンのと皇室を擔ぎ出しては皇室の尊嚴を人工的に増さうとするのは却《かえっ》て皇室の稜威を減ずる己《わ》けである。恐れ多い言葉であるが、所謂ひいきの引倒しである。

（三月二日記）

○幸徳の名は到る処に廣がつた。英佛独の新聞幸徳の名を記せざるはなしだ。英國の社會黨は"*Life and Work of Kotoku Shusui*"[*71]といふトラクト風のもの[*72]を発行した。四頁か五頁のトラクトではあるが、幸徳の名は世界的となつた。以て瞑すべしだ。

○或人が来て曰く、愈々済生會の病院〝施薬院〟が初まるとコウいふ川柳が出来る、「病人は幸徳さまとソッと云ひ」。今日でも幸徳様といふ人があらう。昔しなら幸徳大明神と祭られるところだ[*73]。

*70　喜田貞吉。歴史学者。文部省で国定国史教科書編纂に当たり、南北朝並立の記述を非難されて休職処分を受けた。

*71　「幸徳秋水の生涯と仕事」。

*72　tract——小冊子・パンフレット（とりわけ宗教・政治上の宣伝のための）。

*73　幸徳秋水たちに対する死刑執行から十八日を経た一九一一年二月十一日（！）、天皇は「済生に関する勅語」を発布、一五〇万円を「下賜」して「恩賜財団済生会」が設立され、大逆事件の「教訓」を生かしたこの「社会政策」によって、各地に「済生会病院」が開設されることになった。これらの病院は、当初、かつて聖徳太子が開設したとされる医療施設と同じ「施薬院」の名で呼ばれた。

# 詩六編

佐藤春夫

「大逆事件」の被告のうち、大石誠之助、成石勘三郎、成石平四郎、高木顕明、峯尾節堂、崎久保誓一の六人が、佐藤春夫の郷里である紀州新宮とその近在の住人だった。だが、当時十八歳で慶應義塾大学予科に入学したばかりの佐藤春夫が、『スバル』の新進詩人として「事件」に関わる詩を次つぎと発表したのは、そのためばかりではなかったと思われる。かれ自身の人間としての、詩人としての生きかたを阻み抑圧するものが、「大逆事件」のなかに凝縮されて顕在化していたのである。このことを見るためにも、一見「事件」と無関係に読まれかねない詩をも収録した。底本はすべて初出誌の『スバル』。それぞれの詩の掲載年月は次のとおりである。――「愚者の死」（一九一一年三月号）、「小曲二章」（同年四月号）、「街上夜曲」（同号）「小曲四章」より二篇（同年六月号）、「蛇の子の歌」（同年八月号）、「清水正次郎の死を悼む長歌並短歌」（同年十二月号）。

## 愚者の死

千九百十一年一月二十三日[*1]

＊1　大石誠之助（ほか十人）が処刑されたのは一月二十四日だった。この日付けの間違いの理由はわからない。

大石誠之助は殺されたり。

げに厳粛なる多数者の規約を
裏切る者は殺さるべきかな。

死を賭して遊戯を思ひ、
民俗の歴史を知らず、
日本人ならざる者、
愚なる者は殺されたり。

『偽《※うそ》より出でし真実《※まこと》なり』と
絞首台上の一語その愚を極む。

われの郷里は紀州新宮。
渠《かれ》の郷里もわれの町。

聞く、渠が郷里にして、わが郷里なる

紀州新宮の町は恐懼《きょうく》せりと。
うべさかしかる商人《※あきうど》の町は歎かん、
——町民は慎めよ。
教師らは国の歴史を更にまた説けよ。

## 小曲二章

### 病

うまれし国を恥づること。
古びし恋をなげくこと。
否定をいたくこのむこと。
あまりにわれを知れること。
盃とれば酔ざめの
悲しさをまづ思ふこと。

## 煙草

父の教をやぶりつつ
父の金もてわが吹かす煙草、
国の掟をよそにして、
国の都にわが吹かす煙草、
おもしろやそのけむり、
むらさきに輪となりて
春の夜のさびしきわれをとりめぐる。

## 街上夜曲

号外のベルやかましく、
電灯の下のマントの二人づれ、
――十二人とも殺されたね。

――うん……深川にしようか浅草にしようか。[*2]

浅草ゆきがまんゐんと赤い札。[*3]
電車線路をよこぎる女の急ぎ足。

## 小曲四章より

○

鏡、勾玉《まがたま》、さてはまた
蟒《※うはばみ》の腹より出でし剣《つるぎ》なりてふ
二千年つたへ来してふ
よろづ代につたへゆくてふ
国民《※くにたみ》の生命《※いのち》なりてふ
尊しや、この国の三つの御宝《※みたから》

＊2　隅田川左岸（東岸）の河口に近い深川と、その対岸の浅草・吉原には、江戸時代以来の大規模な「遊廓」があった。

＊3　東京市電の電車は、満員になると赤い札を出して停留所を通過した。

○

その国の歴史ならねど、
Classic の戯曲《※どらま》ならねど、
恋人にものがたるごと、
美しく、まことしやかに、
都合よく、無駄をはぶけり。
たまたまに春夫《※はるを》が父に送る文。

蛇の子の歌

エホバよ

エホバよ、いとたかきものよ、
なんぢの指のわざなる
地は年古《※としふ》りて腐りただれ、
天はいまかたぶけり。

人の子は若くしてすでに老い
盲《※めし》ひて一切のひかりを知らず。
すべての羊、うし、また野の獣《※けもの》、
空《※そら》の鳥、うみの魚、もろもろの
海路《※うなぢ》をかよふものまでも
見よ、すべてただにおそれて逃げまどふ。
神すでに世にいまさぬか。
はたエホバてふつくり名により
ダビデらわれをあざむくか。
エホバよ、人のするごとく
み名をよべども、
み名により生《※い》きざるもののかなしさよ。

## 口論

——汝《※な》が言葉《※ことば》教にたがふ。

かく云ひて母はなげきぬ。
――いかなれば父に反《そむ》くや。
かく云ひて父はとがめぬ。
――いたづらに父に反かず
　ただ、われはわれに従ふ。
――誰《た》れにより生《い》くると思ふ。
座を立ちて父ののしれば、
子は泣きぬ。
――養《やしな》へよとは、生《う》めよとは
　何時《いつ》の日か誰が願ひけん。
　生れし日なに故に殺《ころ》さざりしや。
　ああわれら生れざらましかば。
――親を呪《のろ》へと生まざりき。
かく云ふ母を見やりつつ
子は泣きぬ。母のためにも。

## 清水正次郎を悼む長歌并短歌

十一月十日　至尊《しそん》門司行幸に際し門司駅構内に於て御召列車脱線の事あり、為に御乗車約一時間遅延す。九州鉄道管理局門司構内主任清水正次郎、一死以て罪を償はんとて轢死す。乃《すなわ》ち、清水正次郎を悼む長歌并短歌《ならびに》一首。

附記す、作者は斯《かく》の如き忠烈悲壮なる事蹟を叙するにあたり　軽佻なる自家の詩風を避けことさらに萬葉の古調を倣《なら》ふと云爾。＊4

かけまくもあやにかしこき
大君ののります車
あやまりて動かずなりぬ、
※司人《つかさびと》うろたへさわぎ
やうやくに一時を経て動きけり、
大君は煙草きこして
この※間《ひま》をまちあぐませつ、

＊4　「云爾」は、そのまま読めば「しかいふ」（このように言う）だが、ここでは単に「いふ」と読むべきか。

※司　長《つかさおさ》おそれかしこみ
身をころし詑びまつらむと
夜をまちて命絶ちぬと。
世人みな美しとたたふるものを、
若草の妻もな泣きそ、[*5]
尸《しかばね》は千千にくだけて
見る眼には悲しかりとも
耐へこらへ妻もな泣きそ。
この国の※大丈夫《ますらたけを》ら
大君のためとし云へば
いも蟲も貴ぶ命
その命すてて惜しまず、
あなかしこ、大丈夫は
いも蟲におとれる命もてるならねど。

反　歌

大君のきこしたまひし匂ひよき煙のごとく消えし君はも

---

＊5　「な泣きそ」は「泣いてはならない」、「泣くな！」の意味。

# 詩二編

與謝野寛

一九〇〇年四月に創刊され、二十世紀初頭の十年をロマン主義的詩歌の時代たらしめた雑誌『明星』の主宰者、與謝野鐵幹（本名＝寛《ひろし》）は、随筆家でもある大石誠之助（死刑）や、危く連座を免れた紀州新宮教会の牧師で小説家の沖野岩三郎とも、親交があった。「誠之助の死」は、一九一一年四月号『三田文学』（春季特別号）に「春日雑詠」の表題で発表された二篇の詩のひとつ（二篇目）である。それぞれの詩に題名はなく、「誠之助の死」という表題は、詩集『鴉と雨』（一九一五年八月、東京新詩社）に収められたとき初めて付けられた。そのさい、「例へば TOLSTOI が歿んだので／世界に危険の断えたよに」の二行が削除された。同じころにつくられた「雨」は、『鴉と雨』が初出である。『鴉と雨』はすべての詩歌が総ルビで印刷されており、同書を底本とした「雨」ではそれに従ったが、初出誌『三田文学』を底本とした「誠之助の死」のルビは初出を尊重した。

## 誠之助の死

大石誠之助は死にました。
いい気味な。
器械《※きかい》に挟《※はさ》まれて死にました。

人の名前に誠之助は沢山《※たんと》ある。
然《しか》し、然し、
わたしの友達の誠之助は唯一人《※ひとり》。

わたしは最《も》う其《その》誠之助に逢はれない。
なんの、構ふもんか。
器械に挟まれて死ぬやうな、
馬鹿な、大《※おほ》馬鹿な、わたしの一人《※ひとり》の友達の誠之助。

それでも誠之助は死にました。
おお、死にました。

日本人で無かッた誠之助。
立派《※りっぱ》な気ちがひの誠之助。
有ることか無いことか、
神様を最初に無視した誠之助。

大逆無道の誠之助。
ほんにまあ、皆さん、いい気味な。
その誠之助は死にました。

誠之助と誠之助の一味が死んだので、
忠良なる日本人は之《これ》から気楽に寝られます。
※例《たと》へば、※TOLSTOI《トルストイ》が歿《し》んだので、
世界に危険の断えたよに。

おめでたう。

雨（一九一一年作）*1

釘《くぎ》が降《ふ》る、降《ふ》る、鋲《びやう》が降《ふ》る、
生《なま》あたたかい針《はり》が降《ふ》る、
暗《くら》い空《そら》から留度《とめど》なく。

なんと毒性《どくしょう》な五月雨《さみだれ》ぞ、
世界《せかい》の何処《どこ》に降《ふ》ることか、
降《ふ》るは東《ひがし》の涯《はて》ばかり。

黒板塀《くろいたべい》に黒《くろ》い屋根《やね》、
牢屋《ろうや》のやうな日本家《にほんや》に、
今日《けふ》も降《ふ》る、降《ふ》る、十重《とへ》二十重《はたへ》、
鉄《てつ》の格子《かうし》を入《い》れて降《ふ》る、
灰《はひ》の色《いろ》した張金《はりがね》を
雁字《がんじ》がらみに編《あ》んで降《ふ》る。

壁《かべ》も、柱《はしら》も、椅子《いす》の背《せ》も、
鏡《かがみ》の枠《わく》も、ペン軸《ぢく》も、
本《ほん》の背皮《せがは》も、薄《うす》じろく
一夜《いちや》の内《うち》に黴《かび》が生《は》へ、
じめじめとする手触《てざは》りは
蛇《へび》の窟《むろや》に住《す》むここち。

吹《ふ》き入《い》る雨《あめ》を避《よ》けながら、
雨戸《あまど》の蔭《かげ》にじつと居《ゐ》て、
物《もの》を思《おも》へば、床下《ゆかした》の
茸《きのこ》のやうに気《き》が腐《くさ》る。
二十日《はつか》、ひと月《つき》、日《ひ》を見《み》ずに、
聴《き》くは涙《なみだ》の重《おも》い音《おと》。

されば云《い》つて何処《どこ》へ行《ゆ》こ、
修験《しゆげん》のやうな高下駄《たかげた》で、
騎兵《きへい》のやうな長靴《ながぐつ》で、
天子《てんし》のいますお膝《ひざ》もと、
一足《ひとあし》ごとに沼《ぬま》を踏《ふ》み、
肩《かた》まで泥《どろ》の跳《と》ぶ路《みち》を。

＊1　この詩の「ふりがな」は、すべて底本のとおりを踏襲した（編者が付したものはない）。繁雑さを避けるため、底本のふりがなに付すべき※を省略した。

Ⅳ

# 反撃への足場

「大逆事件」は、当時まだ発言の場と力を持っていなかった若い世代にも、甚大な衝撃をもたらした。かれらは、つい五年あまり前に、主筆の黒岩周六（涙香）が日露開戦支持に転じたことに抗議して『萬朝報《よろずちょうほう》』を退社した幸徳秋水、堺利彦、内村鑑三の非戦論から、深い感銘を受けていたのだった。かれらの一人である大塚壽助（甲山）は、韜晦《とうかい》ともいえる一連の詩で、「大逆事件」を生んだ国家社会の日常の光景を剔抉《てっけつ》し糾弾した。刑死した十二人のあとを追うように夭折したかれは、「事件」の証人になるためにのみ生を享《う》けたかのようだったが、それから半世紀を経て、「事件」の真相を問うさいに不可欠な表現者として蘇ることになる。

こうした若者の一人、だが幸運にも表現の場を与えられた一人が、歌人・阿部肖三だった。石川啄木と平出修によって発刊されていた詩歌雑誌『スバル（昴）』に掲載されるかれの短歌は、親友・佐藤春夫の詩や歌と呼応するように、自己の内面を凝視しながら「大逆事件」の社会的基盤に肉薄した。のちに小説家・水上瀧太郎となるかれの出発点もまたここにあったのである。

「大逆事件」と向き合うとき、とりわけ逸することができない存在は、弁護士・平出修にほかならない。弁護団のうちで最年少（満三十二歳）だったかれは、著名な弁護士たちを擁する弁護団のなかにあって、ほとんど無名の存在だったが、與謝野寛の依頼で和歌山関係の二被告の弁護を引き受けることになった。だが、密室裁判の法廷で、かれの弁論は他を抜きん出ていた。被告たちはこの「若い弁護人」に感嘆した。石川啄木に「事件」の真相の一部を伝え、晩年の啄木のなかに生命の炎を燃え上がらせたのも、かれだった。かれはまた、権力が法廷記録を故意に湮滅するなかで、詳細な記録によって裁判の実態を後世に伝える仕事も残した。幸徳秋水と管野スガが獄中から送った書簡は、平出修の不滅の記念碑の一つだろう。

# 「蜩甲集」より

大塚甲山

大塚甲山（本名＝壽助）は、一八八〇年三月一日、青森県に生まれた。十代後半、郵便局雇員として働きながら詩をいくつかの地方文芸誌に投稿したのち、九九年に最初の上京を果たして極貧のなかで創作をつづけた。ようやく坪内逍遥、正宗白鳥、與謝野寛らの援助で評価されはじめたころ、肺病が進行して、一九一一年五月に帰郷し、六月十三日に満三十一歳で世を去った。かれは、日露戦争に際して非戦論を貫いた『平民新聞』に共感して社会主義者となり、「大逆事件」にさいしては深い怒りと絶望を感じていた。その時期、一九一〇年十二月十三日から一一年四月二十一日までに書かれた詩稿を自分で綴じて一冊にしたのが、『蜩甲集』である。ちなみに、「ちょうこうしゅう」の「蜩」は蝉の一種の「ヒグラシ」、「甲」は大塚の雅号と同じ「かぶと」という字だが、「甲」には「ぬけがら」の意味もあるので、「ヒグラシのぬけがら」かもしれない。遺稿としてのこされた三冊の詩集の最後のものであるこれには、七四篇が収められており、そのいずれもが、当時の社会の空気を甲山がどのように受け止めていたかを暗示しているが、ここではそのうちの四篇を採った。底本としたのは、「大塚甲山研究小会」が一九七一年十月に謄写版刷りで刊行した『大塚甲山――資料と管見――2』と題するB５判の冊子に収められた『蜩甲集』である。

# 斑入の結晶

ある夜髭を剃りに床屋に行きしが
かへりみちにものすさまじき夜様《※よざま》
を見ておもふことあり次の歌をう
たふ

午後十時、
都を包みて凍り行く冬の霧
遠近のともし火の影は悩ましく浮び
行き来の人怪物《※ばけもの》の如し
写真屋の窓硝子はひたと曇り
看板の芸者も見えずなりぬ
歌ひ行く読み売のわかうど
つれひきのヴアイオリン

高架鉄道の針金は青き火花を散らし
山の手に走り行きぬ。
かくて東京は結晶するか
この夜《※よる》の暁までに？
嗚呼いかに珍らかならん
東京のこの斑入《※ふいり》の結晶！
五色の燈火と十色《※とくさ》の罪咎の
きらめける間々《※ひま〱》に
切りこそ出づらめ
『帝《※みかど》の国《※くに》の栄の夢』を！

（43. 12. 13.）

キリストを想ふ

あゝ彼を囚ふるものは
剣と棒とを以てせり

盗人とともに縄もて引かれ
一言もなく囚屋に据わりぬ
彼の裁判官に与へたるは何なりや
ただ軽きほゝゑみなりき！
仕置場の露は寒くして霜となりぬ。
すて札に記したる二行のもじ
『国を乱すもの、
果を見よ』
とありぬ。
新なる天つ国の曙の光を恋ひて
闇深き深山の鶏に鳴き
宴の盛の化物の怒に触れて
八裂にされし小禽なりけり
あゝ我が人の子！

## 鍛へる神

盲となりたる神

古里の百姓の語るを聞けば
「鍛へる神は眇《※すがめ》となる」
みぢかき諺道《※ことわざみち》あるに似たり。

鍛え、鍛ゆる斧の音、槌の音
眇はものかは、こと〳〵く
盲《※めしひ》となりたる世の神々《※かみく》！

〔無題〕

怪しみ見るきのふ甕《※もたひ》蝿*1をくらふ

大塚甲山「蜩甲集」より

我は期《※ご》すあした蠅甕をくらはむ！
一本の藁時を得て神の光を放つ、
月は隳つ*2══ トーキョウありあけの鐘《※つきがね》！

*1 「甕」は土器のカメ。
*2 「隳つ」には振り仮名がなく、作者がどう読ませるつもりだったかが明らかではないが、「隳（キ・くずれる・やぶる）」という文字は、神聖な建造物・場所を突き崩すこと、またはそれが崩れることを意味するので、「こぼつ」と読むのかもしれない。あるいは「堕」（ダ・おつ・おとす）という字にも「こぼつ・やぶる」という意味があるので、作者は「堕」と同義の字として用いたとも考えられる。その場合は「おつ」と読むべきだろう。そのほうが、詩のリズムとしても意味としてもよいかもしれない。

# 歌

## 阿部肖三（水上瀧太郎）

のちに『大阪の宿』、『貝殻追放』などの小説家として知られるようになる水上瀧太郎（本名＝阿部章蔵。一八八七年十二月生まれ）は、二十代前半の一九一〇年、「阿部肖三」の名で『スバル』の新進歌人として出発した。「大逆事件」にたいする強い関心と批判を同誌に発表したことで、五歳年下の佐藤春夫と双璧をなしている。自己の内面や生き方の問題と不可分に「事件」と向き合った点でも、佐藤と同質のものがうかがえる。両者の共振性を見るためにも、あえて、「事件」と一見無関係な「佐藤春夫に与ふ」の数首も採った。テキストはすべて初出誌『スバル』を底本とし、発表された号ごとにまとめて、冒頭にその年月を示した。なお、漢字に付した「ふりがな」はすべて底本のままであり、編者が新たに付したものはない。それゆえ、繁雑さを避けるため※は省略した。

一　（一九一一年五月号、「歌」二十八首のうちから）

美くしきものを罪する掟をばひとり逃れし春の花かな
行く春のかなしみ我の身を噛みぬ白き桜の土となる時
この国の若き猛男《たけを》は死ぬ時も悲しと云へば嘲りを受く

よろこびて歌ふことさへ許されず夢想兵衛[*1]も知らぬ国かな
みづからを芥の如く捨つるをばかはゆき子にも強ふる父母
少女等の学びを止めん獣《けもの》なす武夫[*2]を生む母となすため
あまりにも己が命をたふとしと思ふ身なれば父に背きぬ
旧きものすべて尊しこの国の歴史も父が褪《あ》せし帽子も
幸徳はあはれなるかな小学の子も誦《そら》んずる道を忘れぬ
首切の浅右衛[*3]の末を召し出でてこの首を切れかの首を切れ
たたかひを好む国民《こくみん》公園の花とひとしく人を傷つく
奪はれし古きおきてに代るべき掟を知らず子等の父母
いつはりの歌をうたはんわが父もわが師も共に我を褒むれば

二　（一九一一年七月号、「黒き壁にもたれて」二十九首のうちから）

目を潰せ目を潰せとぞ叫びつつ人の死にゆく夕陽の中《なか》
夏は来ぬ強行軍の落伍者の病みて倒るるちまたちまたに
調馬師の鞭のひかれば黒鹿毛[*4]の苦しき汗の青草に散る

さかしまに落ちて真白き舗石[*5]に死ねと誘うたそがれの窓
おそろしきはやり病を浮べきぬ海のかこめる国は危し
けだものもひれ伏すと云ふ大君に弓ひく者は子も屠るべし
幸徳はおろかなるかな命をば勲章よりも価値なしとしぬ
逆徒等を首くくるまで掛けまくも[*6]あやに畏《かしこ》き神にまします
かにかくに[*7]楽しく嬉しこの国の叛逆人をすべて縊《くび》れば
もののふは雄雄し尊し蟲螻蛄《むしけら》も持てる命を命とぞする
たはけたる死を美くしと讃《たた》へたる門左衛門[*8]の墓をあばかん
悲しきを可笑しと言ひて年を経ぬわれ自らに飽きはてしより
箱舟にノアの逃れし洪水を今のうつつに欲りする[*9]は誰

＊1　夢想兵衛（むそうびょうえ）は曲亭・滝沢馬琴の空想的作品『夢想兵衛胡蝶物語』の主人公。巨大な紙鳶《たこ》（凧）に乗って、少年国、孝行島、不幸島、色欲国などを発見する。

＊2　武夫（もののふ）。兵士のこと。

＊3　浅右衛（あさえ）。江戸時代の処刑吏、山田浅右衛門。通称「首切り浅右衛門」。

＊4　黒鹿毛（くろかげ）。「鹿毛」は鹿のように茶色い毛並みの馬。黒鹿毛はその毛色が濃く、黒味を帯びたもの。

＊5　舗石は「しきいし」と読むのだろう。「誘う」は「いざなう」。

＊6　「掛けまくも……畏き」。「掛けまく」は言葉に出して言うこと。「言葉に出して言うのもじつに恐れ多いような」。

＊7　「かにかくに」は「このように」の意。前出の「掛けまくも」や「あやに畏き」と同様、『万葉集』以来の常套句。

＊8　「門左衛門」は江戸時代の劇作家、近松門左衛門。

＊9　欲りする（ほりする）。欲する（ほっする）と同じ。願い求めること。

皇城も御壕の水も野良犬も保険会社も焦す八月
心ざま悪しきはすべて首を斬れ一つ一つに歌をうたはん
父の家を走り出づるや忽ちに路傍の石につまづきし吾

三　（一九一一年九月号、「歌」二十八首のうちから）

佐藤春夫に与ふ

古びたる皮肉をひとり喜べる佐藤春夫は早く死ぬらん
くろがねの地獄の門《もん》を破りきて佐藤春夫と我と飲む酒
酔ひ倒れ床《ゆか》を叩けりこの国に身のおきどころ無しと云ふ如[*10]
笑ふとき君はいたまし怒るとき君のすべてのおもしろきかな
春夫はも都[*11]大路をいきどほり素足に靴を引きずりて行く
いと弱き又いと強きすべてをば常に憎める君のまなざし
力ある短き言葉こころよく人を罵るみじかき言葉
この国とその父母のあやまちか春夫を生みて現《うつ》し世に置く
×

さめやすき我の哀しさ禁断の果実《このみ》も酸《す》しと舌のつぶやく
きちがひの如く憤《いか》れば冷やかになだむる人の勝ち誇る顔
暴風《ぼうふう》の後《あと》のこころにひたひたと潮《うしほ》を寄する悔のかなしみ
わが為に歌をうたはん逸早く葬る歌を高くうたはん
打ちひしげあやに畏き大君も臭《にほ》ふ芥《あくた》も分たざる蝿
とこしへに物忌の日のつづきたる暗き家より生れきぬわれ

四　（一九一一年十月号、「歌」二十七首のうちから）

山のうへ草の平《たひら》に身を投げぬ海嘯《つなみ》を逃れ来《こ》しと如くに
山を切るだいなまいとを心地よく聞く時ばかり病おこたる[*12]
わが投げし匕首《ひしゆ》も光りて谷底の草に落ちゆく月あかりかな
手をはなれ谷間に落ちし短銃《ぴすとる》も秋のしづくに濡れて臥すらん

＊10　如（ごと）。ごとく。
＊11　「はも」（係助詞「は」＋係助詞「も」）は、上の語（春夫）をくっきりきわだたせ、深い感動の気持を添える語法。『萬葉集』など奈良時代の詩歌に見られる。
＊12　「おこたる（怠る）」は、病気の勢いが弱まること。

壁の上に歌を書かまし蛇《くちなは》に吸はせし血もて歌を書かまし
何を読み何を語らんかなしくも我は我より語る外なし
物言はぬ口のほとりのうすき鬚やや濃くなりて初秋はきぬ
この国を詛ふ如くにはやされぬ醜き我が君をおもへば
蛇《くちなは》をしかはな怖ぢそ[*13]身を噛まば我口をもて毒を吸はまし
大海嘯《おほつなみ》来よと叫びぬ地の上に住むこと既に飽きしならねど
火に焚かれ共に死なまし大海嘯もしくは来よと心叫べる

*13 「しかはな怖（お）ぢそ」は、「そのように怖がってはいけない」の意

# 逆徒

平出修

「大逆事件」の弁護人の一人、平出修（ひらいで・しゅう。一八七八年四月三日～一九一四年三月一七日）は、一九〇〇年から與謝野寛の「新詩社」に加入し、『明星』に短歌や評論を発表する歌人だった。同誌の廃刊後は、石川啄木らとともに『スバル』を発行し、主として財政面を支えた。「大逆事件」にさいしては、弁護活動を通じて被告の擁護と国家権力に対する抵抗・弾劾を貫いただけでなく、裁判資料の保存・公開や、実践にもとづく証言などによって、重要な歴史的貢献を行なった。さらに、「畜生道」、「計画」、「逆徒」など一連の小説によって、「事件」を文学表現として人びとの心に刻み込んだことは、忘れられてはならないだろう。それらのうちから、ここでは、「逆徒」（一九一三年九月号『太陽』、東京博文館発行）と、それを掲載した雑誌が発売禁止になったことに抗議する「発売禁止に就て」（同年十月号『太陽』）とを収録した。いずれも底本としては初出誌を用いた。両作品とも『定本　平出修集』第一巻（一九六五年六月、春秋社）に収められている。底本では「逆徒」は総ルビ、「発売禁止に就て」では半数以上の漢字にルビが振られているが、本書に収載するにあたっては適宜取捨選択し、「逆徒」では底本のルビに付す※印を省略した。明らかに誤植とわかる箇所については、『底本　平出修集』も参考にしながら訂正した。――なお付言すれば、のちのプロレタリア文化運動と当時の社会状況を知るうえで不可欠の資料、『司法研究報告第二十八輯九　プロレタリア文化運動に就いての研究』（極秘。一九四〇年八月、司法省調査部。復刻版＝一九六五年九月、柏書房）の著者（報告者）、「名古屋区裁判所検事　平出禾」は、平出修の長男である。

判決の理由は長い長いものであった。それもその筈であった。之《これ》を約《つゞ》めてしまえば僅か四人か五人かの犯罪事案である。共謀で或《あ》る一つの目的に向って計画した事案と見るならば、むしろこの少数者に対する裁判と、その余《よ》の多数者に対する裁判とを別々に処理するのが適当であったかもしれない。否《いな》その如く引離すのが事実の真実を闡明《せんめい》し得たのであったであろう。三十人に近い被告が、ばら〳〵になって思念し行動した箇々の犯罪事実を連絡のあるもの、統一のあるものにして了《しま》おうとするには、どこにか総括すべき楔点《けってん》を先《ま》ず看出《みだ》さなければならない。最も近い事実を基点とし、逆に遡《さかのぼ》りて其《その》関係を繹《たづ》ね系統を調べて、進んで行った結果は、二ヶ年も前の或る出来事に一切の事案の発端を結びつけなければならなかった。首謀者《しゅぼうしゃ》は秋山亭一《あきやまきょういち》であると最初に認定を置いて、彼が九州の某《ぼう》、紀州の某に或ることを囁《さゝや》いたのがそも〳〵の起因である。それから某は九州に某は大阪及《および》紀州に、亭一は又被告人中に唯一人交《まじ》って居る婦人の眞野《まの》すゞ子に、それから一切の被告に行き亙《わた》って話合《はなしあわ》したと云う荒筋《あらすじ》が出来上《できあが》った。一寸《ちょっと》聞けば全くかけ放《はな》れた事実であるかの様《よう》にも思われる極めて遠い事実から段々近く狭く限って来て、刑法の適用をなし得る程度に拵上《こしらえあ》げ、取纏《とりまと》め引きしめて来るまでの叙述は、あの窮屈な文章の作成と共に、どれ丈《だ》けの骨折が費されたであろう。想いやられる事であった。裁判長はもう半白の老人である。学校を出るなりすぐに司法部にはいって、三十年に近い春秋を迎え且《か》つ送った人である。眼円《まなこつぶら》に頬骨《ほおぼね》高く、顎《あご》の疎髯《そぜん》に聊《いさゝ》かの威望《ゐぼう》を保《たも》たせてあるが、それ程に厳しい容貌ではない。と云って柔《やさ》しみなどは目にも口元にも少しも見ることが出来ない。前後二十回に亙って開かれた公判廷に於て彼はいつも同じ態度同じ語調で被告を訊問した。出来ることならどの被告に向っても同じ問いを発し、同じ答《こたえ》を得たいものだと希望して居るかの様《よう》にも思われた。被告が幾十人あろうとも事件は一つである。彼はこう思って単位を事件そのものに置くらしく、被告個々の思想や感情や意志は彼に多くの注意を費《ついや》さすことではないらしいのであった。三角形の底辺には長さがある。しかし頂辺《ちょうへん》は只《たゞ》点である。すべての犯罪事実を綜合し帰納して了《しま》えば、原因動機発端経過は唯《たゞ》の一点に纏《まとま》る。曰《いわ》く責任能力ある人が為《な》した不法行為。彼はこの結論に到着してしまえばそれで任務は済むと思って、底辺の長さを縮《ちゞ》めることにのみ考《かんがえ》を集めて居る。膠《にべ》もない、活気もない、艶も光もない渋紙色《しぶかみいろ》した彼の顔面に相当する彼の声は、常に雑音で低調で、平板である。彼が顔面に喜怒哀楽の表情が少しも現れないと等しく彼の声にも常に何等の高低はない。もし彼の顔面筋《がんめんきん》の運動から彼の心情を読むことが不可能であるとするならばそれは彼の声調に就いてゞも亦《また》同じことが想われる。之《こ》れ彼の禀性《うまれつき》であるのか将《はた》修養の結果であるのか。何《いず》れにせよ此《この》点だけは裁判長としての得難き特長を具《そな》えて居ると云うべきものである。

　彼は被告の陳情を一々聞取った。云いたいことがあるなら何事でも聞いてやろうと云ったような態度で、飽かず審問をつゞけた。之《これ》が被告をして殊《こと》の外《ほか》喜ばしめた。之《こ》れなら本統《ほんとう》の裁判が受け得られると思ったものも多かった。概して彼等は多くを云った。某々《ぼうぐ》四五人のものは、既に一身の運命の窮極を悟り、且《か》つは共同の被告に累《るい》の及ばんことを慮《おもんぱか》りて、なるべく詞短《ことばみじか》に問《とい》に対する答をなした丈《だけ》であったが、之等《これら》は千万言を費しても動かすことの出来ない犯罪事実を自認して居たからである。反之《これにはんして》大多数の被告は、拘引されたこと自体が全く意想外であった。そして其《その》罪名自体が更に更に意想外であった。新聞紙法の掲載禁止命令は茲《こゝ》に威力を発揮して、秋山亨一、真野すゞ子、神谷太郎吉《かみやたろうきち》、古山貞雄《ふるやまさだお》等の拘留審問の事実を、一ヶ月余も社会へは洩《もら》さなかった。内容は解らないが、由々しい犯罪事件が起ったと云うことを聞いて、誰《た》れしもその詳細を知りたいと遮幾《こいねが》った。一体何を為出来《しでか》したのであろう。世人は均《ひと》しくこの疑問に閉ざされた。被告の大多数は実にこの世人と一様に、事件の真相を知ろうと希望して居たものである。も少し分けて云えば、其中《そのなか》に又、全然秋山等《ら》拘引事件をすら知らないものもあった。それが自《みずか》らの身の上に及んで来て、共犯者だと云われて、否応なしに令状を執行されて、極重悪人《ごくじゅうあくにん》の罪名を附せられた。呆気《あっけ》ないと云おうか、夢の如しと云おうか、馬鹿々々しいと云おうか。其後《そのご》法廷に於て天日の下《もと》に手錠をとかれて、兎《と》にも角《かく》にも文明の形式を以《も》って事実の真相を語ることの自由を与えられたとき、少しく冷静になって追懐《ついかい》して見れば、余りに意気地のなかった、余りに恐怖に過ぎた、余りに無人格的であったことに気がつく。そして自分自らを批評して、心窃《こころひそか》に嘲笑を思わざるを得なかった。けれども夜陰捕吏《やいんほり》の手に引《ひき》ずられて、警察の留置場へ抛《ほう》り込まれときから、「手前達《てまえたち》は、もう首がないんだ。どうせ殺されるのだ。」こう云う感じ、周囲の空気の中から、犇々《ひしく》と彼等の魂に絡《から》みついてしまって、全く絶望の気分に心神も喪失して居《お》った。朝から夜、夜から朝、引き続いた訊問は、忠良なる捜査官《そうさかん》によって、具不戴天《ぐふたいてん》の敵なりとして続けられ、何月何日、某処に会合したその一人は既に斯《かく》の如き自白をして、汝もその時斯の如き言動をしたに相違がないと、其者《そのもの》は立派に陳述して居《い》るではないか。彼等は誰れでも此方法によって訊問を強いられた。記憶の有無はもうその時の問題とはならない。

被告のうちに拘引《こういん》当時軽からぬ腸加答児《ちょうかたる》に罹《かか》って居たものがあった。二日半も食事を取らないでじっと寝て居たのに、令状を執行せられた。東京より以西《いさい》横浜、名古屋、大阪、神戸、それから紀州、ずっと飛んで熊本に亙《わた》った犯跡の捜査に急《せわ》しかった捜査官は、多少の病体をも斟酌《しんしゃく》することなしに取調を進めなければならなかった。病中の衰弱を憐《あわれ》まないと云うのではないが此《この》被告の審理は夜を通して続いた。昏憊《こんぱい》と自棄とが彼をして強情と我慢とを失わせてしまった。その時更《さら》に彼の心を惑乱させた一事を聞いた。兄なるものも同じく拘引されたと云う事である。もし自分の陳述の為方如何《しかたいかん》によっては兄も恐しき罪人となってしまうかも知れない。兄は主義者ではない。何も知らない人だ。それが自分の縁《えん》に維《つな》がると云うばっかりでひょっとした憂目《うきめ》に遇《あ》うと云うことは、自分の忍び得ない処である。兄を助けるには何事も只犠牲になる。彼が法廷に立ってこの状況を語ったとき、被告席からて涕泣《すゝりなき》の声がした。感極って泣き落したのであろう。神聖にして厳粛なる法廷の空気は動いた。誰だ。どうしたのだ、銘々《めい〱》がこう思ってその声のする方に目を注いだ。感情の鋭い一人の若い弁護人は思わず腰を放《はな》して立ち上った位《くらい》であった。けれども裁判長はちっとも顔色を動《うご》かさなかった。只ぎょろりと一睨《げい》した丈《だ》けであった。

此《この》泣いた被告は三村保《みむらほ》三郎《ろう》と云って大阪の住人であった。開廷後二日目かであった。一同が席について裁判長が書類の頁《ぺーじ》を繰り返して居るときであった。突然彼は

「裁判長殿。」こう叫んだ。その調子があまりに突拍子もないので満廷のものは、少《すこ》しく可笑味《おかしみ》を感じ乍《なが》らも、彼が何《なん》の為に裁判長を呼掛けたかを次の問《とい》によって明《あきらか》にしようと思わぬものはなかった。それから又第一回公判以来、被告等はすべて、恭順謹慎《きょうじゅんきんしん》の態《たい》を示して、誰《たれ》あって面《おもて》を上げて法官席をまともに見ようとするものはないのであった。犯《おか》すべからざる森厳《しんげん》の威《い》に恐れかしこまって居ると云う有様であった。

然《しか》るに今此《この》被告は頓興《とんきょう》に裁判長を呼びかけた。之《これ》にも亦《また》一同一種の興《きょう》を覚えた。裁判長は黙って被告を見て、ちょいと顎《あご》を動かした。それは

「何だか、云って見ろ。」こう云う詞《ことば》の意味を示したものであった。

「わ、わたしは……耳が遠いんですが。どうも聞えなくって困りますから……」

席を前の方へ移して貰《もら》いたいと云うのであった。彼は自らの語るが如く耳が遠いのであった。顔貌《がんぼう》が何となく惘乎《ぼんやり》して、どこにか気の抜けた様な処が見えるのはその為《ため》であるらしい。早く父に分れて母の手一つに育った。小商《こあきない》をして居る家《うち》の惣領《そうりょう》であったが、太《たい》した学問のあるのではなく、思想上の研究なども行届《ゆきとゞ》いては無論《むろん》居なかった。奇矯《ききょう》の事を好み、自ら不平家らしく装って、主義者の一人《にん》であるとして、多少の交友を得た。会合の席には常に法被腹掛《はっぴはらがけ》の為度《したく》で行く。労働者だと云って強がる為である相《そう》だ。

「私《わたし》が行ったとき五人程の人が集って居ましたが、私の顔を見ると、みんなが黙ってしまいました。ええ、私はやっぱり法被《はっぴ》をきて居ました。労働者の会合を料理屋で開くなんてけしからんと私は云ってやりました。けれど、そ、それは……実は私の癖なんです。どうもみんなが、私をのけ者にして居る様な様子ですから、私は独りで出てしまいました。」

彼は自ら語る如く主義者間にも余り信用されては居ない人間であった。或《あるい》は其筋《そのすじ》からの目付《めつけ》かもしれないなど云う疑《うたがい》もかゝって居た。彼は同志の人々の思わくを薄々知って居ながらも、其跡先《そのあとさき》にくっついて放《はな》れなかった。意気地のない、小胆《しょうたん》ものである。家系を調べて見ると神経病で伯父が死んだ。父の死方《しにかた》も或《あるい》は自殺らしいと云う噂もあることが稍後《やゝのち》になって解った。

さて此男《この》はなぜに泣いたか。声を挙《あ》げて泣き出したか。拘留されて以来、彼は余りに多く恐れた。初めて審問廷へ引き入れられて、初めて捜査官の前に立ったとき、もう身内《みうち》は顫《ふる》えた。魂は悸《ふる》えた。何事か訳《わけ》の解らぬことを問われて、訳の解らぬことを答えた。日記や書信が彼の面前に展《ひろ》げられ、彼のわくわくした心の上に読みおろされたとき、そんな激しい文字を使い合って居た当時の気分が自分で了解し悪《にく》い程であった。「迫害が来た、迫害が来た。正義の為に奮闘するものは如此《かくのごとく》迫害さる。噫《あゝ》又吁《あゝ》、四五日内のニウスに注意せよ。」之は誰からの端書《はがき》であったか、匿名故《ゆえ》、何の時の事やらさえ彼は思出《おもいだ》す余裕がなかった。「神田街頭に於ける、、、、の奮闘はあっぱれ武者振《むしゃぶり》勇しかったぞ。俺も上京して応援したいんだけれども知っての通りの境遇だから悪《あし》からず思ってくれ。」之《これ》は赤旗事件の時に桃木《もゝぎ》に宛た端書である。「今夜活動写真を見る。鉱夫の二三人が手に手に持ったハッパを擲《な》げつけると、鉄のような巌壁《がんぺき》が粉韲《ふんさい》せらる。何たる痛快事ぞ。」「硝石《しょうせき》……塩酸加里《えんさんかり》。我は本日漸《ようや》く之《これ》を得たり。宿望漸く端緒《たんちょ》を開く。」「本日何某《なにがしきた》来る。彼は我党中の先輩である。余は此《この》意味に於て彼を敬す。然《しか》りと雖《いえど》も彼は実行者でない。」彼の日記は彼の衒気《げんき》、強がり、軽卒なる義憤に充《み》ちて居た。彼はもとより其《その》自署を否認するようなことを敢てしなかった。たゞしかしこんな無造作《むぞうさ》に作られた端書《はがき》や日記の文章が、どうして自分の極重悪罪《ごくじゅうあくざい》を決定する材料となるのであろうかと云うことを知らなかった。それから大《だい》それた不軌《ふき》を図《はか》ったと云うこと、丁度《ちょうど》一年半程《ほど》前に、紀州の石川を堀江の或旅館に訪問した等《とう》のことが原因であり実行であるのだと云うこと、誰が何を云って、自分が何を聞いたか。もとより時にふれ折にふれては、自分は軽挙し妄動をし居たのである。座談に一場の快を取って、その胸の血を湧かせたに止まる。二三日たてば何でもなくなってしまう。彼は一年半前の記憶を繰り出す間に、更に更に大きく叱られた。

彼はその時の光景を想い起したのだ。午後から引続いての審問に捜査官も疲れた。彼は勿論《もちろん》疲れた。動悸は少し鎮《しず》まったが夕飯《ゆうめし》は喉《のど》へ通らない。ようやく貰った一杯の茶も土臭い臭《におい》がして呑《の》み乾《ほ》すことも出来なかった。段々夜は更《ふ》けた。見張りの人が眠《ねむ》げに片方《かたえ》へ腰をかけて居る丈《だけ》で、外《ほか》に人はない、もし彼に逃亡を企《くわだ》つる勇気があったなら、こんない、機会は又とないのであったが、彼にはそんな呑気《のんき》な――今の彼としては実際それが呑気な事であった――計画を考えてる遑《いとま》がなかった。掛《か》りの人が席を引くときに、しばらく控《ひか》えて居ろと云われた詞《ことば》の中《うち》に、腰を下ろしてもい、と云う許しも出たかの様に思われたが、もし不謹慎だと云って叱られやしないかと思えば、やはり立《た》って居なくてはならなかった。足はもう感覚もないようになった。上《うえ》半身がどれだけ重いのであろうとばかり感ぜられた。頭はもん〳〵して手の中は熱い。一方の脚を少しあげて、一方の脚だけに全身を支えて見る。楽になったと思うのは一分間とも続かない。こんどは脚をかえて見る。やはり一分間ともならないうちに支えた方のが重みに堪えない。歩いて見たらいくらか苦しみが減るかもしれない。歩いて見たい。彼は思切って左の足を持ち上げた。見張の人は一心に彼を見つめている。ぎょっとして彼は又姿勢をとった。何か複雑な事を考え出して、それに全精神を集めたなら、少しはまぎれることもあろうかと思った。けれども彼は何を考えることも出来なかった。全く頭が空虚になった。雑念と云うものは何処へか追払《おいはら》われたらしい。考えれば考えるほど、腰が下《おろ》して見たくなる。長々と寝そべって見たくなる。世界中の最も幸福なものは、寝床の上に伸々と横《よこた》わることであるとしか思われなかった。彼はたゞそれをのみ希《こいねが》った。

彼は公判廷に於ける彼の訊問の時、極めて冗漫なる詞《ことば》を以《も》って、その当時のことを陳述し、自己の自白が真実でないことを、思切り悪く繰り返した。しまいにはおろ〱声になって居た。それ故《ゆえ》彼が他人の陳述を聞いて居て、堪え切れずに泣いた所因《いわれ》を、若い弁護人はすぐに悟ることが出来た。

「何と云う惨《いた》ましい事であろう。」

若い弁護人は窃《ひそか》に心を悼《いた》ましめて居た。

裁判長は一度途ぎれた訊問を、彼の泣き声の跡《あと》から進行さすことを忘れはしなかった。強《し》いて平調《へいちょう》を装《よそ》うと云う様子が見えるのでもなかった。

此《この》被告については、語るべきことが頗《すこぶ》る多い。彼はその陳述の最後にこう云うことを云った。彼は少しく吃《どもり》であった。陳述はとかく本筋を外《そ》れて傍道《わきみち》へ進みたがるので、流石《さすが》の裁判長も、一二度は注意を与えた。其度毎におど〱し乍《なが》ら又しても枝葉《しよう》のことにのみ詞《ことば》を費した。よう〱事実の押問答が済《す》む頃になると、彼は次の様なことを陳述した。

彼の云う処によると彼の自白は全く真実でない。元来彼は無政府主義者でない。只真似《まね》をしたい許《ばか》りに大言激語《たいげんげきご》を放って居たにすぎない。突然拘留の身となって、激しく取調を受けた。もう裁判もなしに殺されることだと思った。大阪から東京へ送られる途中で、彼は自殺をしようと思った。大阪を立つ時にはもう日がくれて居た。街々には沢山《たくさん》の灯《あかり》がともされて居た。梅田では三方四方から投げかける電灯や瓦斯《がす》の火が昼の様に明るかった。二人の護送官に前後を擁《よう》せられ、彼は腰縄《こしなわ》をさえうたれてとぼ〱と歩いて来た。住慣《すみな》れた大阪の市街が全く知らぬ他国の都会の様に、彼には外々《よそ〱》しく感ぜられた。自分はいま土の中からでも湧《わ》いて出て、どこと云う宛《あて》もなくうろつき廻っている世界の孤児のようにも思われる。無暗《むやみ》に心細さが身にしむのであったが、それかと云って、何が懐《なつか》しいのか、何が残多《のこりおお》いのか、具体的に彼の心を引留めると云うようなものもなかった。今大阪を離れては二度帰って来られないかもしれないと思っても、それがどれほど悲しい情緒を呼び起すのでもない。ある程度以上の感情は悉《ことご》く活動を休止したのではあるまいかとさえ思われた。無意識に歩いて無意識に停車場《ていしゃじょう》へはいった。宵《よい》の口であるから構内は右往左往に人が入乱《いりみだ》れて、目まぐるしさに、彼の頭は掻乱《かきみだ》され、何もかも忘れてしまいたい様な気がして片隅のベンチに彼は腰を下《おろ》した。眼蓋《まぶた》をあけて居るのが太儀《たいぎ》にも思われたが、人がどんな目付をして自分を見て居るであろうかと云う邪《ひが》みが先になって、彼は四辺《あたり》に注意を配ることを怠ることが出来なかった。見よ、大勢の旅客の視線が悉《ことご》く彼一人《にん》の左右に蒐《あつま》って居るではないか。中には、彼の側《そば》近く寄って来て彼の顔を覗《のぞ》いて行く無遠慮ものさえあるではないか。

「縄がついてるからなあ。」彼はこう思って、強いて肩を狭《せ》ばめて小さくなった。

思えば奇《くす》しき成行《なりゆき》であった。彼は今、天人共に容《ゆる》さざる、、罪の犯人として遠く東京へ送られるのである、やがては死刑を宣告されて、絞首台の露ともなることであろう。之《これ》が彼の本意であったか、どうであろう。彼は嘗《かつ》て牢獄に行くことを一つの栄誉とも思い、勇士が戦場に赴《おもむ》くが如き勇しさを想見《そうけん》したこともあった。しかしそれは新聞紙法違反位《ぐらい》の軽罪で、二三ヶ月の拘禁を受ける位の程度を考えたからのことであった。然《しか》るに極重悪の罪名を負《おわ》せられ、夜を日に継《つ》ぐ厳しい訊問を続けられ、果ては死を以《も》って罪を天下に謝さなければならないと云う、そんな大胆な覚悟は、彼が心中には未《いま》だ嘗《かつ》て芽を吹こうともしたことはないのであった。

彼が訊問に疲れ、棒立ちになって居る苦痛に堪えずして昏倒《こんとう》した後《のち》、考《かんがえ》がこの不可測な起因、経過、終局に及んだとき、彼は逆上せんばかりに煩悶した。それは夜も深更《しんこう》であった。昼からかけての心の顫《ふるえ》は漸《ようや》く薄らいだが恐怖は却《かえ》ってはっきりした知覚を以《も》って彼を脅《おどか》した。彼が拘禁された留置場は三畳の独房であった。戸口が一つあるきりで四方は天井の高い壁で囲ってある。息抜《いきぬき》の窓が奥の方の手も届かない処に切られてあるが、夜は戸をしめてしまう。黴《かび》と湿気《しっき》と埃《ほこり》の臭《におい》がごっちゃになった、異様に臭《く》さい部屋である。六月の末でもあるから筵《むしろ》の様《よう》な蒲団《ふとん》もさほど苦にもならず、いろ〱の悲《かなし》み、歎《なげ》き、憤《いきどお》りを載《の》せて、幾《いく》十百人の惨苦の夢を結ばせた、其《その》堅い蒲団の上に彼も亦《また》今其身《そのみ》を横《よこた》えて居るのであるが、一度去った眠りは容易に戻っては来なかった。機械のうなりが耳の傍近《そばちか》くに迫って聞えるような、押付けられた気分が段々に募《つの》って来る。今はこうして手足を伸ばして寝て居るんだが、明日の朝になったら俺はどうなるのであろう。手錠、腰縄、審問場、捜査官。そして激しい訊問。厳しい糺弾《きゅうだん》。長時間の起立。何たる恐しい事であろう。

一体俺は志士でも思想家でもないんだ。俺は一度だって犠牲者となる覚悟をもったことがない。革命と云うようなことは、俺とは関係のない外《ほか》の勇しい人のする役目なんだ。遠くからそれを眺めて囃《はや》したて、居れば、それで俺の役目はすむ訳《わけ》だ。俺は一体何を企てたと云うのであろう。一時の勢《いきおい》にかられたときは、随分飛放《とっぱな》れた言動もしないではなかったが、それは一時の興《きょう》である。興がさめたときは、俺は只の三村保《みむらほ》三郎《ろう》である。臆病な、気の弱い、箸にもか丶らぬやくざものだ。

俺の様なものを引張って、志士らしく、思想家らしく取扱おうとする当局者の気が知れない。けれども当局者はどこまでも俺の犯罪を追及する、俺は助からぬかも知れない。殺されることがもう予定されてるのかも知れない。こんな臭い部屋へ抛《ほう》りこんで現責《うつゝぜめ》とやらで俺の口供《こうきょう》を強《し》いても要求するようでは、俺はとても我慢しきれない。どうせ殺されるなら、勝手に調書をお作りなさいと云って了った方がいゝかも知れない。

彼は出来るだけ恐怖の心から逃れたいと思った。それにはどう云う風《ふう》にしたがよいのであろう。眠るのが一番に賢いことである。さもなくば、殺されることなどは決してないと決定をつけるか。死ぬとなって見て何が悲しいかと自ら諦《あきらめ》をつけるかの二つしかないのである。到底《とうてい》眠ることは出来ない。それなら殺される様に事件が成行くまいと云う予定が出来得ようか。此予定をつけるには此先《このさき》幾多の糺弾の惨苦に堪え得なければならない。さらば死を決して了《しま》えるか。こんな大きな、神秘な問題は彼に解決のつくべき筈がない。生か、死か、自白か、強情か。彼は縺《もつ》れかゝった糸巻の端《はし》をさがさなければならないと思って、気を平《たい》にしようと努めた。群がる雑念《ぞうねん》は彼の努力を攪乱《こうらん》した。一層のいらだゝしさが彼の頭の中を駈《か》けまわりはじめたのであった。彼はしばらく瞑想して見たが、とても堪え切れなくなって、そっと眼蓋を上げて四辺《あたり》を見廻した。部屋は依然として真暗《まっくら》である。先刻《さっき》眠《ねむり》からさめた時のことを思えば、いくらか明《あか》るみがましたとも見えるが、それは彼の瞳が闇になれたからなのである。彼は暗《やみ》を透《すか》してそこに何ものかを見出し、此無限の苦悶を紛《まぎら》そうと思った。何もない。壁と柱。扉の外《ほか》に窓が一つある丈《だけ》である。彼はほんのりと白い窓の障子に眼の焦点を集めた。何と云うことなしにじっとそれを見つめて居た。暫くすると窓がする

〱と開いた。人の口のようにかっきりと穴があいた。精一杯に押《おし》ひろげて、から〱と笑って居る大きな人の口とも見えた。

「おや。」彼は不思議に思って、眼を拭《ぬぐ》って見直した。窓はやっぱり窓の儘《まま》である。ぞっとして彼は俯伏《うつぶし》になった。そして蒲団を頭から被《かぶ》った。動悸が激しくし出して、冷い汗さえ肌ににじんだ。彼は死の怖《おそろ》しさよりも今夜の今が恐《おそろ》しくなった。

「誰かに来て貰いたい。」彼は一心にこう思った。

彼は起き上って戸を叩いた。どん〱叩いた。何か変事が起ったかと思わせるには此上《このうえ》の方法はないのであった。果して慌たゞしい物音がした。四つの乱れた靴の音と、佩剣《はいけん》の音とであった。僅かの時間の間に戸の外《そと》にもの云う高い濁音までがして来た。彼はふら〱とし乍《なが》らも戸の側《そば》に身を寄せて、錠《じょう》の明くのを待ち構えて居た。

具合の悪い錠をこじあける音がしてやがて戸が開《あ》いた。白服の警官が二人で、一人は提灯《ちょうちん》をかざして居《お》った。

「どうしたんだ。」尖《とんが》った声で一人がわめいた。彼は何事も耳にはいらない。只恐しいこの暗黒《くらやみ》から、人の声と、火の光がして来たのを堪《たま》らず嬉しいと思った。早く此部屋から身をぬけ出したいと云う一念で、彼は戸のあくのを遅しと閾外《しきいそと》へ飛出した。もとよりどこへ行こうと云う宛《あて》などあるのではなかった。

「こらっ。」警官は怒鳴った。そして彼の襟《えり》がみをむずと引摑《ひっつか》んだ。

「何をするんだ。」も一人の警官は、提灯を抛《ほう》りだして彼の前面に立ちはだかった。

「生意気な真似をしやがるんだい。」
太い拳《こぶし》が彼の頭の上にふって来た。背中の辺《あた》りを骨も挫《くだ》けとばかりにどやされた。彼は一たまりもなく地上《ぢべた》に倒れた。

荒狂う嵐の前には彼は羽掻《はがい》を蔵《おさ》めた小雀《こすゞめ》であった。籠から逃げようとは少しも考えては居なかった。哀れむべき小雀は魂も消える許《ばか》りに打倒れて、一言《げん》の弁解さえ口から出なかった。誤解ではあるが、警官の方でも一時は肝を潰したのであった。大切の召捕人《めしうど》として彼等は厳重に監守する責任を負わされて居た。それが仮令《たとえ》百歩に足らない距離をでも、逃亡したとなれば、役目の上、疎虞懈怠《そぐかいたい》となる。昼の疲もあり、蒸々《むし〳〵》する晩でもあり、不寝番《ねずばん》の控室ではとろ〳〵と仮寝《うたゝね》の鼾《いびき》も出ようと云う真夜中に、けたゝましいもの音、やにわに飛出した囚人、怪《おか》しいと思うよりも驚きに、驚きと云うよりもむしろ怒《いかり》に心の調子が昂《たかぶ》ったのは蓋《けだし》当然の事であった。

彼は再び独房へ押込められた。新《あらた》に手錠をさえ嵌《は》められた。起上《おきあが》り小法師《こぼし》をころがす様に、手の無い人形は横倒しにされた。撲《ぶ》たれた痕《あと》の痛《いたみ》はまだずき〳〵する。臂頭《ひじがしら》の辺《あたり》は擦剥《すりむ》いたらしく、しくしくした痛《いたみ》を感ずるとともに、いくらか血も出た容子《ようす》であったが、手がきかないのでどうすることも出来なかった。警官は叱責《こごと》やら、訓戒やらをがみ〳〵喚《わめ》いて、やがて行ってしまった。戸はばたりと閉って、錠がぴんと下《おろ》された。開かれるときは此後《このゝち》永久に来ないかのように、堅い厳しい戸締《とじまり》の音が、囚人の頭に響いた。しかし今の動揺の為《ため》部屋中の空気は生々《いき〳〵》した。重い、沈んだ、真黒な気分がいくらか引立って来た。彼は「夜《よ》の恐怖」からすっかり脱《ぬ》け出ることが出来たのであった。それと同時に彼は自らを顧《かえり》みた。そうして彼の惨めさを思った。両手は括《くく》られてしまって、身体《からだ》は木の塊《ころ》のように投付《なげつ》けられ、僅か一坪《つぼ》半の平面だけが彼の足の踏処《ふみどころ》となって居るに過ぎない。もし一歩でもこれから外へ踏出せば、大きな声にがなられ、撲《なぐ》られ、こづかれ、足蹴《あしげ》にされるのである。二言目には「死損奴《しにぞこないめ》」と。今も二人の警官が長いこと怒鳴散《どなりちら》して行った。その詞《ことば》の中《うち》で彼の鼓膜に響いたのは、「死損《しにぞこない》の癖《くせ》に」と云われたそればかりであった。「本統《ほんとう》に殺されるのであろう。」彼はこう思込《おもいこ》むと涙が溢《こぼ》れた。頬を伝《つたわ》って枕許《まくらもと》へ落ちた。ぽとりぽとりと一つ〳〵寂しい音をして涙は落つるのであった。

友達の様な口吻《こうふん》で警吏は彼を彼の家に訪問し、そして有無を云わさず警察へ引致《いんち》した。事はそれから始まったのである。之《こ》れまでとても彼は自由の尊さを知らない訳ではなかった。生噛《なまかじ》りの思想論を振廻して、「人間の最も幸福と云うことは絶対的に他より拘束せられざる生活より生ず」と云うことなどを一つの信条であるかの如くに云散《いいち》らして居た。されどもそれは彼に取っては、空論であった。長押《なげし》の額面の文字《もんじ》を眺めて居る位の感じで、自由と云う文字を遠くに置いて之を惝怳《しょうきょう》*1して居たのである。今はそれが現実となった。自分の身に振りかゝった絶対の拘束は、一足飛びに彼と「自由」との間の間隔を狭めてしまって、極めて密着した関係に於て彼は自由の耽美者、慾望者、希求者とならねばならなくなった。先刻も審問場に於て、彼は長時間の起立から許されることを絶大の幸福であると思う迄に、彼は些《さ》の自由にも無限の価値を感じたのであった。一突《つき》ついたならぼろ〳〵と崩れそうなやさがたなこの壁、此《この》扉。それでも彼には

＊1　ぼんやりとして我を忘れること。

鋼鉄で鋳上《いあ》げた一大鉄炉《てつろ》の四壁《へき》にも均《ひと》しいものである。土、釘、木片と云う物質は彼の腕力で或《あるい》は粉々になってしまうかもしれないが、それを組立て、いる無形の威力——即《すなわ》ち国家の権力は、彼が満身の力、満身の智慧《ちえ》、満身の精神を以《も》ってしても、到底破却《はきゃく》することが出来ない。彼が国家を呪い権力を無にし、社会を覆《くつがえ》そうとする間は、彼は彼の自由のすべてを捕《とら》われなければならない。更に進んでは、彼の存在そのものをも非認《ひにん》せられなければならない。

しかし彼は自ら此の如《かく》くに憎悪され、嫌忌《けんき》され、害物視《がいぶつし》される筈がないと思って居た。それで今彼が、一身《しん》を置くべき場所をだに与えられず、一指《し》を動かすべき活動をだに許されないと云うことが、決して正当なる権力の用方《もちいかた》ではないと思うのであった。斯様《かよう》にして権力の濫用を恣《ほしいま》ゝにする政治家は、事の真偽、理の当否を調査することなしに、只一概《がい》に大摑《おおづかみ》に、否《いな》むしろ虚を実と誣《し》い、直を曲と邪《ひが》み、何《なん》でもかでも思想の向上、流布《りゅうふ》を妨止《ぼうし》するのであるとも思わざるを得なかった。

彼は忿然《ふんぜん》として此《この》圧力に反抗しなければならないといきまいた。自分が斯《こ》うして牢獄の苦を嘗《な》めて居ることはむしろ誇るべきことなのではあるまいか。こう思って来て彼は心の緊張を知覚した。

俺は志士となった。思想家として扱われて居る。頑冥《がんめい》なる守旧家の手によって捧《さゝ》げらる新社会の祭壇の前の俺は犠牲だ。俺の犯罪の性質は之《これ》を天下に公言することが出来る。俺の犯罪は、俺の個人的利害、職業、感情、乃至《ないし》財産との関係ではない。俺の主義、俺の思想、俺の公憤と犯罪との関係である。彼等に忌《い》まれ、憚《はばか》られ、恐れられる丈《だけ》それだけ、俺は名誉の戦士として厚く待遇せらるゝ訳だ。俺の肉体は苛責をうける。或は傷つき或は戕《そこな》われるであろう。けれども俺の心霊は何もの、暴力に抗《あらが》いても、安かに平和に宏大に活《い》きて居ることが出来る。正義の上に刑罰の笞《しもと》*2の下った例《ためし》は、古今を通じ東西に亙《わた》りて、何時《いつ》の時代にもどんな処にでも起ったこと、起り得ることである。笑って笞《しもと》を受けた囚人は、後には泣いて追慕の涙に滲《にじ》んだ弔辞を受ける先覚者である。俺もそうだ。今にそうなる…………。

女々しい涙を揮払《ふりはら》って彼は起上《おきあが》ろうとした。手の自由が利かないので、一寸《ちょっと》起《た》つことが出来ない。やけに手錠を外《はず》して了おうとして、両足をかけてぐっと押した。手首よりも掌《てのひら》は勿論大きい。そんなことで手錠が外れそうのことはない。押した力で手錠の鉄が彼の肉や骨に喰入るように痛むのであった。「ああ。」彼はぐたりと又倒れてしまった。

彼が東京へ護送せらるゝ為梅田の停車場《ていしゃじょう》から汽車にのったのは、それから二日後の事であった。

「私《わたし》はとても助からないと思いました。汽車に乗ってからも、死んで了うと覚悟しました。窓の側《そば》に坐って外を見ていますと、すっかり日はくれて、外は真暗です。飛びおりてしまえばすぐに死ねるんだとは思っても、いざとなると一寸思切《おもいきり》が出来ないでいるうちに、汽車はどんどん進行して行きます。愚図《ぐず》愚図して居ると機会がなくなって了うと思って気がわく〳〵します。どうもいゝきっかけがありません。すると私は自分の懐中《ふところ》に少許《すこしばか》りの小遣銭《こづかいせん》が残って居るのを思出しました。へい一円六十五銭程でした。どうせ死ぬなら、之で甘いものを食ってからにしよう…………」

たどたどしいものゝ云方《いいかた》で彼は喋続《しゃべりつづ》けて来た。其《その》話の道行が風変りなので、法官も弁護人も共同被告も、

＊2　底本では「苔」となっている。

ゆるやかな心持になって之を聞いて居た。人が今死ぬる覚悟をしたと云う悲惨な物語を聞いてるとは思われない程、それが可笑味《おかしみ》を帯びたものであった。しかし本人自らはどこまでも真面目《まじめ》である。

「それから警官に願って、洋食を買いました。米原《まいはら》であったと思います。私は洋食をすっかり食べてしまいましたが、どうせ死ぬなら急《せ》くことはないと思いました。」

誰《たれ》だかこっそりと笑声をもらしたものがあった。

「大阪ではあんなに厳しかったが。東京へ行ったら、ちったあ模様が違うかもしれない。その様子によって覚悟しても遅くはない。私はこう思いまして死ぬのは見合わせました。

東京へ来て見ると、やっぱり厳しい。むしろ大阪よりも一層厳重なお調《しらべ》です。もうだめだ、とても助からない。死ぬのはこゝだ……。へい、全くです。私は…………」

彼は法官席を見上げた。そして裁判長がそれ程感動したらしくも見えない顔付であるのを見て取って、彼は躍気《やっき》となった。

「決して嘘じゃありません。私は本統《ほんとう》に死ぬ積りでした。兵児帯《へこおび》*3で首を……。首を……」

彼はどうにかして自己の陳述に確実性を与えたいと思った。後の方を振返ると、看守長の宮部と云う人が、被告席の一番後の片隅に椅子に凭《よ》って居るのを見付けた。彼はその看守長を指さし乍《なが》ら、

「あの、あの方でした。看守長さん……、宮部さんでした。ねえ。」

彼は看守長を証人にしようと思った。宮部さんは仕方なしに首を上げて被告の後向《うしろむき》になった顔と自分の顔とを見合せて、「お前の云う通りだ」と云う暗示をした。

「貴方がとめて下さいました。私が、首を……。首をやってしまおうと云うとき……。実に其時は危機一髪でしたねえ。」

先程から忍んで居た笑が一同の頬に上《あが》った。彼の調子外れの声が、「実に危機一髪でしたねえ」と云ったとき、誰も誰も其容貌の厳格さを保って居ることが出来なかった。流石《さすが》の裁判長の目許《めもと》*4にも愛嬌が見えた。

「これはどう云う風に考うべきであろうか。」若い弁護人はこう思って黙想した。

彼は最も多く死を怖れる。しかし彼の恐怖は死其《その》ものに対してゞはない。死に至るまで持続せられて行く生に対する脅《おどか》しを恐れたのである。殺されると云うそのことが彼には堪え難い惨苦を想わせたのである。殺されることなら一層自ら死のう。それが無造作な彼の覚悟であった。その覚悟が出来たのちも彼は尚口舌《なおこうぜつ》の慾《よく》を貪《むさぼ》ることを忘れはしなかったのである。之《こ》れを以《も》って彼は生を愛したものだとも云得《いいう》るかもしれないが、むしろ之《これ》は、彼が死そのものを真に求めて居るのでもなく、又死そのものを真に恐れて居るのでもないと云う方に解したらよかろう。それ故彼は洋食を食って十分食慾を充たし得たとき死と云うことから全く離れてしまったではないか。東京の模様によっては必ずしも死なずにすむかもしれないと考えた。即ち彼の生に対する脅《おどか》しさえなくなれば、彼は死ぬほどのことはないとも思った。生の執着からでもなく、死の恐怖からでもなく、只目前の苦痛が彼を、いろ〳〵に煩悶させたにすぎない。死んでしまった

＊3　細長い布を適当な長さに切っただけの簡単な帯で、子どもや男性のおとなが用いる。

＊4　このふりがなは、底本では「めばかり」となっているが、誤植と解して訂正した。

方が楽でありそうだから死ぬ。もしそれよりも楽のことがあればその方法を採《と》ろう。何《いず》れにしろ今の苦艱《くかん》から免《まぬが》れたい。彼は頗《すこぶ》る単純に考えたにとゞまる。彼が二度目の自殺を企てたとき看守長の為にとめられた。此障礙《しょうがい》は寔《まこと》に偶然のことである、彼はこの偶然の障礙を呪おうともせず、又此偶然さえなくば自分はもう死んで居たのであると云う苦悶をも考えずに、彼は「危機一髪」であったと只思ったに過ぎない。彼から見れば、死も生も同一の事の様にも取扱われてるらしい。彼は第三者の地位に立ちて自己の自殺を客観して語ることが出来る。何もかもすっかり超越しているとも見える。「死と生とは天才にとっては同じことだ」と云った杜翁《とおう》*5の言を以ってすれば、彼も天才であると云わなければならない。若い弁護人は今更らしい真理の発見者であるかの如く心に微笑した。

＊　＊　＊　＊　＊

時は明治、、、年一月、、日。一代の耳目を聳動《しょうどう》せしめた某犯罪事件の判決の言渡のある日である。開廷数時間前既《ぜんすで》に傍聴席は満員となった。傍聴人は何《いず》れも血気盛んな、見るから頑丈な、腕っぷしの強そうな人のみであった。何しろ厳冬の払暁に寝床を刎起《はねお》きて、高台から吹きなぐる日比谷ケ原の凍った風に吹曝《ふきさら》され、二時間も三時間も立明《たちあか》し、狭い鉄門の口から押合いへし合って、やっと入廷が出来ると云う騒ぎだから並《なみ》一通《とお》りの体格の人では、とても傍聴の目的を達することが出来ないのである。其多くは学生の装《みなり》をして居た。労働者らしい人も多かった。牛込の富久町《とみひさ》*6から日比谷*7にかけての道筋、裁判所の構内には沢山の警官が配置され、赤い帽子の憲兵の姿も交《まじ》って居た。入場者は一々誰何《すいか》され、携帯物《もちもの》の取調を受けた。一挺の鉛筆削《けずり》でも容赦なく留置された。法廷内は殊に厳重であった。被告一人に一人宛《づゝ》の看守が附いて被告と被告との間には一人宛必ず挟《はさま》って腰を掛けて居た。裁判官、検察官、書記が着席し、弁護人も列席して法廷は正しく構成された。

裁判長は、判決文の朗読に取掛った。主文は跡廻《あとまわ》しにして、理由から先《ま》ず始めた。

判決の理由は長い長いものであった。

裁判長の音声は、雑音《ぞうおん》で、低調で平板である。

五六行読進んだときに、若い弁護人は早くも最後の断案を推想した。

「みんな死刑にする積《つもり》だな。」彼はこう思って独《ひと》り黯然《あんぜん》とした。

今や被告人の脳中には大なる混乱が起った。苛立しい中《うち》に生ずる倦怠。強いて圧殺《おしころ》した呼吸遣《いきづかい》、噛みしめた唾、罪悪とは思うことの出来ない罪悪の存在に関する疑惑。剥取《はぎと》られた自由に対する呪詛。圧迫に堪切れなかった心弱さ。、、、、*8を以ってする陥穽《かんせい》の威力。不思議な成行きに駭《おどろ》く胸。爆《ばく》せざる弾《たま》の行方。無意義な文字《もんじ》が示したと云う有意義の効果。あらゆる情緒、あらゆる想像、あらゆる予望が、代る代る彼等の目の前に去来した。それも僅か十分か十五分かの後《のち》は、一切が鉄案となることが前提されて居るだけ、それだけ彼等の神経は昂奮もし、敏感にもなって居たのであった。

＊5　ロシアの作家、レフ・トルストイのこと。この当時、人道主義と強権政治否定の思想を体現する作家として、日本の文化・思想に大きな影響を及ぼしていた。本書収載の與謝野寛「詩二編」のうち「誠之助の死」にもそれが反映されている。

＊6　東京監獄は牛込区市ヶ谷富久町にあった。

＊7　日比谷の東京地方裁判所の構内にある大審院の第二号法廷で判決が言い渡された。

＊8　伏字は「国家権力」か？

とうとう朗読は終った。何が説明されてあったかと云うことについては、誰しも深い注意を与えなかった。人は只結論を聞かんことを急いで居たからである。

主文の言渡に移った。裁判長は一段と威容を改めた。声も少し張上げられた。

嗚呼《あゝ》。死刑！　三人を除いた外《ほか》の二十幾人は悉《ことゞ》く死刑。*9 結論は斯《かく》の如く無造作であった。

主文を読終ると裁判官が椅子を離れるとの間は、数えることも出来ない短い時間であった。逃ぐるが如しと云う形容詞はこゝに用いることは出来ないが、その迅速さは殆ど逃ぐるが如しとでも云いたいのであった。もとより慌てた様《さま》はなかった。取乱したところも見えなかった。判官としての威厳と落着《おちつき》とは十分に保たれながらも、何にしても早いものであった。嘗《かつ》て控訴院の法廷にこう云うことが起った。強盗殺人かの兇暴な被告であったが、判官は型の如く居並んで、型の如く判決の主文を朗読した。「被告、、、、を死刑に処す」。神妙に佇立《ていりつ》して判決の言渡を受けて居た被告は、此主文の朗読を聞くと等しく、猛然としていきり立った。「この頓痴気《とんちき》野郎が」と云い様足許《ざまあしもと》近くに置いてあった痰壺《たんつぼ》を取上げて判官目がけて投げつけた。幸にそれは法官席の卓子《てーぶる》の縁《ふち》に当って砕けた為、誰も負傷がなくて済んだ。人間は死ぬと云うことより大きな恐怖はない。殺されると定《きま》ってしまえば、世の中に恐しい者とては何もない。野性、獣性を発揮して思う様《さま》暴れてやろうと云う兇暴な決心をするのは、斯の様な被告には、有勝《ありがち》なことである。

今二十幾人を一時に死刑を宣告した法官諸氏は、果してこんな出来事が起るかも知れないと心配して居たのであろうか。否《いな》それはそうではない。法官諸氏は判決の言渡をする迄がその任務である。任務さえ終れば、法廷には用のない体である。それで席を引いた。その外に何の理由もあるまい。

しかし若い弁護人は之に理由がつけて見たかった。日本の裁判所が文明国の形式によって構成されてから三十有余年、其間《そのかん》に死刑の宣告をした事案とて少くない数でもあろうが、一時に二十幾人を死刑に処したと云う事件は、此事件唯一つである。法を適用する上には、判事は飽迄《あくまで》も冷静でなくてはならない。人の生命は如何にも重い。之を奪うと云うことは、如何にも忍びない処である。只夫《そ》れ国法はそれよりも重く、職務は忍ぶ可《べか》らざるものをも忍ばざるを得ざらしめる。仮令《たとい》何程の愛着があり、何程の未練があっても、殺すべき罪科に該《あた》るものは、殺されなければならない。一人と云わず、十人と云わず、百人と云わず、事件に連《つらな》った以上は、数の多少は遠慮すべきことの問題とはならない。それで此事件に於ても多数の死刑囚を出した。判官は克《よ》く忍びざるを忍んだと云うべきである。此点に於て誰人《たれびと》か判官の峻刻と無情とを怨《うら》むべきぞ。されども し判官に、哀憐の情があるならば、殺さるべき運命の下《もと》に置かれた被告等が今や死に面したる痛苦に対しては、無限の同情を寄せらるべき筈である。試《こゝろみ》にその法服法帽を脱ぎ玉《たま》え。此被告等を自由の民たる位置に置き玉え。そして諸公と被告等とが同じ時代同じ空間に、天地の成育を受けた同じ生物なりと観じ玉え。誰か諸公の生命を奪わんとするものがあろう。諸公亦《また》何の故を以って被告等の殺戮を思うべき。法を執《と》る間は人は即《すなわ》ち法。然《しか》らざる時は、判官諸公も即ち人である。人としての諸公が、人としての死刑囚に対したとき、その顔を見るに堪えずとして、自らの顔を背け、寸時もその席にある能《あた》わざるの態《たい》を示して、出来得るだけ迅速に、しかも威容を乱さずして、その席を退《し》かれたこと、之《こ》れ人情の

＊9　被告二六人のうち二四人に死刑判決が下された。「三人を除いた外」云々は「二人を除いた外」の誤植。

真の流露と見るべきではあるまいか。

若い弁護人は斯《かく》の如く推断して、善意を以って判官諸公を見送った。

傍聴人は最初より静粛であった。宣告を聞いてからも、一語を発する者もなかった。退場と云うときにも、唯々《いゝ》として列を正しく出てしまった。固《もと》より自分一身に関係したことではない。彼等は自らの生活の為、泣き惑い、悶《もだ》えあがきこそすれ、それがこの事件と何の連絡があろう。彼等は彼等の好奇心をさえ満足させればそれでいゝのである。法廷の状況、被告の顔付、新聞の号外よりはいくらか早く知ることの出来る判決の結果。それ等の希望は悉く達することが出来た以上に、彼等に何の慾求があろう。

被告銘々にそれ〴〵酌量すべき情状がなかったか。有っても之を判官が酌量しなかったか。それは判官として正当な遣方《やりかた》であろうか。中心となるべき四五人の関係事実と、其他の多数者の関係事実とが、全くかけ離れて居るものを、必ず一つの主文にしてしまわなければならないと云う法則でもあるのであろうか。それよりももっと重大な影響——かくも容易に多数の死刑囚を出したことより生ずる重刑主義の影響が、国民の精神教育にどんな利弊《りへい》を来たすであろうか。……之等幾多の疑惑は決して傍聴人には起らなかった。文明の裁判制度と云うものは斯程《かほど》迄に国民の信頼を受けつゝあるのであった。

若い弁護人は、目前に現われた死刑の宣告の事実を打消すことは出来ない乍らも、之が真実の出来事であるとはどうしても思えなかった。二十幾人が数日後に死ぬ。いやどうして死ぬものか。此矛盾した考《かんがえ》の調和に苦《くるし》んだ。忽《たちま》ち一つの考が頭の中に閃《きら》めいた。嗚呼、判官は深く考えて居る。被告等は決して殺されることはない。一審にして終審なる此判決は宣告と、もに確定する。之を変改することは帝王の力でも為能《なしあた》わざる処である。死刑は即ち執行せられ、彼等はみんな殺される。けれども彼等は死《しな》ない。判決の変改は出来なくとも、その効果は或《ある》方法によっては動《うごか》し得ないでもない。或方法……或方法……。

　若い弁護人は自分の席を起《た》って、被告席の方へ足を運んだ。自分の担任した二人の被告にある注意を与えようと思ったが為であった。其被告は犯罪の中心からは遠く離れて居たものであった。予審及捜査に関する調書上の記述よりも、被告が法廷でした供述を重んずると云う主義の裁判官であるならば、彼等は当然無罪となるべきものであった。少くとも不敬罪の最長期五年の科刑が適当のものであった。何分にも今の裁判所では、予審及捜査に関する調書の証拠力に絶対の価値が附せられてある。事実の真相と云うものは、検事及予審判事が密行して調査した材料から組立てらるべきものであると信ぜられてある。調書は法律知識のある判検事が理詰で作上げたものであるから《(ママ)》。前後一貫、些《さ》の矛盾や破綻を示さない。被告が公判に附せられたとき、被告の罪科は既に決定して動《うごか》すべからざるものとなって了って居る。此意味に於て今の公判は予審の復習である。予審判事、検事が、極端に被告の自供を強要するの悪習は、この調書に絶対の証拠力を附すと云う公判判事の無識、無定見から由来して居ると云ってもいゝ。此事件の如きは殊に調書の作成に苦心したらしかった。一代を震駭《しんがい》すべき重大犯罪事件の調書として、其数頁を繰《く》ったものは、誰でも被告の自白なるものが、絶倫なる記憶力と放胆なる蛮性からでなければ、決して供述することの出来ない事実の供述から出来上って居ることを看出《みだ》し得たであろう。火を放って富豪を劫掠《ごうりゃく》しようと企てたとか、電気を東京全市に通じて一夜に市民を焚殺《ふんさつ》する積りであったとか、聞くだに戦慄すべき犯罪計画を極めて易々《いゝ》と喋散《しゃべりちら》して居る。斯の様な調書が存在して居て、それが裁判所の証拠資料の唯一無二なるものであるとすれば、被告はどこにも逃る、途はない。若い弁護人は、其担任に係る被告人に対して、何時《いつ》も気安《きやすめ》を云ったことはなかった。彼等が無罪を信じ、軽い処刑を信じて居たときも、弁護人は常に首を振った。

「そんな勇気のある裁判官は無いからなあ。」

しかし彼とても時々もしやと云う考を起さなかった訳ではない。もし裁判官に、洞察の明と、果断の勇とがあるならば、……もしその明と勇とがあつならば……。被告等は無罪となるかも知れない。こう思って終始法廷の模様に注意した。被告等の公判に於ける陳述を聞いて居ると、どうやら楽観的の気分にもなって、之れなら大丈夫かも知れないと心に喜悦を感じて法廷を出る。が、家へ帰って調書を飜《ひるが》えすと、何たる恐しき罪案ぞ、之《こ》れでは到底助からないと悲観しなければならなくなる。その悲観が事実となってしまって、被告等の予期は全く外れた。彼等は矢張死刑に処せられた。若い弁護人は彼等の失望、落胆が忿懣《ふんまん》に変じ、若《も》しくは自棄となって、どんな無分別を起さぬとも限るまいと思ったから、慰藉《いしゃ》とある希望とを与えたいと考えて、静に被告の席近く進んだのであった。

被告席は四列になって居て、彼の担任せる被告等は第三列目の中程に居た。彼はその第四列目の右手の通路を隔てた処に、女囚の真野すゞ子が独放《ひとりはな》れて、一人椅子《いちにんいす》に凭《よ》ってるのを見た。彼女は彼を見て黙礼した。彼も同じく黙礼した。一語をも交したことのない女と、一語を交すこともなく別れて了うのだと思って、彼はある種の感じに撲《う》たれた。

訴訟法上の形式として、総《す》べての取調の終了したとき、裁判長は被告等に最後の陳述を許した。此許《このゆるし》に応じて陳述したものが二人あった。その一人はすゞ子である。

「長い間御辛労《ごしんろう》をかけましたが、事件も愈ゝ今日でお仕舞《しまい》となりました。私はもう何も申上ぐることもありません。又何も悔いる処はありません。私が只残念なのは、折角の、、が全く、、に終ったこと[*10]、それ丈であります。私が女だったものですから、……女はどうしても意久地《いくじ》がないものですから……。それが私の恥辱です。私共の先人には、勇敢、決行の模範を示して死んだ人が沢山あります。私はその先人に対して寔《まこと》に済まないと思います。私は潔《いさぎよ》く死にます。之が私の運命ですから。犠牲者はいつでも最高の栄誉と尊敬とを後代から受けます。私もその犠牲者となって、今死《し》にます。私はいつの時代にか、私の志のある所が明《あきらか》にされる時代が来るだろうと信じて居ますから、何の心残りもありません。」

彼女がこんな陳述をして居たとき、若い弁護人は、片腹痛いことに思った。彼女は何ものだ。何の理解があると云うのだ。云わでものことを云いふらし、書かでものことを書散らし、警察の厳重なる取締を受けなければならなくなって、無暗《むやみ》と神経を昂《たかぶ》らせ、反抗的気分を増進させ、とゞのつまりは此《かく》の如き犯罪を計画をした。それが何の犠牲者である、何の栄誉と尊敬とが報いられる。元来当局者の騒ぎ方からして仰々しい。今にも国家の破壊が行われるかのように、被告が往返《おうへん》する通路には、五歩に一人宛《づゝ》の警官を配置する。憲兵で裁判所を警戒する。裁判官、弁護人にも護衛を附す。こんなことは、彼女等をして益ゝ得意にならせる許《ばか》りである。革命の先覚者たるかの如くに振舞う彼女の暴状を見よ。苦々《にがにが》しいことだ。

＊10　伏字は「計画」か?

「私は一つお願《ねがい》があります。」彼女は尚《なお》饒舌をやめない。

「私はもう覚悟して居ます。此計画を企てた最初から覚悟して居ます。どんな重い罪科《おしおき》になってもちっとも不満はありません。けれども、私以外の多数の人々です。この人達は私共とは何の関係もありません。こんな犯罪計画は多人数を語《かた》って居ては、とても成就することが出来ないものだと、最初から私は気付いて居ました。ほんの四人っ切りの企《くわだて》です。四人っ切りの犯罪です。それを沢山の連累者《れんるいしゃ》があるかの様に、検事廷でも予審でもお調をなされました。それは、全く誤解です。その誤解の為、どれ丈け多数の方々が苦しみましたか、貴方方《あなたがた》ももう御存じでいらっしゃいます。此人達には年老《としと》った親もあり、幼い小供もあり、若い妻もあります。何も知らない事でもし殺されると云うようなことになりましたら、本人の悲惨は固《もと》より、肉親や知友もどれ丈けお上《かみ》をお怨み致しましょうか。私共がこんな計画を企てたばっかりに、罪のない人が殺される。そんな、そんな不都合な結果を見るようになりますと、私は……、私は……。死んででも……、死んでも死切れません………」

彼女は段々に胸が迫って来た。涙が交《まじ》って声は聞取れなくなった。

若い弁護人も、彼女の此陳述には共鳴を感じた。いかにも女の美しい同情が籠って居ると思った。人間の誠《まこと》が閃《ひらめ》いて居るとも思った。本統《ほんとう》に彼女の云うことを採上《とりあ》げて貰いたいと、彼《かれ》自《みずから》も判官の前に身を投掛けて哀訴して見たいとも思った。

それもこれももう無駄になった。彼女の顔を見たとき弁護人は刹那にその当時の光景を思起したのであった。

彼女は美しい容貌ではない。たゞ口許《くちもと》に人を魅する力が籠《こも》って居た。両頬の間はかなりに広く鼻は低かった。頬の色は紅色を潮《ちょう》していつも生々《いき〳〵》して居た。始終《しゞう》神経の昂奮がつゞいて居たせいかもしれない。或は持病であると云う肺結核患者の特徴が現われて居たのかも知れない。被告等も退廷する時になった。彼女は一番先になって法廷を出る順序となっている。若い弁護人が彼(ママ)に黙礼した後直《たゞち》に、彼女は椅子を離れた。手錠を箝《は》められ、腰縄がつけられた。彼女は手錠の儘の手でかゞんで、編笠をとった。こゝを出てしまえば、彼等は再び顔を合すことが出来ないのである。永久の訣別である。彼女は心持背延《こゝろもちせのび》をしてみんなの方を見た。彼女の顔は輝《かがやか》しく光った。すきとおった声で彼女は呼んだ。

「皆さん左様なら。」云いさま彼(ママ)は笠で面を蔽《おお》うた。すたすたと廷外へ小走りに走り出《い》でた。

彼女の最後の一語が全被告の反抗的気分をそゝった。

「、、、、萬歳。*11」

第一声は被告三村保三郎より放たれ全被告は一同之《これ》に和した。

「、、、、、、、。*12」

若い弁護人は耳許《みゝもと》から突然《だしぬけ》に、嗚呼の声を聞かされて、一時は呆気《あっけ》にとられて居た。けれども之を以て、彼等が真に、、、主義*13に殉ずるの声とは聞くべからざるものであった。此叫声《さけびごえ》が彼等の信念から生れたものであると誤信する者は、此犯罪事件が彼等の信念から企画されたと誤信すると同

*11　伏字は「無政府党」。
*12　伏字は「無政府党萬歳」。
*13　伏字は「無政府」。

じ間違を来たすであろう。彼等は判決に不服であった。事情の相違、酌量の余地を全然無視した判決を彼等は呪った。その不平の声の突発が即ち「、、、、、、」[14]となったのである。

若い弁護人は確《たしか》に斯《かく》の如くであると解釈して自分の担任する被告の方を見た。その一人の如きは丸《まる》で悄然《しょげ》かえって居る。とぼ〱して足許も危《あぶ》な相《そう》に見える。若い弁護人は第二列目と三列目との間の通路に身を置いて、自分の目の前を横切って、廷外に出《い》でようとする二人の被告の耳に口を寄せた。

「落着いていろ。世の中は判決ばかりじゃないんだから。」

彼はこう云って、此詞《このことば》の意味が被告等に理解されたらしいのを見て、少しく安心した。

「い、え。もうどうなるもんですか。」

荒々しい調子で彼の詞《ことば》を打消しつゝ、通りすぎたものがあった。見ると柿色の囚人服を着た外山直堂《とやまちょくどう》であった。

此者《このもの》は僧侶で、秘密出版事件で服役中、此事件に連座したのである。彼の法廷にありての、言語動作は終始捨ばちであった。訊問の際職業を問われたとき

「、、宗[15]の僧侶でありましたが、此度《こんど》の事件で僧籍を剥奪されました。私は喜んで之を受けました。」と答えて新聞種を作った男である。

「あ、、救うべからざる人間だ。彼は全く継子《まゝっこ》根性になってしまった。」若い弁護人は、殊更《ことさら》に気丈さを装うらしき此男の囚人姿を目送した。

弁護士控所は人いきれのする程、混雑して居た。どの顔にもどの顔にも不安と、驚きと、尖《とんが》った感情の

色が浮んで居た。

「みんな死刑って云うことはないや。」

「検事の論告よりも酷い裁判だ。」

「本気なんだろうか。」

「なに。萬歳を叫んだ。、、、の。」*16

「秋山も叫んだそうだ。」

「あんまり云わん方がいゝぞ。」

若い弁護人は自分の担任した被告の妻と妹とに判決の結果を通知する電報を認《したゝ》めなければならなかったが、こんなにごたついて居る処では、それを認《したた》める余席もないと思って、廊下へ出た。身を切る様な冷たい風が大きな階段の口から彼の熱した顔を吹つけた。心持が清々《せい〳〵》したように感じた。

「どうでした。」

彼の肩をそっと押えたものがある。見ると、、新聞の記者であった。

「いや、どうも。」彼は成るべく会話を避けようとしたが、記者は畳《たゝ》みかけて問出《といだ》した。

「あの通り執行する積りでしょうか。」

「えゝ。」彼が問の意味を解しなかったと見て取って記者は註釈を加えた。

---

＊14　伏字は「無政府党萬歳」。

＊15　この「外山直堂」は内山愚童がモデルと考えられるので、伏字は「曹洞」と読むべきだろう。

＊16　伏字は「無政府」か？

「判決通り、みんなを死刑にするんでしょうか。」

「それは勿論さ。」彼は腹立しげにこう答えた。

「だってあんまり酷《ひど》いじゃありませんか」と記者は云った。此時彼は鋭い論理を頭に組上げて居たが、それが出来るとすぐ記者に向って反問した。

「此判決には上訴を許さないんだぜ。一審にして終審なんだ。言渡と同時に確定するんだ。確定した判決は当然執行さるべきものである。君はどう思う。」

「それは無論そうです。ですが………」

「執行されないかも知れないって云うのか。君は、判決の効力に疑《うたがい》をもっているんだね。」

「疑を持ってるって云う訳ではないんですが………」

「いや疑ってる。」彼は相手を押付《おさえつ》けて、

「判決通り死刑を執行するだろうかと云う疑問が出る以上は、本気になって言渡した判決であろうかと云う懸念が君にも潜在して居るんだ。こうして判決はして置くが、此判決の儘《まゝ》には執行されないだろうと、裁判官自《みずから》がある予想を打算して居たんだと云う疑惑が、続いて起って来《く》べき筈だ。君の疑問を推論して行けばだね。」

「いかにもそうなって行きます。」

「よろしい。要之《これをようするに》威信のない判決だと云うことになる。司法権の堕落だ。」

終りの方は独語《ひとりごと》の様に云放《いいはな》って、彼は忙しげに階段を下りて構内の電信取扱所へ行った。頼信紙をとっ

て、彼は先ず
「シケイヲセンコクサレタ」と書いた。けれども彼は之丈《これだけ》では物足らなさを感じた。受取った被告の家族が、どんなに絶望するであろうと想いやった。

「構《かま》うものか。」彼は決然として次の如く書加えた。

「シカシキヅカイスルナ。」

彼は書終って心で叫んだ。

「俺は判決の威信を蔑視した第一の人である。」


（大正二年七月十七日稿了）

# 発売禁止に就て

平出修

一

余の近作小説「逆徒」を掲載した為《※ため》先月の太陽が発売を禁止された。もし之《これ》が余の主宰する雑誌の上に起ったことであったなら、余は何にも云わずに置くかも知れない。只《たゞ》事が太陽雑誌に就いて起った。而して斯《この》雑誌は創刊以来十有九年の長き間嘗《かつ》て一度も発売禁止処分を受けたことのない立派な歴史を持って居る。穏健であって保守に陥いらず、進歩を考えて、奇矯に趨《はし》らず、一代の名流を寄書家とし日本に於ける知識階級を読者とする処は、斯雑誌が、社会の信用を得来った所以《※ゆえん》の賢き態度である。斯《※こ》の様な歴史と態度とをもった雑誌太陽が秩序紊乱《※ぶんらん》の廉《かど》を以って警察処分を受けた。それが余の作物《さくぶつ》を掲載したからだと云うのである。余は自分一箇の都合だけを考えて黙って居ることは出来なくなった。

余は先ず芸術と政治と云うことから議論を進めて行く。

第一、如何なる頑冥の政治家と雖も、芸術の存在其ものを否認するものは、恐く現代には生きて居ない筈である。武断一片の人でも試に外国に行ったとして見る。日本にどんなものがあるかと問われたとき第十世紀の古《いにしえ》に、源氏物語と云う小説があると答えて、其芸術上の解説をして与えたなら、問をかけた外国人は、此《この》偉大なる作品に十分の敬意を表するに違いない。その讃辞を聞いた政治家は、国威を宣揚すると云うことは、必ずしも軍艦と銃砲との力を以ってすることではないと云う真理を悟り得るであろう。日本の政治家は政治を以って唯一最高の地位に置き学問芸術等の諸活動は悉《ことごと》く政治を為《※な》す為《ため》の方便として考える人が多いから、其《※そん》様な人達に訳《※わかりやす》易い様に、芸術と国威宣揚との関係を例示した。此説明をも少し進めて云おう。日本の政治家は、日本が世界の文明に貢献することの尠《※すく》ない――むしろ絶無とも云うべき二千五百年来の歴史を酷《ひど》く不満足に思って居る。之は日本国民として誰しも抱く残念さではあろうけれど、就中《なかんずく》政治家は口癖のように之を云散《※いいち》らして居る。しかしそう云う人達から考えて貰いたい事がある。それは世界の文明に貢献すると云うことは、何ものを以ってするのであろうかと云う具体的の問題についてである。まさか戦《※いくさ》に強いと云うことがそれでもあるまい。それなら政治か。日本がいくら政治組織を完全にしようと計画しても差当り立憲政治以上の善良な組織の発見が出来相《できそう》にもない。一生懸命の努力を尽して、今より十倍も賢くなって、そして大和民族が本統の世界的貢献をなすべき余地は、学問芸術に於て始めて発見し得るのだ。此学問芸術を蔑視して、而《しか》して国威の宣揚を考えることは、古い諺だが木に縁《よ》って魚を求めるの類である。之丈《※これだけ》のことは日本の属僚政治家にも合点の行く論理であろうし、此位の事が未だ訳《わか》って居ない人がもしあるなら、余の此平易な文章の一篇を読めば容易に理解し得るであろう。故に余は芸術の存在其ものを否認する政治家は、現代に生きて居ない筈だと命題することを改めない。

第二、余は芸術至上主義を振り廻そうとは思わない。又進歩したる芸術論は芸術と道徳の関係を論ずるに、芸術至上主義などを楯にはしては居《お》らない。（序《ついで》に云う、前号太陽の浮田氏の文芸と道徳論は新らしい見方と云うことは出来ない）然るに茲《ここ》に政治至上主義と云うものが日本に流行して居る。此主義の誤謬の甚しいことは、芸術至上主義の欠点などに比較すべくもないものである。

此点を説明する便宜上、上田博士（敏）の訳筆を籍《か》りてマアテルリンク*1の理性三界の説を少しく引用する。

人間の道徳は意識無意識の理性に於て形作られる。是等《これら》の理性を三界に分つことが出来る。其下底には最も重く、最も濃い、最も普通なる「常識」が横《よこた》っている。それより稍《やゝ》上に、既に、利用享楽と云う思想に向上しようとする「道理」と云うものがある。最後にすべての向上に当って、想像或は感情の要求又は人間の意識生活を其無意識生活と及び内外未知の勢力とに結付ける百般の要求を是認しつつも、又及ぶ限り厳正に制馭するものがある。これは全般の理性中にあり乍《なが》らそれと判定し難い一部分で、吾等は之に「不可思議の理性」と云う名を与える。（思想問題――新道徳説三五五頁）

扨《さ》て政治は何れの世界に行われて居るであろう。第一の常識の世界。此世界に臨んでは政治は殆《ほとん》ど無限の支配力をもって居るとも見らるる。そしても少し進んだ政治は、第二の道理の世界にも相当の勢力を振うことが出来る。けれども此世界ではもう絶対の支配力はない。少くも科学研究の自由は政治の支配力を無視して、嶷然《きょくぜん》としてそれ自らの分野を保って居る。しかも世界的理法はそうすることが正義に適って居るものだとして怪むものはない。更に第三の不可思議の理性界即《すなわち》想像力の世界は全く政治の力を以ってどうすることも出来ない、丸で掛けはなれたものである。或《※あるい》は日本の政治家などには、此《※こん》様な世界の存在を考えることすら堪《※た》え得ないものが沢山あるであろう。「常識」と呼び「道理」と名づけた智力の二方面に絶対的確信を帰依して、何事も功利的実証的唯物的合理的に解決して行こうとすることが、現代思潮の一つの潮流であって、殊に此思潮の大波は日本に於ける政治の世界を全然押包《※おしつゝ》んで居る。斯様な世界にのみ慣された、痴鈍な神経で、不可思議の世界に於てのみ接触することを得べき微妙なる人間の活動を観察しようと企てても或は無効になってしまうかも知れない。それ故社会上に立ちて働く人間の中で政治家が真先に痴鈍になり、その次に狭義の教育者が痴鈍になると云う歴史上の事蹟も説明の方法がつくのである。

唯茲《ここ》にいゝ事が一つある。人間の虚栄心と云うものが折々善人らしくない善人を作り出し、正義は忌み憚られ乍らもそれが案外容易に通過させられる場合があることである。日本の政治家には「不可思議の理性」の解説をしてやっても一寸《ちょっと》は会得は出来まい。出来ないからと云って解らないと云切って了うことは、虚栄心を毀《きず》つける。そこで訳は解らなくとも、宗教とか芸術とか、第三世界の産物に敬意を表する。真実心でなくとも敬意を表する。もともと虚栄心からであるから、政治の実際問題となると、それ程尊敬の実を示さないが、口では芸術を排斥するなど云うことは決して言わない。

余は虚栄心から出た芸術保護論と雖《いえど》も保護の実《※じつ》さえ挙《※あが》れば、ないよりは増しだと思い、先頃の時事新

＊1　ベルギーのフランス語詩人・劇作家モーリス・メーテルランク（一八六二〜一九四九）のこと。

報紙上にあらわれた岡警保局長の芸術取締論なども此意味に於て敢《あえ》て敬意を表して置く。只慾を云えば、虚栄心でなくして、本統に芸術を愛好して貰いたい。それが出来ぬと云うなら、せめて政治至上主義を抛って貰いたい。繰返して云うが、政治は「常識の世界」并《※ならび》に「道理の世界」の一部にしか対象を求めて居ないものである。科学が政治を変改した十九世紀の史実は政治至上主義を全く打壊して居るではないか。まして二十世紀の新道徳が、ロダンの芸術から産れて来ると云う様な第三世界の出来事は、全く政治の働《はたらき》の数億万里外に爛々《※らんく》たる光彩を放ちつゝあるではないか。

第三、政治至上主義を抛って政治と芸術との関係を考えて見るとどうであろう。芸術が第三世界に産まれた儘《まゝ》であるなら政治との交渉も起らないが、芸術は必ず第二第一の世界にまで降臨して来る。そこは政治の世界である。政治との交渉が茲で起らざるを得ない。政治家は芸術を害物視することは、其虚栄心が許さない。さればと云って万事事勿《※ことなか》れで済まして行きたいのが日本の政治家の賢い考方だ。第一、第二の世界に、虫の様な生活を営んで、不可思議なんど云うことに少しも気の付いて居ない被統治者に、新しい希望や感覚や想像を起さす暗示なり解説なりを与えて、折角《せっかく》静平にして居る彼等の生活に疑と煩悶と向上とを思わさせる。彼等の世界は芸術の為に撹乱される。実に厄介なものは芸術であるが、悪い事には、人間の進歩はいつも此動揺から芽を出し幹を太くする。今の世に秦の始皇帝を真似ることは天下の理法が許さない。世の掟と云うものを神則であるとして固守することは、道徳上に於ても罪悪であると、あの功利主義のミルでさえ明言して居る。日本の政治家もなまじ「道理」の一端を教えられて居るから、極端な野蛮政治を避けなければならなくなって居《い》る。従って芸術が自己の支配圏内の世界に降臨することを拒むことが出来ない。之は前にも云った事だ。

内務当局者は此喰違を甘くつぎ合せて行こうとして、文芸取締の方針を屢公示して居る。芸術が芸術として価値あることを敢て否定しない、けれども鑑賞者は俺の支配圏内にある。此者共は極めて焦躁《せっかち》で早呑込で、軽佻で、判断力が全くない。こんな頭の極まらない者共に、芸術を与えると云うことになると、芸術本来の内容でも目的でもない色情や叛乱思想にのみ先ず興味を起して、猥褻の行為や、犯罪の企画を考える者共が多くなって、寔《まこと》に統治が為悪《しにく》くなる。それで已《やむ》を得ず、――作者出版者には気の毒であるが――芸術のあるものを社会の外に放逐するのである。こう云うのが即内務当局者の方針である。此方針の結果として頭の進んだ人民には、どんな芸術でも与えても差支えないということになるから、内務当局者は文学に就いて云えば「読者」と云うことをいつも取締方針の中に数えて置く。太陽はどんな読者をもって居るのであるか。之を考に置いて太陽の内容の検閲をする。之が当局者の方針の最後の結論である。

芸術の本統の見方も価値も影響も理解することなく、一面政治が何等の理想もなく、只事勿《ことなか》れ主義に行われて居る日本の現状に於て、よしそれが政治家の虚栄心からだと云わば云え、兎《と》に角《かく》芸術の独立は認めなければならぬと考えたらしい上記の主張に対して、余は今日の処は致し方があるまいと思わざるを得ない。故に文芸対政治の関係に付いて、余と内務当局者との間に意見の一致を看出し得るのみで、何等の扞格[2]はないのである。然るに余が公表した作品が、同論者たる内務当局者から見て、秩序紊乱の作品に見え

＊2　かんかく。たがいに相容れないこと。

た。之はどうした行違であろう。余はこの行違の原因を追究して見なければならない。

## 二

第四、発売禁止処分と云う観念に就いて、或は余と当局者との間に何等かの相違があるのではあるまいか。尚押進んで云えば、政治と云う観念に就いて、両者の間に意見の相違があるのではあるまいか。之を第一に研究の対象として見よう。

訳易《※わかりやす》い為に国家を以って議論の出発点とする。余の考を以ってすれば、政治を以って国家存在の必要に応ずるに足る丈の施設をなせばそれでいいと云った時代は遠き過去に属して了って現今の政治学の教うる如く、政治は国家の存在及発達に応ずる丈の施設を為さなければならないものである。国家の発達とは何であるか。個人の発達が即《すなわ》ち其基礎をなして居る。政治は箇《（ママ）》人の発達を助長するのを目的として施設されなければならない。従って助長的行政は政治の尋常手段であり、正面の原則である。王道の政治と云うものは必ず斯《この》目的を体現し得たものでなければならない。従って又警察行政は政治の非常手段であり、側面の法則である。助長行政あっての警察行政である。此二つの関係のみを云えば、警察は助長の手段であり、随従でなければならない。然《※しか》るに日本の内務省は、此非常手段の一たる発売禁止処分を、何等の顧慮も反省も躊躇もなく断行する。惟《ひと》り発売禁止処分のみでない、非常手段たるあらゆる警察行政を通常手段として平気に之を行使して居《※お》る。しかも助長行政としては、何等の考慮も苦心も払われて居ない。日本の政治家は、警察行政の如き非常手段を軽々に行使することは政治家の大なる敗徳であると云うことなどを思ったことはないらしい。

且夫《かつそ》れ発売禁止処分なるものは急速に命令せらるるものである。急速でなければ其目的は達せられ難い。急速の事には狼狽と過誤とが伴い易《※やす》い。又発売禁止処分には不服申立の方法がない。被処分者は其是正を求むべき権利を有して居《※お》らぬ。こう云う場合に処分はとかく濫用され易いものだ。過誤の生じ易い、濫用に陥り易い発売禁止処分は、他《※た》の警察処分に比して一般の戒心と謹慎とを要するの外、其担任者の道徳監督は之を忽《ゆるがせ》にすべからざるものである。処が日本の政府には少しもこう云う処に注意が届いて居ない。三四の属吏に任せっ切りにして大臣は只盲判を捺《※お》して居る。言論出版の自由は憲法に保障されてあると云うけれど、其立法の大精神は全く滅却されている。人の智能の畑に実った果実が如何に貴いか。如何に作者が苦心をした作物《※さくぶつ》であるか。如何に出版者が損失を蒙むるか。そんなことは彼等の念頭にも上らぬ問題であるらしい。少し例は違うが、同じ言論の自由に関することだから、演説会取締のことを少し云おう。

政談演説会には臨監官吏《りんかんかんり》と云うものがあって、演説者の監督をする。演説者と此官吏との知識、学問、思想を比較して見ると、大々多数の場合にいつも官吏の方が数十等下劣である。即ち政治演説会場には優秀なる人々の監督権を劣等なる人が握って居ると云う奇異なる現象がある。凡《およ》そ世界に之程矛盾した事実が外《※ほか》にあろうか。処が政府当局者には之が少しも不思議ではない。警察行政が其目的であって人民などは自分の都合のよい鋳型に篏《は》めて置けばそれでいゝのであるからででもあろう。

斯の如く非常手段と尋常手段とを取違えてあることがもし当局者の本統の心持であるとするとそこに余の考えとは丸で別な結果が生れて来るのが当然であるとも云い得る。

第五、それから余と当局者との間には、「読者」に対する観察が違って居はしまいか。之も議論の簡明を計る為に「太陽の読者」と云うものに限って見る。此「太陽の読者」と云うことの観察に就いて、両者間に違があるのではあるまいか。太陽の読者は日本の知識的上流階級であると云うことは恐く異論はあるまい。日本の知識的上流階級は、果して当局者の見る如く、白痴のような、色情狂のような、叛乱狂のような、消化不良患者のような人達であろうか。焦躁で早呑込で軽佻で、判断力のない人達であろうか。之が余の疑う処である。

人の能力や理解力の問題になると量の計算とは違って明瞭に数字が出て来ない。余と当局者とが互に見解を異にした処で結局は水掛論になるであろう。茲に問題を提供して一般投票《レフレンダム》をやると云うことも出来ず、一定の詮衡的方法とてはない。只しかし、今次の様な問題を提出して見たらどうであろう。政府は無政府主義と云う詞を非常に嫌忌し又恐怖し、之に関する論究は一切公表することを許さない。斯様な政治の為方《しかた》は果して正当であるかどうか。無政府主義が哲学上、歴史上、科学上到底実現の出来ない誤謬を含んで居ると云う議論をすら公表させないと云うことは、果して時代に先見の明ある政治家の採るべき手段であろうかどうかと云うことを知識的上流社会に問うて見たなら何と答えるであろう。政府の方針に賛成する人が多いであろうか。又斯《かく》の如き政治方針の頑冥《がんめい》にして、非理なることを嘲笑するものが多いであろうか。此嘲笑する側に余が立ったとして、余と政府との意見のどちらがい、かと発問したならば、余は断じて云う、政府側につくべき人は、全くの一人もないであろう。もしあるとすれば、其人はまだ道徳上の賎民主義から脱却することの出来ない人であると云わなければならない。即ち自分の優者だと思う人の意見は何等の理解もなしに遵奉することを本分なりと考えて居る、良心的活動の出来ない種属に数えらるべき人であるのだ。今日の倫理学は、盲従や雷同を徳の賊なりとする。従って人の行為は、必ずや理解のある良心的活動に依拠すべきものとする。無政府主義が危険な思想であるならば、其危険なる所以を十分に理解し納得したる上に、之を排斥すると云うことにするのが倫理法則の要求である。現代日本の知識的上流階級には這般[＊3]の理論は十分に行亙《ゆきわた》って居ることを余は確信する。故に上記の問題に対しては、日本の知識的上流階級即ち太陽の読者は一人残らず余の主張に加担するであろうと云うことを断定し得るのである。

斯《かく》の如く、日本の現代人の能力理解力の観察に政府と余と相違があるとすると、余を以って見れば、些の撹乱、動揺を及ぼす惧《おそれ》なきものとする言説も、当局者から見れば、危険極まるものと認定するに至る場合も生ずるであろう。しかし茲に注意すべきことがある。それは、当局者が右の如く危険極まるものとして公表を禁じた言説が、事実国民から見て、何でもない平凡な言説であったと云われることが必ず起って来て、当局者の迂愚が冷笑の的になるような現象を起すことである。現に「逆徒」の発売禁止に就いても、題材を或事件に採ったからだと判断して、さて、斯様な作物を書いた作者及之を掲載した太陽を非難する方が悪いか、或事件と云う一語に慄い上って急遽発売禁止をした当局者が目先が見えないと云われるか。余は自惚ながら、必ず当局者の処置を冷笑するであろうと思われる。仮りに余等が笑われるとしても、今

＊3　しゃはん。「このあたり」という意味。

の様な当局者、道徳上の賤民主義を鼓吹する様な当局者の監視の下に、あの様な作品を公表した目先の見えなさ加減を指示するに止まるであろう。此点から云えば全く余は当局者を買被って居たかも知れない。自分の芸術的良心を大分に偽って当局者から誤解を受けない様に、随処に筆意を加減して行ったことも、何の甲斐がなかったことなど思合せて見ると、聊か馬鹿々々しくもなって来た。

　第六、以上二つの外に、も一つ「作物そのもの」に就いての見方が余と当局者の間に相違があるらしい。否確に相違がある。しかも著しい意見の隔が確にある。余の知人は口を揃えて「逆徒」なる標題が悪いんだ、あの標題を見ては「今の政府なら」ば黙っては居まい、なぜもっと目立ない標題を択《えら》ばなかったかと云ってくれる。それは余も多少考えないでもなかった。しかし余はごまかしは※嫌《きらい》だ。自分で秩序紊乱の作物でないと自信した以上は、何も迎合する必要はないと思った。外に二つ程標題を択んで并《あわ》せて之を雑誌社へ送ることは送ったがなるべく「逆徒」の標題を附けて貰いたいと註文した。社の方でも精細な調査を遂げて、余の希望を納《い》れて掲げた標題である。標題だけで発売禁止をしたのであろうと云う推断は、無論一時の座興から出たのでもあろうけれど、斯う云うことを推断する人達の頭の中には、「今の政府なら」と云うことを計算に置いてあることだけは注意しなければならない。「今の政府なら」と云う詞は「今の愚な政府なら」と云う意味であって、知識的上流階級――太陽の読者達が政府を嘲笑する場合に用いる一種の符号である。「威信」と云うことを命よりも大事に守って行こうと云う当局者は、自分自らの軽卒、空威張圧抑から、※仮《かり》に「威信」を落しつゝ行く事実に就いて深い考案をして見たらどうであろう。

　それは兎に角、政府当局者は、余の小説を読んで居ない。少くも心読はして居ない。余は芸術的批判を求めんとするのではなく、又あの拙い作物《※さくぶつ》の一字一句を見落すなと迫るのではない。本統は人の作物を湮滅《いんめつ》せしめ、人に新聞紙法違反の罪名を負わせる処分行為であるから、芸術的批判も必要であるし、一字一句を見落してはならぬものであるが、余はそれ程の親切を「今の政府」に望んでも無駄なことと思って居る。それ故せめては下の様な事をでも当局者に詰問して見たい。余が此「逆徒」に於て採入れた題材は、如何に取扱われ、如何に世間の誤解を招かぬ様に周到なる注意を加えてあるか。それを当局者は鑑査し得たかどうであると詰問して見たい。

詰問したって答弁なんどをする当局者でなく、一一《いちいち》人民に取合って居ては「威信」に関するとでも思てるらしい小役人を相手にするのも大人気がないから、此点に関し余は汎《ひろ》く本誌の読者の明敏なる理解に訴うるべく、項を改めて辞述して見ようと思う。

三

（此項全部約二百行を抹殺す）

四

第九、思わず弁明が長くなった。之《こ》れまで書いたことで、略《ほぼ》余の云いたいことの要点をつくした。聡明なる読者は、此一文を読んで、余及太陽編輯者の衷情を諒《※りょう》とせらるゝことであろうと思う。

筆を擱くに臨んで余は不思議に思うことが一つ出来た。余は社会の公人として何程の位置にあると云う人物ではないが、兎に角社会的行動を為すに際し、未だ嘗て衷心の疚《やま》しさを感ずる様なことはなかった。自分の利福栄達を図る為に社会に於ける言説を二三にしたこともなく、又現代の社会法則に対しても十分の理解心と遵奉心とをもっているから、之が破壊攪乱を企てる様なことを決して考えたことはない。皇室を尊崇し、国民忠良の至誠を思うことは人後に落ちない積りである。俯仰天地に恥じざる生活は、余自ら常に体現して居ることと確信して居る。此様に何等咎めらるべきことの全く無い余自身に対し、内務当局者は秩序紊乱者の汚名を与えた。しかも多くの誤謬と、粗雑と、邪推とを交えた見解の下に、余を罪人扱にした。不思議の感じがすると云うのは即《すなわ》ちこの事である。

# 獄中書翰

『定本　平出修集』第一巻（平出修「逆徒」の解題参照）は、〔資料〕として合計一二点の「獄中書簡・手記」を収めている。そのうちの二点をここに収録した。管野須賀子のものは、このほかに平出宛と今村力三郎宛が各一通ある。なお、「封緘はがき」とは、通信文を書いた便箋を封筒に入れて送るのではなく、折って封をすればそのまま封筒になる用紙に通信文を書く方式のもので、封書より郵便料金が安かった。現在の「郵便書簡（ミニレター）」に相当する。

（1）封緘はがき（明治四四・一・一〇）

神田区北神保町弐
平出　修　様

市ヶ谷富久町百十三
幸　徳　秋　水

一月十日

先頃は熱心な御弁論感激に堪えませんでした。同志一同に代りて深く御礼申上ます　▲年末年始の休みで、検閲がなかった為《た》め、御手紙は昨日漸《ようや》く拝見、其《その》為め御返事が遅くなりました、御差入の「酒ほがひ」*1も昨日其旨達せられましたので、監下げ*2を願ってあります、是又厚く御礼申上げます　▲私も文芸の趣味が全くないわけでもありません、十五、六歳から卅歳前迄は、文芸熱に浮かされて、殆《ほと》ど狂するが如くでした、美神のあこがれは、恋に酔うのと同じことで、一生そうして居られゝば幸福ですが、此《この》美しい夢は必ず一度は醒める時があります、▲今でも私は其時代〳〵の代表的作家の代表的作物《さくぶつ》には一通り目を通して時代の思想に後《おく》れないようにとは努めて居りますが、ドウも昔しほどの興味を持ちません、▲是れは一つは日本の文学が余りに夢で、余りに別天地で、人生の実際と余りに没交渉なる為めで、若い夢みて居る人は知らず、深く実際生活の有様を味った四十前後の人に取っては、何だか物足りなく思われる点があるのではないかと思われます、▲で、私の希望する、私の楽しむ、私を感動せしむる文芸は、一たび此美しい夢から醒めて、実際の生活に立返り、深刻に社会の真相を観破した頭脳から迸《ほとばし》った文芸です。思うに社会主義者の心身を打込む文芸は、是でなければなりません。▲社会主義者は科学に基づき実際生活から割出すので文芸に縁遠いかのように仰せられるのは、違って居ます。故人ではウヰリアム・モリスの如き詩聖、ゾラやハウプトマンの如き文豪、現存者ではゴルキー、アナトール・フランス、ダヌンチオ、バーナード・ショーの如き、世界第一流の地歩を占め、其作物が独り夢見る青年のみでなく、深く広く一般社会の人心を震撼するを得る所以《ゆえん》の者は、彼ら皆な人生に対し社会に対し、哲学的科学的に組織ある見識を有して、其描く所が文学の夢、別天地の夢でなく、直ちに人間の真に触れ得るが為めと思います。そして以上に名を挙げた人々は、皆な自覚せる社会主義者たることは、最も注意して戴きたい所だと思います、▲私は、文芸をもって主義を説き伝道に利せねばならぬというのではありません、文芸は元より文芸としての真価を有せねばなりませんが、私の望むのは、其真価を人生と交渉ある点に見出したいのです、人生と没交渉で画に描ける女を見るようでは、少年は兎に角、大人《※おとな》*3を動かすに足りません、日本の文学でも鷗外先生の物などは、流石《さすが》に素養力量がある上に、年も長じ人間と社会とを広く深く知って居られるので立派なものです、私はイツも敬服して読んで居ます、▲トンだ文芸論になって了《しま》いました。御申越の趣きは、今回事件に関する感想をとのことでしたが、事茲《ここ》に至って今将《いまさら》に何をか言わんです、又言おうとしても言うべき自由がないのです、想うに百年の後、誰か私に代って言ってくれる者があるだろうかと考えて居ます、▲無始の祖先から遺伝した性質と、無辺の宇宙から迫り来た境遇とが打突《※ぶつか》*4って、作り出す人間の運命は、自分の自由にも人の自由にもなるものではありません、唯だ此運命の範囲の中に楽地を求めて安《やすん》じて居るのみです、紙面がないので是だけ。

＊1　歌人・吉井勇（一八八六〜一九六〇）の第一歌集で、石川啄木と平出修が中心となっていた雑誌『スバル』（奥付では『昴』）の版元「昴発行所」から一九一〇年九月に刊行された。「かにかくに祇園はこひし寝るときも枕の下を水のながるる」などの「頽唐派的」な歌によって洛陽の紙価を高からしめた。

＊2　獄中者の所持品を獄外の知人などに引渡す「宅下げ」の反対に、獄外からの差入れを獄中者に引渡すこと。

＊3　このふりがなは幸徳秋水による。

＊4　このふりがなは幸徳秋水による。

## （2）封緘はがき（明治四四・一・九）

神田区北神保町二

平出　修　様

一月九日

管野　須賀子

御弁論を承わりあまりの嬉しさに一筆御礼申上げんと筆とりながら又思い返して今村先生へ御伝言を願上《ねがいあげ》候《そうろう》、同じ日に御認《※したた》めの御芳書に図らず接し、実に〱嬉しく存じ申候。実は御弁論を承わり候迄は、他の五六の御方と共に御名も存ぜず、只一人目に立つは若き方のご熱心さ、同時に又如何なる御論の出《い》づべきやなど、ひそかに存じ居り候いしに、力ある御論、殊《こと》に私の耳には千万言の法律論にもまして嬉しき思想論を承わり、余りの嬉しさに、仮監に帰りて直ちに没交渉の看守の人に御噂致し候程にて候、私は性来の口不調法と罪なき多数の相被告に遠慮して終《つい》に何事をも述べ得ず候いしが、御高論を承わり候て、全く日頃の胸の蟠《わだかま》り一時に晴れたる心地致し申し候、改めて厚く〱御礼申上度候《もうしあげたくそうろう》。感想記御起稿被下候由《くだされそうろうよし》、御趣味といい御思想といい私は御手になる事を衷心より喜こび申候《もうしそうろう》　私は元日より追想感想懺悔希望等時折々のあらゆる感じを卒直に日記として記し居り申候[*5]　終《つい》の日の後何卒《なにとぞ》御一覧被下度候《くだされたくそうろう》　また仰《おおせ》に随い折ふしつまらぬ感想なども御目にかけ申すべく候　禁止解除後、一二の人に頼みて待ちこがれ候御経営のスバル[*6]並に佐保姫御差入れ被下《くだされ》　何より有難く御礼申上候　晶子女史[*7]は、鳳を名乗られ候頃より、私の大すきな人にて候、紫式部よりも一葉よりも日本の女性中一番すきな人にて候、学なく才なき私は、読んで自ら学ぶ程の力は御座なく候えども、只この女天才等一派の人の短詩の前に常に涙多き己れの境遇を忘れ得るの楽しさを味わい得るのみに候

先《まず》は不取敢《とりあえず》乱筆もて御礼のみ　かしこ

一月九日　管野須賀子

平出先生

＊5　本書収載の「死出の道艸」解題参照。

＊6　平出修は文芸雑誌『スバル』の財政面を支え、同誌発行所も神田区北神保町のかれの自宅だった。

＊7　歌人・與謝野晶子。與謝野寛（鐵幹）の妻。旧姓＝鳳（おおとり）。前出の『佐保姫』は、一九〇九年五月に日吉丸書房から刊行された與謝野晶子の歌集。

# 解説　「大逆事件」の文学表現を読む

池田浩士

## 第一部　「事件」の歴史的背景と最初の衝撃

### 1．日露戦争と社会主義運動の抬頭

一九〇四年二月から一年半にわたる「日露戦争」は、ヨーロッパ諸国にとっては「遠い戦争」だった。戦火は遥か極東の海陸で燃えていた。しかし、のちに当時を回想するなかで、この僻遠の戦争から受けた大きな衝撃について語っている人びとは、少なくない。この戦争は、まさにヨーロッパの黄昏を告げるものだったからである。西欧にとって「暗黒の東方」でしかなかったロシア帝国と、浮世絵で知るだけのさらに東の島国との戦争は、歴史の展開の焦点がヨーロッパから他に移りつつあることを、確実に告げていた。とりわけ、この戦争がロシアで広範な反戦闘争を呼び起こし、帝政と教会権力を揺るがす革命運動を触発したことは、ヨーロッパの支配勢力にとって決定的な衝撃となった。マルクスが半世紀前に予見し、バクーニンやクロポトキンらの無政府主義者たちが期待した社会革命が、具体的な姿を現わしはじめたのである。

表面的には一貫して優勢に戦いを進めた大日本帝国では、戦争反対の民衆運動は起こらなかった。革命はその影さえ見せなかった。それどころか、講和条約締結に当たって、「戦利品」が少ないことに憤激して講和に反対する民衆の暴動が生じたほどだった。日本の民衆が少なすぎると怒ったロシア帝国からの戦利品――それは、遼東半島（「関東州」）の清国からの租借権と、「満洲」でロシアが建設し経営してきた長春～旅順間の鉄道およびその沿線の炭鉱の取得、南樺太（サハリンの北緯五〇度以南）の領有と、ロシア沿海州の漁業権の獲得だった。そして、これらにもまして日本が得た巨大な収穫が、もう一つあった。日本が韓国に特別の利権を持つことをロシアが認め、韓国に対する日本の指導・保護・監理の措置をロシアが妨げない、という一条項にほかならない。これによって日本は、韓国植民地化への道を確実に保障されることになったのである。

こうして、十年前の「日清戦争」に次ぐ再度の対外戦争での勝利によって、大日本帝国は「世界の一等国」を自任するに至った。けれども、じつはこの帝国の胎内には、小さな、しかし深刻な問題が萌しはじめていたのだった。すでに日露開戦にさいして、圧倒的な「主戦論」と比べれば小さな異論だったとはいえ、確固たる「非戦論」が明確に声を上げていた。この声は、戦後になると、もはや消すことのできない響きとなった。戦争をきっかけにしてロシアで起こった革命にも触発されながら、民衆が社会の主体であることを自覚し主張する社会主義思潮が、いまある現実への「否」を明言しはじめる。客観的な事実が、この思潮に説得力を与えていた。一年半の戦争による戦死者および廃疾者（社会復帰不可能な重傷者）は、一一万八千人に上っていた。じつに、十年前の日清戦争における一万七千人の七倍、当時の日本の総人口

（約四六〇〇万人）からすると、老若男女すべてを合わせて三九〇人に一人の割合だった。これは、自分の生活圏内の目に見える範囲に必ず戦死者または廃疾者がいるということを意味する。そして、戦利品の少ないことを怒る暴動は、勝敗にかかわらず戦争によって民衆の暮らしがいささかも楽にならなかったことを、物語るものでもあった。社会主義・共産主義の思想は、日本においても、現実の基盤を見出しつつあったのだ。日露戦争で「外患」を克服した明治藩閥政府は、自由民権運動を弾圧し壊滅させてから二十年を経て新たな「内憂」を抱えることになったのだった。

それよりさき、すでに二十世紀の始まりとほぼ時を同じくして、社会運動として姿を現わそうとする新しい思想と、それに対する政府の抑圧策とが、鎬《しのぎ》を削る展開を見せはじめていた。日本で可能な社会主義の実現をめざして一八九八年十月に安部磯雄、木下尚江、片山潜、幸徳秋水らによって結成された「社会主義研究会」は、一九〇〇年一月二十八日には「社会主義協会」へと拡充再生し、約四〇名の会員を擁する運動体となった。政府はこれに対して三月十日、「治安警察法」公布で応えた。同年夏、次第に高まる対ロシア開戦論に向かって、『萬朝報』記者の幸徳秋水が同紙に「非戦争主義」を発表し、以後、非戦論を主張しつづける。幸徳はまた、翌一九〇一年四月には『廿世紀之怪物帝国主義』を著して、帝国主義諸国家の覇権戦争に参入する日本の針路を、逸早く批判した。同年五月二十日、かれは「社会主義協会」の中心メンバーとともに「日本社会民主党」を結成するが、それは即日禁止された。その二週間後に結成された「日本平民党」もまた、即日禁止となった。

一九〇三年十月、主筆・黒岩周六（涙香）が主戦論に転じて方向転換した『萬朝報』から、幸徳秋水、堺利彦、内村鑑三という有力記者が退社した。内村はキリスト者の立場から反戦運動をつづけ、幸徳と堺は翌月、「平民社」を設立して、週刊『平民新聞』を創刊した。「社会主義協会」がこれに合流し、社会主義運動の拠点とメディアが本格的な歩みを始めた。翌一九〇四年二月十日、日本はついにロシアとの戦争に突入する。だが、それは、国内にこのような異物を抱えてのことだった。同年十一月十三日、『平民新聞』一周年記念号は、堺と幸徳の共訳になる日本で最初の『共産党宣言』翻訳を掲載する。そのために同紙は発禁となったが、この翻訳で「プロレタリア」（Proletarier）の訳語として選ばれた「平民」は、日本における民衆運動・革命運動のもっとも重要なキーワードの一つとなったのである。[*1] 政府は、対抗措置として、三日後に「社会主義協会」を結社禁止によって解散に追い込み、翌一九〇五年一月末、第六四号をもって週刊『平民新聞』の廃刊を余儀なくさせた。

日本の国家社会を揺るがしつつあったのは、開戦をめぐる論議だけではなかった。一九〇一年十二月十日、国会で足尾銅山鉱毒問題を追及して容れられず衆議院議員を辞職した田中正造が、馬車で移動中の明治天皇睦仁に直訴を試みる、という出来事が起こった。その直訴文を起草したのは幸徳秋水だった。日本近現代史上最初の「公害」事件とされる栃木県・足尾銅山の鉱毒垂れ流しは、すでに一八九〇年一月から問題になり始めていたが、実態が明らかにされるにしたがって、それは、この国家の富国強兵路線とそのための労働者使い棄ておよび生活破壊・環境破壊を象徴する事件となっていった。伊藤野枝、荒畑寒村ら、

＊1　このとき以後、『共産党宣言』は、第二次世界大戦での日本の敗戦まで、ただの一度も日本で出版することを許されなかった。

当時ようやく社会的問題に関心を抱き始めた世代の人びとにとって、それは自分自身を問う最初の試金石となった。日本における革命運動は、すでに日露戦争の以前から、単なる外来の思想的・政治的理論の受容にとどまらず、みずからの現実の社会的諸問題と向き合う社会革命の理論＝実践へと向かいはじめていたのだ。

一九〇五年八月二十九日、英国ポーツマスでの日露講和交渉が合意に達し、九月五日、講和条約が調印された。講和反対の暴動を戒厳令によって鎮圧した政府は、社会主義運動への弾圧をいっそう強めた。加藤時次郎、白柳秀湖らによって一九〇四年一月に創刊され、〇五年二月以降は『平民新聞』の後継紙として発刊されてきた『直言』が、九月十日に発行停止を余儀なくされた。十月九日にはついに「平民社」が解散に追い込まれた。幸徳秋水は翌月中旬、自由な空気と思想研磨の機会とを求めてアメリカへの旅に上った。しかし、日本で社会主義の息吹が途絶したわけではない。むしろ逆だった。開戦前に育ち始めていた運動の芽は、本格的に根を張り枝を伸ばす時期に来ていた。一九〇六年一月中旬、西川光二郎たちが「日本平民党」を結成し、二月二十四日には堺利彦らが「日本社会党」を創立して、「日本平民党」もこれに合流した。この党は、三月十一日、東京市電運賃値上げ反対の市民大会を日比谷で開催して注目を集めた。三月十五日には再度の市民大会が暴動化して、電車が焼き討ちされ、軍隊が出動して鎮圧するという大事件となった。そのために大杉榮、西川光二郎、山口孤剣らが「兇徒嘯集罪」で検挙された。この出来事が、講和反対の暴動とは異なる方向への決定的な転回を意味していたことは、それからほぼ一年を経て一九〇七年二月四日に足尾銅山で起こった鉱夫数千人の暴動によって、明らかとなる。社会主義、あるいは平民主義は、単なる「伝道」[*2]の段階から「直接行動」の局面へと、歩を踏み出したのである。

## 2.『平民新聞』から「赤旗事件」へ

一九〇六年六月下旬、幸徳秋水が往復の船旅を含めて出発から七カ月後に帰国したとき、日本での運動はそのような状況にさしかかっていた。政府当局は、アメリカにおける幸徳の動静をスパイたちによって追っていたが、幸徳が国際的に著名な無政府主義者たちと接触し、在米日本人グループとともに「社会革命党」（ロシアの過激派と同一名称！）を結成したことは、当局を刺激せざるをえなかった。帰国して五日後のかれが、日本社会党の歓迎演説会で「世界革命運動の潮流」と題して講演し、総同盟罷工《ひこう》（ゼネラルストライキ）による「直接行動」を主張したことが、それに輪をかける結果となった。その年の暮れ、在米日本人「社会革命党」が雑誌『革命』第一号を刊行し、そのなかに「ミカド、王、大統領へのテロ」の呼びかけと目される記事があったことは、国家権力中枢において、「外来思想」である社会主義・無政府主義への強硬な対処を主張する見解を勢いづかせることになった。権力中枢と近いところにいながら冷徹な目で現実を直視し表現した森鷗外が、小説「沈黙の塔」[*3]で描くことになる外来思想撲滅の情景は、

＊2　当時の日本で、社会主義の宣伝はキリスト教の布教活動にならって「伝道」と言われていた。これは、その原語である「プロパガンダ」（propaganda）が、十九世紀後半のヨーロッパでキリスト教から社会主義労働運動に受容されたことを考えれば、不自然な訳語ではない。

＊3　本書七四ページ以下に収載。なお、このような脈絡で考えるとき、永井荷風が「希望」（本書七一ページ以下）のなかで、これからは自分の信じる意志を外国語で表現しよう、と書いたことは、きわめて意味深長と言わなければならない。

疑いもなく「大逆事件」の一つの歴史的前提となっていたのだった。

そうしたなかで、幸徳秋水、堺利彦、西川光二郎、石川三四郎らは、一九〇七年一月十五日、日刊『平民新聞』を創刊する。その一カ月後の二月十七日、神田の貸ホール・錦輝館《きんきかん》で開かれた日本社会党第二回大会は、直接行動論と議会政策論の両派の激論となり、数の上では前者が優勢を占めた（決議は評議員案＝原案を採択）が、両派の間には歩み寄りの余地はなかった。ここに、日本の社会主義運動は、議会を政策実現のための機関として位置づけて運動を展開するという一派と、議会主義といういわば間接民主主義ではなく、ゼネストを始めとする労働者の自己決定の行動によっていわば直接民主主義の実現を目指すべきだという一派とに、大きく分かれることになる。『平民新聞』は後者の拠点となった。しかし、当局はこれを黙許しなかった。社会党大会での幸徳の演説を掲載した同紙を「新聞紙条例」違反（安寧秩序の紊乱[*4]）で告発し、二月二十二日には日本社会党を結社禁止にして弾圧に乗り出した。そして、四月十四日、日刊『平民新聞』は発行停止命令で第七五号をもって終刊を余儀なくされたのである。

だが、流れを堰き止めることはできなかった。六月一日、『大阪平民新聞』が大阪平民社の森近運平らによって創刊され（十一月五日、『日本平民新聞』と改題）、六月二十日には松尾卯一太、新美卯一郎らが『熊本評論』を発刊した。翌七月には、岡林寅松、小松丑治らが「神戸平民倶楽部」を開いた。こうして、東京で弾圧された運動は、むしろ各地に拡大したのである。そして、翌八月、すでに一九〇四年から「平民社」のメンバーであり、一九〇七年一月からは日刊『平民新聞』の記者でもあった荒畑寒村（勝三）が、『谷中村滅亡史』を平民書房から刊行する。機関紙を失ったあとの「伝道」の発信拠点から送り出されたこの劃期的なルポルタージュ作品は、当然のことながらと言うべきか直ちに発禁となったが、一世紀以上を経てなお輝きを減じることのないその生命は、このとき生み出されたのである。それは、新たに愛媛県の別子銅山で千人以上の鉱夫が労働条件切り下げに抗して暴動を起こし、軍隊によって鎮圧されるという出来事から二カ月後のことだった。そしてそれはまた、愛知県亀崎の機械工・宮下太吉が、初めて大阪平民社に森近運平を訪ねて「万世一系の天皇」ということの真偽について問うたときから、四カ月前のことだった。

翌一九〇八年は、一気に情勢が緊迫の度を加える年となった。その前年の「天長節」（天皇誕生日、十一月三日）当日、米国サンフランシスコで『暗殺主義』と題する文書が流布され、それが日本にも密送された。それには「日本皇帝睦仁君ニ與フ」という文章が掲載されており、明治天皇の運命は旦夕に迫っているという意味のことが述べられていた。当局は在米日本人無政府主義者の動向を注視するとともに、この文書の国内での配布を禁止した。折から、西園寺公望内閣の「社会党取締り」が不徹底であるとの不満を募らせていた元老[*5]・山県有朋は、自分のその思いを天皇睦仁に「内奏」し、天皇は「何とか特別に厳重

＊4　「紊乱」は本来「ぶんらん」と読むが、すでに二十世紀初頭からそののち一九三〇年代に至るまで、「びんらん」という慣用読みが一般的だった。平出修「逆徒」（本書二三一ページ以下）を掲載した雑誌『太陽』は「ぶんらん」とルビを振っているが、日刊『平民新聞』でも一貫して「びんらん」と読ませており、本書では（底本が「ぶんらん」の場合を除き）すべて「びんらん」とした。なお、天皇制秩序のなかでは、「朝憲紊乱」と「風俗壊乱」が二大極重犯罪だったのである。

＊5　内閣総理大臣の推挙など重要な助言を天皇に対して行なう役割をもった「元老」という天皇側近の政治家・軍人が、天皇の勅語による任命のかたちで「明治」後期から「昭和」の時代まで存在していた。国会が内閣首班を選ぶのではなく、唯一の統治者たる天皇が任命権を有していたからだ。

なる取締もありたきものなり」との気持ちを示したという（『原敬日記』）。ちょうどこうしたさなかに起こったのが、「赤旗事件」と称される出来事だった。

一九〇八年六月二十二日、日刊『平民新聞』に書いた文章（「父母を蹴れ」）などのために入獄していた山口孤剣（本名＝義三）の出獄歓迎会が、神田・錦輝館を会場にして各派合同で開催された。だが、散会の直後に、予期せぬ出来事が起こった。会場を出た参会者の一部が神田錦町の路上で三本の赤旗を掲げ、配備されていた多数の警官がこれを阻止しようとして、暴行を加えたすえ、十四人が逮捕されたのである。二流れの大きな赤旗には、白い細い布でかたどって、一方には「無政府」、もう一方には「無政府共産」の文字が縫い付けられていた。いずれも、「平民社」メンバーである大杉榮と山川均の連れ合いの堀保子と大須賀さとが、自分たちの手で作ったものだった。もう一本の小さい赤旗は、縦二〇センチと横四〇センチくらいの三角形で、これには「革命」の文字が白く縫い付けられていた。堺利彦の妻、為子が、五歳になる一人娘（堺利彦の亡き先妻の子）の眞柄《まがら》のために作ったものだったが、眞柄が体調を崩して母とともに家に留まったので、赤旗だけが参加したのである。――この「赤旗事件」が、大げさに言えば歴史を変えた。それが、「大逆事件」の原因、しかも直接の原因と目されることになるからである。「大逆事件」被告の一人、管野スガは、獄中でこのことを「殷鑑遠からず」という格言で言い表わすことになる。

## 3.「大逆事件」は何を殺そうとしたのか？

「大逆事件」を裁く大審院特別法廷が一九一一年一月十八日に下した判決――二十四人に死刑、二人に十一年と八年の懲役刑――は、判決主文に続く「理由」の冒頭で、総論としてつぎのように述べている。

「被告幸徳傳次郎は夙《つと》に社会主義を研究して、明治三十八年北米合衆国に遊び、深く其地《そのち》の同主義者と交《まじわ》り、遂に無政府共産主義を奉ずるに至る。其《その》帰朝するや、専ら力を同主義の伝播に致し、頗《すこぶる》同主義者の間に重《おもん》ぜられて隠然其《その》首領たる観あり。被告管野スガは、数年前より社会主義を奉じ、一転して無政府共産主義に帰するや、漸《ようや》く革命思想を懐《いだ》き、明治四十一年、世に所謂《いわゆる》錦輝館赤旗事件に坐して入獄し、無罪の判決を受けたりと雖《いえど》も、忿恚《ふんい》の情禁じ難く、心窃《こころひそか》に報復を期し、一夜其《その》心事を傳次郎に告げ、傳次郎は協力事《こと》を挙げんことを約し、且《かつ》夫婦の契《ちぎり》を結ぶに至る。其他の被告人も亦《また》概《おおむ》ね無政府共産主義を其《その》信条と為す者、若《もし》くは之《これ》を信条と為すに至らざるも其臭味を帯ぶる者にして、其中《そのうち》傳次郎を崇拝し若くは之と親交を結ぶ者多きに居る。

　明治四十一年六月二十二日、錦輝館赤旗事件と称する官吏抗拒及び治安警察法違反被告事件発生し、数人の同主義者獄に投ぜられ、遂に有罪の判決を受くるや、之を見聞したる同主義者、往々警察官吏の処置と裁判とに平《たいら》ならず、此《これ》を以《もっ》て政府が同主義者を迫害する意に出《いで》たるものと為して、大《おおい》に之を憤慨し、其報復を図るべきことを口にする者あり。爾来、同主義者、反抗の念愈《いよいよ》熾《さかん》にして、秘密出版の手段に依る過激の文書相尋《あいつい》で世に出《い》で、当局の警戒注視益《ますます》厳密を加うるの已《や》むを得ざるに至る。是に於て被告人共《ども》の中《うち》深く無政府共産主義に心酔する者、国家の権力を破壊せんと欲《ほっ》せば先ず元首[*6]を除くに若《し》く無しと為し、国体の尊厳宇内[*7]に冠絶し列聖[*8]の恩徳四海に光被する帝国の臣民たる大義を滅却して、畏《おそれ》多くも神聖侵すべからざる聖体[*9]に対し、前古未曾有の兇逆を逞《たくましう》せんと欲し、中道にして凶謀発覚したる顚末は即ち左の如し。

第一〔以下略〕」[*10]

この判決理由総論は、天皇国家が描いていた「大逆事件」の構想を如実に物語っている。

前段では、幸徳秋水と管野スガが中心人物として位置づけられる。幸徳は「無政府共産主義」の思想を宣伝し、同主義者の「首領」と目されていた。管野スガは社会主義から無政府共産主義に転じて「革命思想」をいだいたところで赤旗事件に連座し、逮捕投獄された。管野は、逮捕者のうちで無罪判決を受けた二人のうちの一人だったにもかかわらず、憤懣を抑えることができずに報復を決意し、幸徳を同意させた。――これが一つの筋書きである。そして、もう一つの筋書きとして、他の被告たちもおおむね無政府共産主義を信条とするものであり、信条とまではしていなくとも「その臭味を帯びるもの」で、幸徳を崇拝し、またはかれと親交があった、と述べて、それを有罪の根拠とする。つまり、ここで示されているのは、約言すれば、無政府共産主義という信条が「大逆罪」の淵源である、という論理にほかならない。

後段では、その思想がいわば物理的な力となり、「大逆罪」実行へと転じるための、具体的な契機となったものが指摘される。すなわちそれは、前段でも言及された錦輝館赤旗事件である。これに対する警察の処置と裁判を無政府共産主義者に対する政府の迫害の意図として受け取った同主義者たちは、反抗の念をますます燃え上がらせた。そして、秘密出版の手段による過激文書があいついで出現した。それに対して当局の警戒注視がますます厳しくなったために、被告たちのうちで無政府共産主義に深く心酔するものが、国家の権力を破壊するにはまず元首を倒すしかないと考えて、「恐れ多くも神聖にして侵すべからざる聖体に対して古今未曾有の兇逆を企てた」が、道半ばにして発覚した——というのである。

「大逆事件」が巨大な冤罪事件であり、大掛かりな権力犯罪であることは、ほぼ定説になっている。これが国家による権力犯罪であることは、寸毫も疑いがない。だが、「冤罪」を言うだけでは、この「事件」の真実に迫ることはできないのではなかろうか。なぜなら、当局は「爆弾による天皇殺害」だけを問題にしていたのではないからだ。上掲の判決理由総論からも歴然としているように、具体的な罪状とされたものは、「無政府共産主義」という思想信条であり、赤旗事件とそれに伴う主義者たちの「反抗の念」であり、「秘密出版の手段による過激の文書」だった。「元首を除く」という未遂の行為は、いわば、それらがたまたま行き着く延長線上の一付随現象なのである。「大逆事件」によって国家権力が摘発したのは、思想信条であり、赤旗を公然と掲げる行為であり、この行為の結果として生まれた秘密出版『入獄紀念・無政府共産・革命』[*11]だった。判決理由各論のなかで具体的に（しかも繰り返し）言及されている「秘密出版」

＊6　「大日本帝国憲法」第四条は「天皇は国の元首にして統治権を総攬し……」と定めていた。

＊7　うだい。天地の間、全世界。

＊8　歴代の天皇のこと。

＊9　「大日本帝国憲法」第三条は「天皇は神聖にして侵すべからず」と定めていた。この条文と対応するものとして、刑法第七十三条の「大逆罪」（天皇、太皇太后、皇太后、皇后、皇太子又は皇太孫に対し危害を加え又は加えんとしたる者は死刑に処す）が存在していたのである。「聖体」はもちろん天皇の身体のこと。

＊10　引用にあたって、原文のカタカナを平仮名に改め、原文にはない句読点を補い、ふりがなを付した。

＊11　本書六ページ以下に全文が収載されている。

は内山愚童のこの小冊子だけである。ちなみに、この小冊子の木版刷りの表紙には、赤旗事件のさいに掲げられた二流れの大きな旗のうち「無政府共産」の文字のある一つと、「革命」と書いた小さな三角形の旗とが、描かれていた。被告中ただ一人、じっさいに爆弾を完成させ、爆発実験にも成功した、というのが事実であると考えてもよいと思われる宮下太吉も、送られてきた『入獄紀念・無政府共産・革命』から深い感銘を受け、これを人びとに配布することを実行したのだった。判決理由によれば、宮下は、その小冊子を配布しながら「過激の無政府説」を宣伝したところ、人びとは傾聴するように思われたのに、「皇室の尊厳を冒す」ような言を口にすると耳を貸すものがいなかったので、「帝国の革命を行なわんと欲すればまず大逆を侵し、もって人民忠愛の信念を殺《そ》ぐにしかず」と考え、「爆裂弾を造り大逆罪を犯さんことを決意」したというのである。まさに、秘密出版によってしか表現される道を持たなかった言論・思想が、人を動かしたのである。これこそが、国家権力が「大逆事件」によって殲滅することを決意した現実、それが顕在化することを当局が最も恐れた現実にほかならなかった。「無政府共産主義をその信条とするもの」たちは、その信条ゆえに死刑判決を下された。そして、判決翌日の天皇の「特赦」で、「二進《にっちん》の一十《いっし》、二進の一十で綺麗に二等分して」（徳富蘆花[*12]）半分の十二人を無期懲役に減刑し、残る半分の十二人を一月二十四日と二十五日に処刑したのである。「出来ることならさぞ十二人の霊魂も殺して了《しま》いたかったであろう」と徳富蘆花が述べたとき、かれは、思想信条を処刑することこそが当局の意図だったことを、逆説的に語っていたのである。

## 4. 文学表現の自問

一九一〇年十二月十日に開廷された大審院特別法廷[*13]は、被告の人定訊問が終わったところで裁判長・鶴丈一郎が「安寧秩序に害があるから」という理由で非公開を宣言し、以後、十二月二十九日までの計十五回の審理がすべて非公開で行なわれた。判決言い渡しの当日、一九一一年一月十八日だけは傍聴人の入廷が認められたが、それ以外はまったくの密室審理だったのである。しかも、当局は、新聞紙法の規定（安寧秩序を紊す記事や皇室の尊厳を冒瀆する記事についての条項）をちらつかせながら、報道機関を威嚇牽制し、この「事件」と「裁判」についての情報が国民（臣民）[*14]に伝わることを極力阻止しようとした。それゆえ、ほとんどの国民は、風聞によって「大事件」を知り、臆測によってその「未曾有の凶悪性」を思い描くしかなかったのである。――それにもかかわらず、少なからぬ作家や詩人たちは、この「事件」が自分たちと無縁なものではないということを、逸早く感じ取ったのだった。

「大逆事件」から大きな衝撃を受け、それによってみずからの文学表現を問い直し、深化させた人びとの多くは、当局のいう「同主義者」ではなかった。かれらは、無政府共産主義と呼ばれたものに共鳴した

*12　徳富蘆花「謀叛論」。本書一七九ページ以下。なお、「二進の一十」は、算盤（そろばん）の割算の九九で、「二割る二は一」に該当する。一般には「にっちんのいんじゅう」と唱えられる。

*13　当時も、地方裁判所・控訴院（現在の高等裁判所）・大審院（現在の最高裁判所に相当する）という三審制があったが、「裁判所構成法」第五十条で、「大逆罪」に関しては大審院が「第一審にして終審」と定められていた。つまり、ここでの判決は最終的なもので、変更の余地はなかった。

*14　憲法上、大日本帝国には、唯一の「統治者」である天皇と、その一族たる皇族、および「日本臣民」しか存在せず、「国民」というものはいなかった。

からではなく、この事件がみずからの文学表現を制約し緊縛することにつながる危険を察知したがゆえに、当局に対して強い疑念と危惧をいだいた。きわめて早い時期に「大逆事件」に言及しあるいはそれを素材とする作品を発表した永井荷風、森鷗外が、その代表的な人びとだった。日記風の随筆で発表を前提としていなかった内田魯庵の作品にも[*15]、それと同質の思いを読み取ることができる。かれらと対照的なのは、文学表現者として歩み始めたばかりの若い世代の詩人たちだった。この人びとにとって「大逆事件」は、たとえば父母（とりわけ父）として、あるいは因習として、さらには大都会というかたちをとって、自分を抑圧し、支配し、同化させようとする「権力」の顕在化あるいは顕現だったのだ。極論すれば、かれらは実感的に自明のこととして当局の対応を受け取ったのである。それが自明である現実のなかで、みずからの文学表現は生命を獲得しなければならない――。その直後に早世した大塚甲山は別として、佐藤春夫も阿部肖三（水上瀧太郎）も、出発点における「事件」との対決がなければ、その後の歩みはまったく違ったものになっていただろう。

すでによく知られているとおり、「大逆事件」をほとんど全存在を傾けて受け止めたのは、石川啄木だった。かれの場合、裁判の弁護団の一員である平出修とのきわめて近い関係が、決定的な意味を持っている。非公開裁判と報道管制のために人びとが知ることのできなかった情報を、石川啄木は平出弁護士によって得ることができたのである。「大逆罪」に相当すると考えられるのは、宮下太吉、新村忠雄、管野スガ、古河大作の四人であり、幸徳秋水と大石誠之助が多少は事情を知っていたとしても、他の二十人の被告は「大逆罪」についてまったく無罪であり、せいぜい内山愚童が「不敬罪」（刑法第七十四条違反）でしかないことを、かれは平出から教えられた。そして、平出が密かに貸してくれた予審調書や裁判記録を、さらには獄中の幸徳秋水が三人の弁護人に当てた手記[*16]をも、かれは読むことができた。その体験は、すでに確たる位置を文学界に占めていたこの詩人に、根底からの自己変革を促したのである。「六月――幸徳秋水等陰謀事件発覚し、予の思想に一大変革ありたり。これよりポツ〳〵社会主義に関する書籍雑誌を聚《あつ》む。〔中略〕思想上に於ては重大なる年なりき。予はこの年に於て予の性格、趣味、傾向を統一すべき一鎖鑰《さやく》[*17]を発見したり。社会主義問題これなり。予は特にこの問題について思考し、読書し、談話すること多かりき。たゞ為政者の抑圧非理を極め、予をしてこれを発表する能《あた》わざらしめたり。」――「明治四十四年当用日記補遺」に、かれはこう書いている。政府当局の理不尽な抑圧のために発表されぬままとなった諸篇のうち、「時代閉塞の現状」（一九一〇年八月稿）は、啄木の死後、一九一三年五月に『啄木遺稿』（東雲堂書店）に収録されたが、「日本無政府主義陰謀事件経過及付帯現象」[*18]その他は、ついに日本の敗戦後まで、公刊することができなかった。

我は知る、テロリストの
かなしき心を――
言葉とおこなひとを分かちがたき

＊15　本書一八二ページ以下、「自筆本　魯庵随筆より」。
＊16　本書一八ページ以下。
＊17　錠と鍵。
＊18　本書八六ページ以下。

ただ一つの心を、
奪はれたる言葉の代りに
おこなひをもて語らむとする心を、
われとわが身体を
敵に擲《※な》げつくる心を――
しかして、そは真面目にして熱心なる人の常に有《※も》つかなしみなり。

はてしなき議論の後の
冷めたるココアのひと匙《※さじ》を啜《※すす》りて、
そのうすにがき舌触りに、
我は知る、テロリストの
かなしき、かなしき心を。

（一九一一・六・一五夜）

『はてしなき議論の後』と題された詩稿ノートの第三に位置するこの詩は、一九一一年七月号の『創作』（若山牧水主宰）の巻頭に掲載された。そのあと、啄木はこれを『呼子と口笛』と題して七篇の詩を収めた自筆ノートに採録し、「ココアのひと匙」という表題を付した。『呼子と口笛』も、土岐善麿（哀果）によって『啄木遺稿』に収められた。「大逆事件」以後にやってきた「冬の時代」のなかで、それは、「テロリスト」の行為が「奪われた言葉の代りに」「行ないをもって語ろうとする心」にほかならないことを、語りつづける。奪われた言葉の代わりをテロリストの行為が果たすとすれば、文学表現は、行為に匹敵するだけの語りたりうるのか？――この自問が、「大逆事件」によって文学みずからの問いとなったのである。

（『蘇らぬ朝――「大逆事件」以後の文学』解説につづく）

追記――本書を編むにあたっては、多くの先行研究から貴重な示唆を受けた。とりわけ左記の諸著作とその著者には、負うところが大きい。ここに感謝の意を表させていただきたい。

神崎清『革命伝説――大逆事件の人びと』全四巻（一九六八年九月〜六九年十二月、芳賀書店）
神崎清・編『新編獄中手記』（一九六四年三月、世界文庫）
絲屋寿雄『改訂増補　大逆事件』（一九七〇年四月、三一書房）
森山重雄『大逆事件＝文学作家論』（一九八〇年三月、三一書房）
山泉進・編著『大逆事件の言説空間』（二〇〇七年九月、論創社）
中村文雄『大逆事件と知識人――無罪の構造』（二〇〇九年四月、論創社）

池田　浩士（いけだひろし）
1940年大津市生まれ
1968年4月から2004年3月まで京都大学勤務
2004年4月から京都精華大学勤務
最近の著書
『死刑の［昭和］史』インパクト出版会、1992年
『権力を笑う表現？』社会評論社、1993年
『［海外進出文学］論・序説』インパクト出版会、1997年
『火野葦平論―［海外進出文学］論・第1部』インパクト出版会、2000年
『歴史のなかの文学・芸術』河合ブックレット、2003年
『虚構のナチズム―「第三帝国」と表現文化』人文書院、2004年
『子どもたちと話す　天皇ってなに？』現代企画室、2010年
「池田浩士コレクション」既刊分＝①『似而非物語』、②『ルカーチとこの時代』、③『ファシズムと文学』、④『教養小説の崩壊』、⑤『闇の文化史』以下続刊　インパクト出版会
主要編訳書
『ルカーチ初期著作集』全4巻、三一書房、1975-76年
『論争・歴史と階級意識』河出書房新社、1977年
『この時代の遺産』エルンスト・ブロッホ、三一書房、1982年。ちくま学芸文庫、1994年。水声社、2009年
『表現主義論争』れんが書房新社、1988年
『ドイツ・ナチズム文学集成』全13巻、柏書房、刊行中
『ナチズム』エルンスト・ブロッホ、（共訳）、水声社、2009年

**逆徒　「大逆事件」の文学**

2010年8月20日　第1刷発行
編　者　池　田　浩　士
発行人　深　田　　　卓
装幀者　藤　原　邦　久
発　行　㈱インパクト出版会
〒113-0033　東京都文京区本郷2-5-11　服部ビル2F
Tel 03-3818-7576　Fax 03-3818-8676
E-mail：impact@jca.apc.org
http:www.jca.apc.org/~impact/
郵便振替　00110-9-83148

印刷・製本　モリモト印刷